红土月季花

曹林光 著

HongTu YueJiHua

中国文联出版社
http://www.clapnet.cn

图书在版编目（CIP）数据

红土月季花 ∕ 曹林光著 . -- 北京：中国文联出版
社，2020.12（2023.1 重印）
ISBN 978 - 7 - 5190 - 4450 - 3

Ⅰ. ①红… Ⅱ. ①曹… Ⅲ. ①中国文学—当代文学
—作品综合集 Ⅳ. ①I217.2

中国版本图书馆 CIP 数据核字（2021）第 003793 号

著　　者　曹林光
责任编辑　袁　靖
责任校对　刘成聪
装帧设计　张伯阳

出版发行　中国文联出版社有限公司
地　　址　北京市朝阳区农展馆南里 10 号　　　　邮编　100125
电　　话　010 - 85923025（发行部）　　　　85923091（总编室）
经　　销　全国新华书店等
印　　刷　三河市华东印刷有限公司

开　　本　710 毫米×1000 毫米　　1/16
印　　张　15.25
字　　数　200 千字
版　　次　2023 年 1 月第 1 版第 2 次印刷
定　　价　78.00 元

序

　　雷州半岛这片神奇的红土地，令人向往和眷恋。作者正是取材于这片故土，以自己的所见所闻，描绘出一幅幅美丽的乡愁画面，倾注了他对故乡的深情和挚爱。他不愧于红土地儿子，值得景仰，他的作品不愧红土地的作品，值得鉴赏。

　　《红土月季花》这部美文集，逼真地反映了新中国不同历史时期雷州半岛城乡不同的社会风貌与人文精神。同时，渗透着作者的人生观、价值观、道德观、审美观，也蕴含着其思想修养与艺术韵味。纵观该美文集，其中雷剧《不怕鬼的姻缘》《番薯状元结婚》《红土汉子与苦命女人》《甘苦月季花》《故乡"月母"的故事》等篇章，讴歌了故乡劳动人民为集体而艰苦奋斗的高尚思想品质；表现了改革开放时期男女青年不畏艰难、拼搏进取的可贵精神。这些作品感情色彩浓厚，富有乡土气息，让记忆在时空穿行中发酵，散发出情真意切的芳香。读者可以在这馨香的气息里翻阅时光，鉴赏情怀，重温友谊，回归家庭，纵观社会，品味人文。这些渗透心灵的写作，再现那个年代、那些人物、那些事件，不仅让同龄读者感同身受，牵起对那些逝去岁月的怀念和思考，也让青年一代通过这些记述了解那些陌生的年月，了解那些散落于乡间的真实历史。因此，这部美文集能够触动读者的心，使读者思想受到启迪，心灵得到润泽，情感受到熏染，产生微妙的精神力量。

　　在时代和社会的大背景下，曹林光先生追逐一个充满声音和光影的过去世界，从不同视角，对新中国不同历史时期雷州城乡男女青年的爱情观进行了细腻的描写，意象优美，情景交融。诸如《戏水鸳鸯》《纯情村姑》《俊男靓女游湖光》《青梅竹马》《情窦初开》等篇章中的故事情节，写出了灿烂多彩的纯真爱情，写出了袅袅乡音，写出了红土情怀。在这些朴实的故事中，其主人公各具特色，情节曲折生动，耐人寻味，感人肺腑，令人赏心悦目，且字里行间充溢着时代感与红土文化。如雷州海北村一对对恋人游湖光时梁云江的云水情怀、郭露水的天真坦露、吴倩影的贞操倩影、马老实的淳厚朴实，尤其是甘蔗地埂上李梓明的厚道明智、郑月秀的单纯秀丽，还有港城农家乐酒楼里李丹的一片赤诚、胡宁的宁静致远等，一一跃然纸上，将各具性格特征的人物刻画得淋漓尽致，活灵活现，惟妙惟肖。这真挚的情感，逼真的形象，往往引起读者的共鸣，具有较强的艺术感染力。

《红土月季花》的另一个特点是浓墨重彩写爱情亲情，真挚感人。如《母亲的爱》《红土汉子与苦命女人》《故乡"月母"的故事》《恋人泪洒埠头》等篇章，那一桩桩令人钦佩的亲情与爱情故事，展现出亲切、质朴、正直、厚道、和善的父母之亲情、子女之孝情、夫妻之真情、恋人之纯情的美好形象，传达出人间挚爱，那一幕幕的动人情景牵动人心，如泪泪清泉，沁人肺腑。在道德滑坡的今天，捧读这些作品，呼唤无疆大爱，召唤人们重返爱的河岸，感受爱的真谛，回环真、善、美的暖流，让传统道德有理性地回归，让人看到了光亮，看到了希望。自然而然，作品产生了良好的艺术效果。

《红土月季花》这部美文集，它充满着正能量，唱响了时代的主旋律，其内容丰富，题材广泛，语言畅达，描写细致而深刻；其故事性、思想性、知识性并举，具有较强的文学艺术感染力和深刻的教育意义。故，文稿获得"湛江市2016年精品创作扶持资金"等奖励。

是为序。

华南师范大学　雷云开

二〇二〇年孟春

目 录
CONTENTS

雷剧《不怕鬼的姻缘》

雷南县剧团演出的现代雷剧《不怕鬼的姻缘》，是一出取材于本土，反映新中国反封建迷信和不信神鬼的新时代精神的戏。

剧中男主角李光耀，雷州雷南县乌石人，1953 年上雷南县城参加高考。

当时，县城大大小小的旅店都住满了人，他到处寻找，都找不到地方住宿，心里十分焦急。

天快黑了，他来到一座富家府门口，大门旁边站着一个老公公。他把上城考试没地方住宿的事情告诉老公公，请求同住。老公公说："我的房子太窄，这座豪府房子多，但有妖精鬼怪，如果你不怕，我就让你进去住。"李光耀欢喜地说："好呀，我一不怕神，二不怕鬼，就让我住下吧！"于是，老公公让李光耀住了进去。

第一天夜里，平安无事；第二天夜里，还是平安无事；第三天夜里，李光耀念试题，突然"吱"的一声房门开了。李光耀抬头一看，只见一个老公公，身穿白衣，头上一把毛，眉上一把毛，下巴一把毛，脸色青蓝，舌头吐出，两眼睁得大大的，指甲有两寸长，不请自进。

他走到李光耀面前，举起双手，像猫一样"喵"的一声扑来。李光耀双手蘸墨，也"喵"的一声向他扑去，就要与这位鬼怪拼命厮打起来，老公公见状，马上退出房门。李光耀不理他，关好房门，洗手睡觉。

第四天夜里，李光耀睡不着，便坐起身又背诵试题，"吱"的一声门又开了，李光耀抬头一看，只见一位年轻女子，身穿青蓝衣，眉清目秀，如月里嫦娥一样。她站到李光耀面前，含情微笑。李光耀问她："三更半夜，何事到来？"

"请问先生贵姓？"

"我叫李光耀。"

"啊，原来是李先生！"那青年女子说，"我每天夜里，听李先生背诵试题，今夜特来请教。"

"你叫什么名字？"

"我叫张玉莲。"

李光耀问她多少岁，她说是年18。李光耀问她有没有结婚，她含情脉脉地说："你敢娶我？""我敢。"

"我是鬼。"

"鬼也不怕。"

张玉莲为李光耀的勇敢和真情所动，李光耀为玉莲的美貌所倾倒，两人便一见钟情，定下百年之好。两人无所不谈，当谈到高考之事时，张玉莲说："你写一篇文章给我看看。"李光耀挥笔写了一篇文章。张玉莲看了说："这篇文章有很多不足之处，让我点评点评可好？"

"好好好！"李光耀频频点头。

一会儿，张玉莲把点评后的文章给李光耀。李光耀看了非常敬佩，觉得张玉莲的才华胜过自己，便十分虚心地说："望莲妹多多指教。"

张玉莲说："我写一篇文章给你，背熟了，对你大有好处。"张玉莲随即动笔……一会儿，写完了。李光耀接过来一看，确是好文章。

高考那天，题目正是张玉莲所说的。李光耀心里欢喜，便将张玉莲的文章默写在卷纸上，交了上去。不久，金榜题名，文科状元果然是李光耀。

李光耀得到被中山大学录取的喜讯后，立即从乌石赶来雷城找张玉莲。这时，张玉莲坐在床上，愁眉苦脸，流着眼泪。李光耀问道："玉莲，全凭你我才考上大学，你为何伤心流泪呢？"

张玉莲道："你考上了名牌大学中山大学，将来前途无限，高官厚禄，荣华富贵。而我则是一个无职无业的普通女子，你还会娶我吗？"

李光耀回应道："玉莲，你说到哪里去了，咱们已定下百年之好，你又这么才貌出众，如此漂亮贤惠，我怎么会嫌弃你呢？你放心，我百分之百地娶你，爱你，一生一世不离不弃，与你白头到老。"

张玉莲激动道："你真好，我更加爱你，愿做你的终身伴侣，做贤妻良母。但我得把身世告诉你。首先我不是鬼，我是瞎说的。并且那晚你将要厮打的那位老公公也不是鬼，他是扮鬼试探你是不是真不怕鬼。他是我外公，我是这豪宅的主人。我与外公都不信鬼神，我喜欢不信鬼神的人，你就是我心中所喜欢的人。"

她停顿了一会儿接着说道："这座豪宅根本没有什么妖精鬼怪，都是外面谣传的。

"我是一位比较聪明又勤奋好学的女孩，在学校里我是尖子生，成绩是最好的，高考审核不合格，我不能参加高考上大学呀！真倒霉。可我遇到了一个不怕鬼的你，我心里踏实了许多，于是我又幸运地爱上了你。

"我是追求上进的女孩，我不甘心我一辈子无职无业，我要上大学，我要工作，但目前情形，你说，我该怎么办？"

李光耀听完玉莲诉说的身世，非常同情她的不幸遭遇，便安慰她："玉莲，天没有绝人之路，你能追求上进，这就很好，我有一个想法，你可以试试看。但你得相信党和政府不会亏待好人。首先，你的立场必须站在党和人民一边，有了这进步的思想基础后，你给县政府写一份报告，反映你的进步思想与进步立场态度，并愿意将你现住的豪宅交给政府，请求党和政府给你追求上进的机会，同意你参加高考。我看这么做，政府肯定会同意你的殷切请求，你掂量一下，这么做可否？"

张玉莲本是进步青年，她觉得光耀所说的很有道理，便按光耀的指点向县政府交上了申请报告。不过几天，政府批复下米，同意了张玉莲的申请要求，次年，张玉莲如愿参加高考，同样被中山大学录取。于是两人成了同校学友，毕业后，这对志同道合的鸳鸯走上了社会主义道路，为党和人民做出了贡献。

当晚的这出戏，演得很生动，很成功。剧情演绎着真人真事，似乎就是发生在眼前的事儿。因取材于本土，又反映了新时代的精神风貌，很有现实意义。又因剧情很感动人，观众看得津津有味，每个人都沉迷其中，百姓看自己的戏就像看自己的照片，无不喜闻乐见。

站在台下一动不动的外村人，他们一听到海北村戏场锣鼓声响，就像得到皇帝诏令一样从四面八方赶过来，津津有味地品尝着这新时代的新剧情，无不快哉，乐哉！

这出戏演至 12 点钟，习惯于早睡的村民眼皮开始打架时，剧情也就结束

雷剧『不怕鬼的姻缘』∨∨∨

了，戏场的人如彩云一样散去，当村里人已经慢慢进入梦乡时，外地赶来看戏的人，还走在黑灯瞎火的回家的路上。

雷剧《番薯状元结婚》

现代雷剧《番薯状元结婚》，是以新中国成立后开展的农业合作社为背景，叙述一对农家男女青年恋爱的故事。

剧中男主角何应昌是贫苦农民出身的孤儿。村支部书记朱伟民可怜他，把他收养过来。他为人正直，勤劳勇敢，吃苦耐劳；他人穷志不穷，有远大的理想抱负，立志干大事；因为穷，他不能在全日制学校念书，便在夜校里认真学习文化知识，刻苦钻研科学种田理论并付之于实践。朱伟民看在眼里，喜在心中，大力支持他，让乡里的农业技术员小刘多多指导、培养他。他积极配合刘同志大搞高产番薯实验，经过两年多的实践，成功培育出高产番薯，成为全县高产番薯的状元，名扬全乡全县。行署及省里给他发了大奖状，发给他大额奖金，他也被省市评为"五四"青年突击手，参加了县、行署、省的农业合作化运动的先进大会。

县委有关领导见他年轻有为，将是未来农业的急需人才，便保送他上华南农业大学深造。毕业后分配到县农业局工作。由于他工作积极、成绩优异、累累立功，不到三年时间便当上了农业局副局长。

原先，村支书朱伟民已有一女儿出嫁，女婿家庭较富裕，这位女婿总看他不顺眼，嫌他穷，没学历，把他当下人"穷鬼"看待；为了把他赶出岳父家，这位女婿便出损招，在岳父生日宴席那天，故意把他的手表放在何应昌的衣箱里，诬蔑应昌偷了他的手表，要岳父处罚他，把贼人赶出家门。可岳父深知何应昌的为人，对这件事不做任何追究。该女婿不服，便故意搜翻何应昌的衣箱，从衣箱里拿出那早已暗算好的赃物手表摆在岳父面前。出嫁女儿夫唱妇随道："证据确凿了还抵赖！"要求父亲扫他出门。这个女儿醉翁之意不在酒，她是怕何应昌将来占了她的家产，而夫妻同谋做出如此卑劣的事。

村支书的另一个小女儿朱小曼，也看不惯大姐及姐夫的恶劣行为，便劝父亲道："贼出百家，不能偏听偏信，也许另有隐情。"

村支书朱伟民养女知女心，也看得出女婿为人心术不正，胸怀不够，小人见识，便调和道："做人多点宽容，少点刻薄，也许事出有因，家和万事兴，算了吧！"这时，女婿很气愤道："我看这穷鬼没有什么出头日的，我敢打赌，日后若他能成气候，我愿雨天为他打伞挡雨！"他的狗眼看人低，激起岳父的怒火，见他如此不识趣，顽固不化，便即时与他打赌道："好，我做证人，你给我记住，可不能后悔！"

如今何应昌果真成了大气候，年纪轻轻就当上了农业局副局长，而该女婿还在县农业局下属的农技站当科员。

有一次，何应昌副局长一行到这个女婿农技站指导工作，正巧天下大雨，应昌没有带雨伞，于是，那女婿便乖乖地为何应昌打雨伞挡雨，兑现了他与岳父大人的打赌狂言。真是报应啊！其老婆看到羞得面红耳赤！

何应昌虽当了官，但为人忠厚，他念念不忘村支书朱伟民的养育之恩，也念念不忘村支书的小女儿朱小曼的怜爱之情，凡有空便回来孝敬村支书，与朱小曼谈情说爱。朱小曼从小就喜欢何应昌，何应昌也很喜欢朱小曼，两人青梅竹马。他俩的热恋，村支书朱伟民看在眼里，喜在心上，便托人说媒，成全他俩。于是何应昌便当上了村支书的上门女婿。

这回，大女儿大女婿只好反省自己，改正自新，而何应昌、朱小曼不计前嫌，宽怀待人，一家人和睦相处。

这出戏取材于本土，活灵活现，有现实的教育意义，教训了这个欺贫重富、鼠目寸光、自私狭隘的势利小人，警戒了世情。同时，这出戏积极地响应了时代精神，对破除农业发展故步自封的旧观念，倡导科学种田，获取农业生产大丰收有着极其重要的意义，起到了积极的推动作用。

这出戏形象鲜明，情节动人，有强大的艺术感染力，在观众中引起了强烈的反响，受到了广大社员群众的喜爱。以至于演后的几天里，话题说的全是戏，说戏里的故事，也说演员，从戏里说到现实。

村庄社戏，营造了一个文化环境，有利于社会美德的弘扬，潜移默化地提高了村民的文化素质和道德修养；在扩大社会影响的同时，提高了村庄的知名度，构建了和谐的农村家园。村里演戏是人本文化教育的重要机缘，舞台上演示人物美德，等于向台下观众现身说法，演至情真意切时台下一片感慨。

　　村庄社戏，四邻八境村庄的人们都来观看，不但可以探亲访友，而且对青年人来说，也提供了一个谈情说爱的机会，青年人相遇于戏场，利用戏场联络感情，沟通心灵，弘扬美德，移风易俗，对促进农村经济文化和精神文明建设有极其重要的意义。

一朵美丽的玫瑰花

吴倩影这几天心情特别好。公共食堂开张暨集体婚礼举行，蔡英姿请她当伴娘，让她见了大世面，她当时就美滋滋地想着，如果早与马老实恋爱成熟了，赶上这个时候一起结婚多好啊！这几天她一直想着怎么与马老实好好热乎热乎一番，尽快把两人的恋情搞成熟，也结婚好了。故她决定借往县城开会之机，好好与马老实在县城景点热乎热乎一番。

第二天一大早，旭日东升，阳光普照，凉风送爽。马老实便兴致勃勃地赶到吴家门口接送吴倩影，决心好好地献一番殷勤，这才对得起人家，是他马老实应该做的，他觉得心安理得。

他在门口等了许久，吴倩影终于出来了，他马上迈步上前接住吴倩影的行李包，与她妈月嫂问好施礼后，便与吴倩影一前一后朝南山公社汽车站方向走去。

到了车站，买了两张雷城车票，与吴倩影乘车一起到了雷南县城。

进入县城，落入眼帘的是一幅热闹的画面。人来人往，车水马龙；街旁成荫，鸟语花香；店铺林立，商业繁荣。红男绿女，有说有笑，叔伯婶嫂绽放笑容，三元高塔拔地擎天，一座上天眷顾的历史文化名城面貌焕然一新，处处呈现生气勃勃的新气象。

他俩走在宽敞的大街上，好像进入另一个世界，比起海北村是那么新鲜、生奇！

吴倩影提出先到会议报到处签到，于是，两人一前一后奔向政府大院。接待处同志很热情，吴倩影签了到，到指定住宿房间放好行李，在政府食堂吃过中午饭，两人便手牵手漫步经过县电影院门口，下到嘉岭坎，到了城内十字街。十字街两侧分别是国营百货大商场、新华书店、红旗饭店、东方茶楼等。

他两人进入百货商场逛了一阵子，在布匹柜台，吴倩影看中一块粉红色花尼格子布料，说是做裙子很好的。马老实也很乐意，便用带来的政府刚发来的布票，剪了六尺，并付了布款十多元人民币。吴倩影也为马老实选中八尺的确良衬衣布料，抢着付了布款。接着，两人又到新华书店翻翻几本名家作品看一看，再到旁边的古玩店欣赏了一番后，经过城内十字街的红光旅社、五金铺、豆腐社、中医院、城内菜市场门口、山货门市部，便是西湖十字街，十字街左边通往城外，右边上县委县政府，朝前直走经过一中门口、天宁古刹，旁边就是雷州闻名的西湖公园。

雷州西湖原名罗湖，湖滨的天宁古刹与碧水朝夕相依。自宋绍圣四年大文豪苏轼兄弟在此醉游之后，罗湖更名为西湖。中国有四大西湖：杭州大西湖、扬州瘦西湖、惠州丰（西）湖、雷州罗（西）湖。

西湖曾以"西湖翠拥"列入古雷州八景之一。如今的雷州西湖公园，是一座风景秀丽、人文荟萃，集自然风光、贤踪圣迹于一体的园林式游园，不仅独具南天一格的风貌，而且有着雷州史话的绵延。

他俩到了西湖公园门口，看到许多年轻人在聚精会神地听一位说书老人讲西湖的传说，便立足旁听。这位先生绘声绘色道：

很久以前，后羿从西天王母那里要回灵丹妙药，羿妻嫦娥偷吃，羽化登天而去，被玉帝敕封为广寒仙子，成了仙女，住在广寒宫。

日久天长，嫦娥在广寒宫形单影只，寂寞无奈，天天对着明镜，孤芳自赏，顾影自怜。后来，西王母赠予嫦娥风月宝镜，由她指挥月下老人，为天下有情有缘人穿针引线，共结丝罗。从此，每当耳闻目睹人间喜乐高奏、莺歌燕舞时，嫦娥触景伤情，回想与后羿的日子，人间恩爱，相濡以沫。嫦娥凡心大动，无奈天庭戒律严厉，她不敢越雷池一步，只好望凡兴叹，终日郁郁寡欢，快快不乐，落下一块心病。

话说有一次，嫦娥手执宝镜，凭栏鸟瞰，神游万里，忽闻人间鼓声阵阵，丝竹纷纷，鞭炮连连，不禁怦然心动，春情摇曳，手足无措间，宝镜跌落凡间，铸成大错。玉帝闻奏，龙颜大怒，将嫦娥变成丑陋无比的蟾蜍，以做效尤。故后人称广寒宫为蟾宫。

那跌落凡尘的宝镜，摔成六六三十六块，散落在神州大地，变为

清澈如镜的湖泊，其中四块就是闻名遐迩的中国四大西湖：杭州大西湖、扬州瘦西湖、惠州丰（西）湖、雷州罗（西）湖。

西湖跟宋朝大文豪苏东坡大有干系。坡翁不但文采斐然，而且平生好游名山大湖。茫茫世事难自料，一生皆为命安排。坡翁裘马清狂，落拓不羁，足迹遍布名湖大川，似乎与西湖结下了不解之缘。坡翁出仕杭州时，筑堤环湖，阅尽西湖之景色，写下脍炙人口的诗句："欲把西湖比西子，淡妆浓抹总相宜。"

元祐党争，东坡被贬惠州，寄情山水，托怀花木，漫步于丰湖之畔。值得一提的是，宋哲宗绍圣四年盛夏，东坡自惠州再谪昌化郡，坡翁之弟也被贬于雷州。兄弟寓于罗湖之侧。罗湖风光绮丽，湖光山色清幽迷人。坡翁兄弟以湖为家，泛舟湖中，宠辱皆忘。每当月上中天即举杯邀月，抵足畅饮，吟诗抒怀。一唱一和，留下了许多不朽名句。

雷州后人仰止贤踪，遂在湖心筑苏公亭，以纪念坡翁德范，并将罗湖易名为西湖。今朝西湖，已非昔比。亭台馆榭相辉映，拱桥曲径可通幽，澄湖碧柳更迷人；游人四季络绎不绝，红男绿女笑语盈湖。

这位说书先生接着讲西湖的宋园故事：

雷州西湖的宋园里有一口井。相传，这口泉井是天上掉下来的一块大陨石砸出来的。初时，井口冒烟，浊水横流。雷民运土堵塞，求神保佑，都无济于事。浊水越来越凶，顿成泽国，生灵涂炭。住在旁边的一个村姑急中生智，跳进井中，堵住了泉眼，献出了生命。从此，泉水不再泛滥。

宋代，寇准被贬于雷州，寓居于天宁寺西馆，临近此井。有一天，寇准来到井边，泉水突然汩汩作响，清泉上涌。寇准高兴，舀起一桶水，低下头喝起来。寇准喝得酣畅淋漓，啧啧称赞道："甘若醴，凉如冰，消疲惫，醒心神，仙泉！仙泉！"

被贬往南方雷州，充个闲职司户参军的寇准，花甲之年，去国离乡，心灰意冷，百转愁肠。人心险恶，宦海沉浮，蒙冤受害，忧愁如丝："曾为深渊无处雪，长在湖上哭青春。平林雨歇残阳后，愁煞天涯去国人。"他孤灯独酌，借酒消愁。醉意朦胧时，一个村姑飘然而至，为寇准送来了一大海碗稀饭，一碗苋菜，门口放着一桶水。村姑轻轻地走了。寇准全无食欲，只觉喉咙干渴，低着头就着木桶喝起水来。水清凉甘润，很像门前的井水。

不久，天宁寺慧能长老来访，看到放在一边的饭菜，好生奇怪。寇准把缘由告诉他。长老说，这稀饭是雷州人常吃的番薯丝饭，润胃滑肠；野菜叫苋菜，消食解滞。长老劝他吃素、饮茶、戒酒，养好身体。

第二天，村姑又送饭来了。寇准接过饭菜，认真吃了起来。看着寇准吃得津津有味，村姑心里美滋滋的，脸上笑容如绽放的桃花。寇准情不自禁地试探村姑："姑娘，老夫认你做女儿，如何？"村姑嫣然一笑，点头同意了。寇准眼睛一亮："叫一声爹好吗？""爹爹——"亲切的叫声从樱桃嘴里出来，就如熟透的樱桃般甜蜜。寇准笑了，两只忧郁的眼睛注满了热泪。

雷州人爱憎分明，敬贤如师。他们经常看望寇准。有一回，一位说书老先生登门拜访。老先生熟知地方掌故，又会讲官话，跟寇准谈得很投机。寇准向老先生了解村姑的身世。先生告诉寇准，那村姑是个传说人物，姓雷，长得标致，鹅蛋脸，樱桃嘴，柳叶眉。很久很久以前，井水泛滥，她舍身堵泉，从此成仙，人称她雷井姑。寇准听了，将信将疑。

月色如银，蛙声四起。两位老人静坐等候。不一会儿，村姑给寇准送饭来了。寇准喜形于色。村姑见到先生，连忙行礼问安。先生还礼："井姑不必多礼。井姑舍身堵水的事迹，我从小就听说了。此事一直是我说书的主要内容，人们听我说您的故事，无不感动流泪呢！"

老先生道破身世，村姑难为情。寇准呵呵笑着说："雷井姑，不愧是我的好女儿！"井姑腼腆地笑了。这一夜，他们谈了好久好久，谈得可亲热了。可是，万万没有想到，雷井姑后来遭了不幸。

冤家路窄。丁谓不久也被贬崖州。路过雷州时，丁谓厚着脸皮来看望寇准。寇准不愿见这个奸佞小人，命家人用酒瓮装着井水，送给

丁谓。丁谓以为寇准赠酒，不胜感激，扶瓮哭泣。打开酒瓮品尝，才知道是清水！沉思片刻，丁谓抱起大瓮，把水洒在脸上，哈哈怪笑："丁某听从恩师教诲，从此洗心革面吧！"突然，他惊叫起来："臭水，臭煞我也！"丁谓狠狠地把酒瓮砸破。顿时，臭气熏天，路人掩鼻，路边的花草也被臭死了。他一身臭气，想找水池洗掉。听说井水就在寇准门前不远处，他们又嗷嗷怪叫着来到井边，见井水满满，狂喜不已。岂料，丁谓伏身掬水时，那有灵性的泉水一下子退缩下去，嗡嗡作响。丁谓及随从面面相觑，目瞪口呆。

天宁寺慧能长老听说佞臣丁谓要到泉井汲水，立即赶来阻拦。丁谓无奈，骂骂咧咧："南蛮南蛮，地僻水怪，日毒人横……"骂着还要亲自下井喝水。慧能长老急了，正色道："此泉井，若忠臣饮用，就会越饮越甜；若奸臣沾染，就会变质发臭。听说，你就是陷害忠良的奸臣丁谓，老衲奉劝你积点阴德，莫坏事做绝！阿弥陀佛。"

丁谓被骂得狗血淋头，恼羞成怒，不顾长老的劝阻，气急败坏地跳进井里，又喝又洗，大叫大嚷。井里发出一阵阵臭气，鱼虾蟹蛙，一只只被毒死了，浮出水面。

寇准为救泉井，曾经打捞死物、抽干臭水，都无济于事。更可恨的是，寇准再也不见雷井姑给他送饭了。寇准想，她可能被毒死了。寇准怨愤万分，次年七月就病逝了。寇准死后，雷州人在他饮用过的泉井边立碑，上书"菜泉井"，以示饮水思贤，世代不忘。

这位说书先生接着讲西湖龙宫趣语：

相传很久以前，雷州沿海渔民在双溪口打鱼，网到一个沉重的怪物，拖上岸一看，渔民惊愕了。这条鱼很奇异，上身是女身，五官俱全，下身是鱼身，金鳞闪闪。大鱼流着眼泪，嘴巴翕动着，好像在向人诉说什么。渔民不理解大鱼求饶的眼光，操起大刀向鱼尾斩了一刀。顿时，电闪雷鸣，浊浪拍岸。渔民幡然醒悟。"不好了，这是美人鱼，海龙王的女儿，快送她归大海！"人鱼放生后，海面恢复了平静。

"人鱼"向大海深处游去，回到了海底水晶宫。虾兵蟹将簇拥着她见到父王。原来"人鱼"是海龙王的第五个女儿，被视为掌上明珠。当日她擅自离开水晶宫到外边游玩，却遭到渔民的网捕。龙王知道女儿的遭遇后，非常生气。从此，旱灾频繁降临雷州，烈日炎炎，赤地千里，有种无收。

祖祖辈辈以农耕为生、以田地立命的雷州人，梦想龙王开恩，遂建了龙王庙，塑龙王像祭祀。每逢干旱，都举行隆重的求雨仪式。据老人说，求雨时，庙里香火缭绕，红烛通明，放铁炮、烧元纸、供烧猪。道士念诵经文，官员百姓虔诚参拜。男男女女、老老少少捧米碗，排着几里长的队伍，敲锣打鼓扛烧猪。所有人行三步，跪一跪，拜一拜，喊一喊："老天啊，下雨吧！"从早到晚，一直跪到城外十里远的南渡河。如此求雨，年复一年，一代又一代。人之尽情，天见动情。龙女忘了伤痛，怜悯百姓，劝父王布云降雨，德泽雷州。雷州大地风调雨顺，郁郁葱葱；龙王庙里香火鼎盛，千年不绝。

随着时代的发展，雷州人不再伏地求雨，但龙王庙依然在风雨中肃立。每年端午节，龙王庙前车水马龙，龙舟竞渡。有民谣传："龙舟沟，龙王庙，每年端午很热闹。"后来，雷州人扩建西湖，同时，重建龙王庙，并易名为"龙宫"。龙宫与湖水相映，水中有宫，宫中有龙，神龙戏水，十分有趣。

这位说书先生讲得绘声绘色，生动有趣，众人听得津津有味，听到动情之处无不感叹，听到美妙之处无不热烈鼓掌。吴倩影与马老实感觉最新鲜，觉得是前所未听、前所未闻的，因而，他俩是最认真的最忠实的听众之一，且是感叹最多、鼓掌最响的观众之一。

这时，这位说书先生接着讲西湖旁边天宁寺的故事：

天宁寺创建于唐大历五年，是雷州名胜古寺，宋代大学士苏东坡曾被贬于琼州，游天宁寺时亲笔挥毫题书："万山第一"。

宋哲宗绍圣四年苏东坡被贬于琼州别驾，携着幼子苏过自惠州奔

琼海，与谪雷的胞弟苏辙相遇于滕州。兄弟共十口，风餐露宿，跋山涉水，来到天南重地，雷州城府。

一生与佛结缘的苏东坡，乍到雷阳，首先投奔天宁寺。天宁寺的方丈及僧侣敬慕东坡已久，获知其被贬琼必经雷阳，又知朝廷严令其不准居官舍民居，便为他准备客房，夹道欢迎。

苏东坡步入天宁寺山门，方丈及僧侣早已候迎。苏东坡十分感激，双手合十致谢。东坡与方丈携手同行，嘘寒问暖，倾诉衷肠。方丈的深情盛意使东坡忘了去国万里、贬谪南方的愁怀，转忧为喜。

旭日东升，钟音昂昂。东坡观看天宁寺名胜，只见地势突兀，东有城（雷州古城），西有湖（罗湖），南有沟（龙船沟）。湖池点缀，众星伴月，海沟弯曲，萦绕寺前，四方拥护，钟灵毓秀。苏东坡脸露喜色，连连称奇。好一处山门奇观，好一座佛门圣地。

苏东坡闲步罗湖长堤，为罗湖的景色所陶醉，遂与弟弟苏辙泛舟罗湖，逸兴遄飞，乐而忘返。

暮色苍茫，暮鼓声声。禅房里，苏东坡与方丈盘膝畅叙，说佛论经，谈空释疑，探求真谛，明心见性，法尽果圆。苏东坡仕途坎坷，命运多舛，满腹经纶，流放南荒，感叹万端。方丈盛赞苏东坡胸藏万卷，一身正气，忧国忧民；劝谕东坡不必忧谗畏讥，应宠辱皆忘。彻夜长谈，苏东坡豁然开朗，感慨良多。

天宁寺似无奇观，却尽有幽趣，晨钟暮鼓，深蕴玄妙，蛮荒雷州，竟有此庄严法地，佛道高僧。苏东坡万里投荒，九曲愁肠得以解脱，顿生盛赞评许之意，满怀喜悦溢于笔端，挥毫题上"万山第一"四个大书，为天宁寺留下又一个传奇故事。天宁寺建了一个牌坊，把这四个大字雕刻为牌匾挂在牌坊正中，四方游客慕名景仰。

天宁寺有一个"天宁古刹"的牌匾，是明代著名的清官海瑞所题。

传说，明朝末年，海瑞学有所成，为实现"读圣贤书，干国家事"的抱负，便打点行礼，赴京赶考。他从海南岛的新安村渡海，不日来到雷州。海北名城雷州胜景让他流连。在畅游巍峨的三元塔、雄伟的古城楼、翠拥的西湖后，海瑞到千年古刹天宁寺占卜前程。禅师预言：他这次赴京赶考，必定"双喜临门，大小登科"。禅师见海瑞气宇轩昂，认定他是栋梁之材，便热情招待，诚意留宿。第二天，海瑞起个大早，匆匆赶路。天不作美，黑云密布，雷电交加，顷刻间暴雨淋漓。好不容易赶到仙桥时，百丈长桥已被洪水淹没，令他寸步难行。眼看黑夜即将来临，洪水一时难以退去，他只好在朴札村寻找地方歇息。

接纳海瑞的是一座高大住宅的主人张员外。当天夜深人静，主人房中传来长吁短叹声。海瑞睡不着，起身到外面走走，听到墙外面有人说话。"海大人今天来了，就住在客房里，我看还是走为上策！""我舍不得离开！你设法帮我躲进埕里，海大人怎么会知道呢？"

第二天，海瑞辞行。临别时，他见员外高兴的样子，小心询问昨晚为何叹气，并将昨晚听到的话告诉员外。张员外听后非常惊讶，心里明白遇到贵人了，便将实情相告，并恳请海瑞相助。

原来，乐善好施的张员外，老年得女，如今女儿二十八岁了，如花似玉，温柔可爱，夫妻俩视为掌上明珠。近来，不知何故，千金小姐病魔缠身，卧床不起，多方求医，不见好转。夫妻俩忧心如焚。当天清早，小姐突然精神焕发，又喝完一大碗米粥。员外夫妇非常高兴。张员外如梦初醒，当机立断要求海瑞帮忙。盛情难却，海瑞只好答应。

推开房门，果然发现房内有一个古老的埕子。海瑞发现这个布满灰尘的埕子盖有开了封口的痕迹，便命人拿来石灰，亲自把埕子的盖子封起来，并用黄纸画符，贴在埕子上，择时把它深埋在山坡上。

从此，张员外的女儿贵体安康，更加美丽动人。为了报答海瑞的救女之恩，张员外有意招海瑞为女婿。窈窕淑女，君子好逑。海瑞见张小姐贤淑美丽，也是满心快意。在张员外的张罗下，定下终身。临行前，海瑞将自己佩戴的护身符赠送给张小姐，两人依依惜别。不久，海瑞上京，巍科高中，衣锦还乡。途经雷州时，张员外便择良辰吉日，张灯结彩，为他俩完婚。

后来，海瑞当了一品高官，不忘天宁寺的长老恩情，便挥毫写了"天宁古刹"的金匾回报，给雷州人民留下了瑰宝。

听说书先生讲完雷州西湖及天宁寺的故事后，吴倩影与马老实买了公园门票，进入公园游览。

公园内游客不多，可环境优雅。有碧波荡漾的湖面，有绿草如茵的草坪，有青翠欲滴的丛林，层次有序，错落有致。楼台、亭榭、曲廊、幽径点缀穿插其间。他俩携手漫步其间，真有些心旷神怡！园内美景无处不吸引着初次游园的他俩，让一对青春鸳鸯快乐至极。

斜阳最美，它的光芒在公园内柔柔地洒播着。无须精心雕刻，湖边假山已经被修饰成了美钻；不必刻意打造，小道中的顽石也已经被点化成金。

一片金竹，高标挺立，暖暖的斜阳，努力地追赶着它，好让自己也能镀上一层金光，虔诚地盼望着能成为一名传播光明的使者。

可她，吴倩影，始终笑着、乐着，全然不顾，就像是一个快乐的新娘陶醉在其中。

今天，吴倩影上身穿一件粉红色衬衫，是自己剪裁的，配着一条蓝黑色的边，显得简洁、新颖、大方。这衬衣格外衬托人，它把倩影那白里透红的肌肤，高挑的身材，一下子衬得光彩照人，尤其那突出的两条玉臂，在斜阳映衬下，新鲜可人，当她举起双臂时，恰似出水芙蓉。马老实欣赏公园美景的同时，更欣赏心上人吴倩影，他贴在她耳边悄悄地说："倩影，你真是我心中最美丽的一朵玫瑰花！"

一只蜻蜓飞过，发出了由衷的赞叹，引来了众多的蜂蝶，在天地间舞动歌唱。

他们尽情地展示着、炫耀着、释放着、喧哗着。为弱小的生命能有如此之美好而欢呼，为卑微的生灵也能平等地享受那一抹绚烂的色彩而雀跃。

在天地万物间，蝴蝶有蝴蝶的舞蹈，蜜蜂有蜜蜂的歌唱。

这一对靓丽情人，正如天空的斜阳，是湖面上的一道涟漪，随波游走，流光溢彩。

这一对满腔热血的情人，正如一种欢快的节奏，一声声地呐喊高歌，一浪浪地激情炫舞。是火光，是雷电，是竹海幽谷间蝶之纷繁，是相思树林里蝉之欢鸣……

这一对爱抚的情人，坐在竹林丛中的一个石凳上，周围十分隐秘，看来是小情侣亲热的好地方。

吴倩影经过那天的集体婚礼当伴娘的锻炼，胆子大了，观念变了，性情奔放了，她没有丝毫的羞意，大大方方地坐在马老实的大腿上。马老实受到感染，胆子大了起来，紧紧地搂抱着她，大概恋爱的女人最喜欢的就是心爱的男人抱着她，宠着她，也许这就是爱她的具体表现。

马老实对吴倩影道："亲爱的，你知道什么叫'一寸光阴一寸金吗'？"

吴倩影笑道："就是说时间是宝贵的，每一个人都要珍惜它。"

马老实也笑道："你说对了，比如我现在抱着你，也可以说一寸光阴一寸金，因为你太美了，我要好好珍惜！"

吴倩影又笑道："怎么你变得如此油嘴滑舌了，是不是亲吻过很多纯情女孩了，老实跟我说，你亲吻蔡英姿了吗？"

马老实笑嘻嘻道："哪有这回事呀，我一生只亲你一个，好好爱你，宠你，你才是我的宝贝明珠！"

吴倩影用手指捏住马老实的鼻子道："我爱的就是你的忠实厚道，你不会骗我吧！"

吴倩影不依不饶似的，马老实趁势在她身上摸了一下，这一次吴倩影没有丝毫介意，软绵绵地瘫倒在马老实的怀里，马老实亲吻了她一下。

吴倩影躺在他怀里，温柔道："亲爱的，你要永远爱我，我可以什么都给你。"

落日每倾斜一点点，湖面上的涟漪就增加一分喜悦；晚霞变大一点点，湖岸的花花草草就增添一分色彩，影子还忽地长高了许多。晚霞啊，晚霞！古往今来，为何人们总是深情地、深情地望着你，品读你，醉在你的霓裳羽衣里？

不一会儿，太阳坠入山里去了。天渐渐黑了下来，公园里没有了人；天完全黑了，公园里宁静如死，四周一片昏暗，只有公园主道上忽明忽暗的微光在闪动。

马老实把吴倩影抱得更贴身了，他激动道："倩影，我永远爱你，爱你一生一世，海枯石烂心不变，我让你幸福一生。"

吴倩影闭着眼睛听着甜言蜜语，享受男人的宠爱。

马老实全身燥热起来，狂吻着……

这时，一只兔子急窜过来，惊吓了他俩，似乎在警告什么似的。吴倩影反应过来，也似乎醒悟到了什么，说："老实，咱们太冲动了，咱们还未结婚，做这事得结婚后呀！咱们再忍忍吧！"

于是，老实随即站起来说："好，我听你的！"吴倩影含羞地笑了笑！

他俩在忽明忽暗的星光下，快快乐乐地走出公园，寻到餐馆，吴倩影用会

议上发给她的粮票，递给餐馆打饭。接着，两人高高兴兴吃了晚饭。

马老实牵着吴倩影的手送她回会议接待处，两人依依不舍地惜别。

马老实赶到车站坐上开往南山公社的尾班车，连夜赶回海北村。这一夜，两人睡在不同地方的床上，睡得那么甜，那么香。

果园侧记

最近，杧果花全都盛开了。喷在花上的农药驱除了无数金黄的蜜蜂，没有蜜蜂，成群结队的金龟子就逐香而动，一头扎进花心里摄食花瓣和花蕊，吸取它们的汁液。几乎每一朵花上都有金龟子在吃花瓣和花蕊，杧果花上到处都留着金龟子的齿痕，如果不治理，花都开到金龟子肚子里就结不出果来了。场长说不能打农药，怎么办？用手捉，用糖醋液诱捕，用棍打。每当金龟子未醒或者要睡的时候，明东与大家一起出动，歌声、交谈声、棍子敲打树干声充满了整个果园，金龟子在睡眼惺忪中被震落在铺好的蒲草席上，正想在上面打个滚，大家把它连花一起收进了桶里。收服了金龟子，怎么请来蜜蜂？买吧，讨论了几回没有做成，明东说："可以人工授粉。"于是，几个青年小伙子就凭着改天换地的气概，甘做勤劳的小蜜蜂，一朵一朵给杧果花授粉。几天下来，授完了几千朵花，过了没几天，一个个小杧果从卸去的花瓣下面探出了小脑袋，缀满了整个枝头。也许是他们的精神感动了风，春风吹过，花粉随风传播，每朵花上都传染了春风的气息，幼小的生命就开始萌动了。

果子不断长大，压弯了枝头，"花实繁者披其枝，披其枝者伤其心"，自然要疏果。同时，老枝又抽出了新条，需要剪枝，于是两个活并做一个干了起来。剪枝变成了重点。

枝还没有剪完，吃叶的尺蠖，吃果的钻心虫，钻树干的天牛像海潮一样涌来，立即要喷杀虫的生物农药苦参碱，才能制止这股浪潮的涌动。要搞彻底的自然农法，那就结果子套袋，这需要慢慢行动，否则，可能把果子弄掉。于是，明东与场长商量，买了袋子，一个一个地给杧果套上护身衣。有人说，鸡能吃虫，还能除草，是个重要的项目，应该立即上马。于是，搭鸡舍，买鸡，给鸡治病，一件事跟着另一件事跳出来，人员全部被调动起来，果园只剩明东一人。

他抽空套了几百个果，直到园里的杧果已经长得胖大，没有套下去的必要了。

5月的暴风骤雨在人们尚未喘息之机到来。早上还在荷花塘里放小鸭，中午就冒着雨将它们赶回来；前一会儿还大汗淋漓地在除草，马上就水汗混淆在一起洗澡。一日，大风骤起，拔树震屋，果园也受了天降的打击。杧果在风雨中像花瓣一样无声摇落，尚未泛黄就匆匆落下，落成青青一地的杧果仔，天地在这最热闹的季节派风雨提前给它们安排了一场惊天动地的葬礼。明东捡来拳头般大小的杧果堆了一地，像坟，他低头痛哭，哭那些逝去的年华，飘零而无可挽回的生命，理想在现实里遭到巨大挑战。然而，在最困难的时候，正是他们奋起的时刻，明东决定尽一切努力与天地奋斗，保住树上的果实。挖坑积粪肥给杧果树施肥，用竹木棍绑绳护枝，打药除虫保果，这些措施一一实施，一切都在繁忙而活泼的节奏中展开。

明东说："只有在劳动的时候才能忘掉心中的杂念，踩上幸福的节奏。如果人不用休息睡眠而有无穷的精力，该多好啊！这事想起来就非常美妙！"事情不做完，他讨厌休息。一天晚上，场长从海南打电话回来说那里在下暴雨，估计会很快波及雷州。明东决定用铁锤、铁锹和双手连夜开通果园东侧的水沟渠道，以备暴雨时及时排水，保护果树。大家晚上全部行动。雨开始下，只听见沉重而有力的挖沟工具发出的声音一直响着，伴随着阵阵喊声，明东干得最起劲了。受明东精神的感动，每人干得大汗淋漓，众人的声声吆喝，震动了整个果场。明东是果场最能干、最有奉献精神的人，大家都很信服他。每天叫明东的声音不下百个，"明东"的呼声，充满了果场的每个角落，那是激情、坚强无畏的象征。大家累了，困惑了，犹豫了，可从他那里能汲取无穷的力量。

明东喜欢热闹，劳动时常常伴着阵阵激情欢乐的歌唱。带领大家干活的时候，他带头唱歌鼓舞干劲，《英雄赞歌》是他的最爱，歌颂这美好的生活和英雄的人们，就像勤劳的蜜蜂，它们唱采花曲的时候，不但是在赞美劳动和生活，也是在鼓舞大家采蜜的劲头。

在夏天火热与冰凉的激烈交替中，连我们的衣服和身体里都有一种潮湿欲发霉的感觉。那些专门做"腐烂"工作的微生物群落就在果园里四处游荡，它们躺在不够强壮的树干和受伤的杧果上，把它们化作腐败的温床，趁着高温不断发酵，随着雨水广泛传染，整个果园都预备交由这些微生物来管理了。这时，果园的管理者明东很焦急，他准备用杀菌药波尔多液来抑制有害菌群的活动。

波尔多液需要连续三天的晴天以发挥其药效，并且不产生药物副作用。终于等到一个连续下来的大好晴天，波尔多液、打药机和人员全部安排妥当，一场与有害微生物群落较量的战斗即将打响。果园区域大，人手多，四处寻找明东不见，果场的白师傅让场长直接调人以完成他的项目任务。就像夏日的暴风雨一样，这将再次冲走明东的打药计划，然而这次是人的暴风雨。明东对再次未经过他同意而直接调人的做法大为不满。杧果处在生长的关键时期，在这紧要关头把人调走，偌大一个果园留给微生物去管理，明东束手无策，所以他决定顶住压力，拒绝调人。场长批评明东不顾大局，只盯着树上的果子。为了避开压力，释放内心的激动，明东去外面喝酒，哭个痛快。他情绪激动，数次指责随便调人的危害，深为今年杧果的产量担忧。杧果是农场的重心，一旦杧果的阵地失守，他们今年将会是一场大溃败。然而，最终果园的师傅们一个没来，明东觉得世界顿时塌陷，浑身无力，一气之下，反锁房门，钻进被窝里蒙头大睡，或者是痛哭。场长来电话，他慷慨激昂、情深婉转地陈述果园当下工作的重要性。若在这关键时刻再耽搁，局面难以挽回，似有英雄无力的感叹，听者为之动容。

一番电话下来，明东的激情释放完毕，仍旧上床睡觉，其实却已清醒。大家正在沉默，他突然从屋里出来，迎头见人就说："好了，咱们不管他们，准备打药。"于是，大家各自准备干活，不在话下。

后来明东这种对抗上级领导、拒不执行命令的做法受到批评，白老师指责明东这是在拉大旗、搞山头，这种想法和行为要及时刹住，以免对集体造成更大伤害。自此，果园凡遇到重大事情，明东都会及时跟场长和大队长沟通，场长和大队长对果园的重大计划和调整也都告知明东，大家的交流沟通越多，彼此的心灵就更加敞开，集体就更亲胜一家了。

到了暑假，学校的老师、学生来到果场学农，参加劳动锻炼一周，他们的身影充满在果园的各个角落。他们大多是第一次拿起铁锹在红土地上劳动，场长老师指导他们挖出一道道水沟，以备夏日的积水流出。挖出的土培在杧果根部，把果园的洼地填平，免其积水。他们在盛夏的骄阳下流出的晶莹汗珠滋润着脚下的红土地。有一天下午，雨正倾盆般地下着，同学们从雨中穿梭而过，男生光着上身，雨水在光滑的皮肤上流淌，像风雨中的树木，雨滴打在叶子上，又被弹射出去。他们就在这暴风雨中锻炼，茁壮成长。明东一改劳动时一马当

先的作风，四处巡看同学们的劳动，每到一个地方，他都帮着排疑解难。

当天空显得深邃而高远，阳光沉静而执着地洒遍农场的时候，果园就醉在一片片红霞中，那金黄圆圆闪光的就是杧果的小脑袋，它们笑黄了脸。许多鸟儿从天空飞落在杧果树上，偷吃杧果。虫子干脆睡在果实里做一个个甜蜜的梦，病菌也就更加肆无忌惮起来。捉鸟比较容易，拉起一张张细密的大网，一天下来，就有几十只鸟儿自投罗网。治虫杀菌就困难了，喷了很多自制的生物农药，见苦参碱、乙蒜素有了成效，明东才放心。明东将许多被虫子和鸟儿预先品尝过的杧果赐予了场职工，它们虽然丑些、小些，却是纯天然的。同学们经受了天地的考验，把最纯真、炽热的爱献给了这片土地和果树。明东把外貌好的杧果挑出来给同学们，同学们吃到的不仅仅是果实，还包含着大地之气和大家心血的共同结晶。这样的果实难道不甜入大家的心腑吗？

同学中，有一名叫金小曼，小学时跟郭明东是同学。明东后来退了学，而她现在已是中学生了。

一天临近黄昏，金小曼与郭明东走出果园，爬上了山坡，他俩行进在一道道绿野林里，吓跑了野雉。最后她来到一片小树林，坐在最高处，就着天边的光线看书，为下一学期做准备。这里如世外桃源，她听不到牲口的叫声，也听不到虫子的叫声，只有风吹着树林的叶子声响。光线越来越暗了，山顶上的云霞一抹一抹的，像一个少妇不停地化妆，又总是不满意。偶尔，金小曼会把书本放在长腿上，或者干脆扔在石头上，让自己舒展一些，遥望静静的湖。此时的湖面如一面灰色的镜子，镶嵌着多重边框；间或有一只水鸟划过湖面，或者直往上蹿，湖面就像镜子突然破裂一样，那裂缝处倒是鲜亮无比，变幻着闪电或者树枝的形状；湖上的景色是越来越朦胧了，仿佛有人不断地往镜面吹气，模糊了视线，这时候，晚霞已经拖着纱裙完全进了山窝窝里，一只土鼠从他俩跟前一溜而过，他俩便往原路上走回。

尽管山上没有"食人兽"，可金小曼还是有点害怕，此时，哪怕是一根树桩绊住了她，她也要哭叫。这时，一只野狗呆呆地瞅瞅他俩，无趣地走开，走开还是好的。忽然，又一只野狗仔横在路上，金小曼舞一舞树枝，或者抖动书页，它们就竖起耳朵，拉下舌头，判断金小曼的用意；当他俩经过它们的身边时，它们还嗅一嗅他俩的裤腿；金小曼心里慌，可想跑不敢跑，想逃不敢逃，快要进入果园时，金小曼蓦然回首，那狗仔还站在那里，呆呆地瞅着他俩。

更多的时候，她会和明东一起干活儿，喷药水，捉虫子，除除草，数一数瓜蔓里新添了几个瓜蒌，哪些瓜可以吃。干累了，或者想歇一歇，金小曼就从硕大的瓜叶里摸出一只香瓜，像明东一样，想一拳把瓜打碎，不过轮到她发力，总是瓜没碎拳头疼了。她叫唤着明东来帮忙，递半瓣瓜给明东，然后各人爬上一棵树吃瓜。她还学着明东，手在裤口擦一擦，就开始啃瓜。她学着明东的样子，连皮带种吃瓜。光线从树叶里透下来，射到她的脸上，各色各样的小飞虫在她周身找寻安乐窝，金小曼只顾啃瓜，和明东比赛，甜蜜的瓜汁从嘴角淌下，一条黄绿花纹的毛毛虫悄悄地爬上她长长的小手臂，就像越过小山丘和灌木一样，翻过手臂上一个个红疱、一丛丛汗毛，金小曼也只是看一眼手臂一甩，虫子就掉到草丛里。这的确是她的一大进步：小学时，明东常常拿毛毛虫吓她，刚进果园的时候，毛毛虫爬进她的脖子，会让她恐怖失声；现在好了，她可以宣布她不怕毛毛虫了。她可以任由毛毛虫在她身上周游个遍，她甚至还把手掌摊下来，让毛毛虫过桥一样，经由她的手指爬到她的掌心，金小曼的掌心总是汗湿湿的，爬到掌心的毛毛虫就像爬进一个浅水塘，有点迷失方向般地打转。金小曼仔细端详着毛毛虫，发现他们的茸茸细毛和自己身上的一样，一样软和，但在阳光下却会反射出五颜六色的光。她不会去拍它们，也不会去捉它们；她不想伤害它们，也不愿让它们使自己皮肤痒痛红肿；她不晓得它们属于哪类昆虫，明东也不晓得，但她晓得它们能化蛹为蝶——过一段时间，它们还会成为美丽的蝴蝶，也许那时候，它们还会飞来，飞到她的身边，在她看书的时候和她打招呼，在她睡着的时候叮上她的眼睫毛。

夜深人静，风轻云淡，星光灿烂，劳作一天的人们大都睡着了，郭明东背了把笛子来到果园深处，一来是想趁后半夜安静来这里练练乐器，二来是与金小曼约好，晚上赏月。

她娇美如缤纷的花瓣，举止有幽兰的丰姿。一米六五的个头，苗条却不失丰满；配上一张白里透红的瓜子脸，不施粉黛而颜色如朝霞映雪。尤其是那对会放电的眸，时不时地对你亮出个会意的眼神，一颦一笑，妩媚中几多妖娆，自是万般不能抵御的风情。她长得丰胸细腰不说，单那一头长发及腰际的黑发，时而编成长辫，时而盘成任发梢蓬松的马尾，总是能衬托出她的婀娜。她去年买了块上海女装手表，古典美与现代美结合，真是美得令人窒息，张扬却又不失矜持。既有牡丹怒放时的豪迈，又似幽兰芬芳的恬静，内涵和外貌巧妙地结

合到一起，总是令人回味无穷。据说，她也总喜欢在后半夜来这里练声。

树影疏松处，一个婀娜的影子……

小曼红着脸，身子往明东的身边挪了挪，可依旧目光左右乱扫，心中的小兔子跳个不停。明东却依旧投入地摆弄他那把破笛子。

突然发现一个人影从杜果树后走出来，大声地私下乱喊。正在黑暗中僵持的明东和小曼一听有人来了，急忙搂在一起滚到树下的一个草窝子中去。

藏身在暗处的小曼听到身边的明东急促的呼吸声，感到自己的心脏紧张得也都快跳了出来。

这时，明东红着脸就要从草窝子里爬出，却被小曼一把拽住。明东看了看娇媚的小曼后开口说道："那人来了，她是不是看见我们俩了。"小曼做出一个别出声的手势，继续伏在明东的怀里往明处张望。

树下的草窝子里，小曼抱着明东，久久没有从暗处钻出来。

"我亲一个。"小曼迅猛果断地扑到了明东的身上，一张樱唇精准无比地印在明东的嘴上。

"你……"

"给小姐较劲是吗？"小曼可不容明东懒慢。

夜依旧静得可爱，明东突然感觉到，小曼主动一吻的同时，这果园里的杜果树同在一瞬间绽放出绚丽的花朵。月色浓浓洗去寂寞，花荫戚戚迎来芳春……

他俩慢慢地步入另一个世界……

爱情之花绽放

梦云到广州就读华南农业大学工农兵学员的一个学期里，给明东寄出几封信。信中既坦诚抱歉，又表达了对明东的真情恋意。这些情书，字里行间渗透着柔情与温存，唤起了明东对未来生活的热切希望，他也产生了对梦云的爱慕之情。

寒假，梦云回来了，她做的第一件事就是约明东到九龙山游玩。

到了九龙山，南疆的春来得早，处处呈现春天的气息。

天气的确使人心旷神怡，阳光明亮，每种植物都盛开着花朵，斑鸠在树林中咕叫着，云雀在树梢上飞翔，知更鸟经常不明事理地骚扰他们，蝴蝶在开花的灌木丛中翩翩起舞，光彩夺目。小路两排盛开着的白色玫瑰花在树篱之间延伸。涓涓细流弹着春韵，在溪流两边柳树之间回响，点缀着火红的月季，还有蓝色的勿忘我。

他俩携手在九龙山农场那辽阔的橡胶、剑麻地带中，在一个十分隐秘的红土青纱帐甘蔗园里坐下，梦云坐在明东的大腿上，让明东抱她，大概恋爱的女人最喜欢心爱的男人抱着她，宠着她，也许这就是爱她的具体表现吧。

她柔声说："明东，你是我的帅哥，你是我的白马王子，你亲亲我吧，我要你把脸埋在我的腋窝里，一觉睡到天亮。我要你像种子，种在我的心里，我要你像甘泉，我要你如花针小雨，打湿我的梦。我要天天闻着你的味儿。你快摸我吧！"于是，明东解开她的上衣，一寸一寸地用手抚摸她那细嫩的、像绸缎一样的皮肤，皮肤凉凉的，摸上去像玉一般光滑，或者就是玉……

他抚摸她那饱满的、混合着奶味和芝兰之香的乳房。他的心里，那两只乳房就像炽热的灯泡一样，一下子把他烫着了。她又像是一团火焰，带着波涛汹涌的光亮把他吞没似的。

　　明东轻轻地吻了她一下，于是他俩的唇便紧紧地贴在一起了，接着，梦云开始挑逗他，明东再不是以前的明东了，他一遇到梦云的柔情温存，马上血脉偾张，接着呼吸急促起来。

　　这时，明东发起攻势，拉起梦云，狂吻起来。

　　梦云闭着双眼很享受的样子，可能这是她一生第一次接受一个男人如此激情的袭击。梦云心甘情愿投入明东的怀抱，热切渴望得到明东的爱。这怎么不叫她春心荡漾、激情澎湃呢？！

　　明东再次用手轻轻抚摸她，顿时，梦云呼吸急促，呻吟声如蜜蜂一样，嗡嗡的！

　　梦云对着明东含情脉脉地说："我会永远爱你！"

　　明东贴着梦云，回声说："我也永远爱你，爱你一辈子！"

　　梦云对明东乐呵呵道："亲爱的，给我讲个故事，好不好？"

　　明东笑嘻嘻道："那我给你讲讲'雷州鹰峰岭'的传闻故事。"

　　鹰峰岭传闻：

　　　鹰峰岭在英利镇的青桐洋北，它像雄鹰展翅，两爪缩起，俯首盯着地下的小鸡，所以当地人称之为鹰峰岭。

　　　传说从前有一个白胡子的老太公，养了一只雄鹰，个子虽然不大，却能背着他日行一万八千里。他左手提着一个葫芦，右手握着一支拐杖，雄鹰渴了，他就揭开葫芦盖子，让雄鹰喝水。一天，雄鹰背着他周游天下，来到了英利青桐洋北的时候，突然掉了下来，他揭开葫芦盖子，让雄鹰喝水，雄鹰不喝，看了他一眼，闭上眼睛就死了。他痛哭一场，就含着眼泪挖了一个坑，把雄鹰埋葬了。第二天，雄鹰的坟墓竟突然凸起，变成一座山岭，这就是人们所说的鹰峰岭。

　　　白胡子老太公舍不得离开他心爱的雄鹰——鹰峰岭，就在半山腰的绝壁上挖了一个高约一米六、深约一米七、宽一米八的岩洞住了下来。这个洞就是现在人们所说的仙人洞。洞口有一条条榕树的吊根，人们便攀着它上下游览，传说这吊根就是白胡子老太公的拐杖。在仙人洞下面还有一个滴水洞，这是当时白胡子老太公挖的洞，里面的泉水清甜可口。现在，新村附近的群众，还将泉水引进村里饮用。

老太公为什么要挖这个滴水洞呢？据说有一天中午，一个将军路过此地，他的马渴得要命。这时，老太公丢下的葫芦，变成一个高一米多、口径两米有余的大石盆，盆里盛满清水，将军的马一饮而尽，便驮着将军走了。此后，人们叫这个大石盆为将军盆。将军盆里的水干了，老太公就挖了这个滴水洞。有了这个滴水洞，附近村庄的人畜都不愁没水饮用了。

白胡子老太公是一个热心帮助别人的人，人们非常尊敬爱戴他。后来，他死在鹰峰岭脚下，变成一块大石头。现在，人们还称这块石头为石牛公。

梦云听完明东的传闻故事后，兴奋道："咱们一起去鹰峰岭饮滴水洞的泉水，好吗？"

明东乐呵呵道："好啊，那就一言为定，到时候可不能耍赖！"

梦云接道："你再给我唱首歌，好不？"

明东道："那我就给你唱《南泥湾》吧！"

梦云道："好，《南泥湾》这首歌好听。"

明东唱，梦云拍手叫好。

明东唱完道："梦云，你也唱一首吧。"

梦云道："好，我唱《十送红军》这首吧！"

明东道："好，我很喜欢《十送红军》的这首歌词呢。"

两人唱罢，梦云撒娇道："明东，求求你为我写一首诗歌，好不？"有人说：会撒娇的女人是无懈可击的，任何强大的男人都将被征服。这真理可被明东验证了。

明东顺势道："好，我为你写一首。"

"一路上，你不怕千辛万苦，有我陪在你身边。

"人生路，天大、地大、海阔，我为你流浪护航。

"曾记否，那些年，那些事，咱俩留下的影子？

"曾记否，月光下，油灯前，草坪上，咱俩情意绵绵！

"今生今世，天长地久，海枯石烂，咱俩心不变。

"一年一岁，无论天涯海角，山高路远，咱俩并肩前进！

"一年一岁，风雨兼程，剑霜相伴圆佳梦。

"我和你志同道合，红豆情深，白头到老……"

梦云看完明东的诗，连连称赞："好诗，好诗！"

云津传说

从前有条河，河里藏恶龙，天降美仙女，偕伴战恶龙。这个美丽的传说就发生在碧水滔滔的雷州南渡河。她历经九曲十八弯，向西奔流至20公里处，坐落着一个古埠，此处渡口名曰云津。这里常年空气清新，松竹青翠，杨柳吊垂，桃花盛开。天空晴朗，河面宽敞，河水晶莹，可谓碧水蓝天，风景这边独好。小时候，常听船夫老伯讲故事。据说很久以前，王母娘娘最宠爱的女儿云姑娘美得惊动天界，生来也喜打扮。当她得知云津天高水宽风轻云淡，就常偷跑来，对着河面大方地照镜子。云姑娘若是施了白粉，河面便会倒映白云朵朵，若是涂上朱砂，河面就会倒映彩霞斑斓，美不胜收。有时嫦娥也悄悄跟着云姑娘前来赏美，那河面才叫美不胜收哩。

本来姑娘家爱照镜子，与人何碍呢？说来也巧，偏偏这河里住着一条恶龙，面目狰狞，生性狡诈，最忌妒人家的美丽。他眼珠一转，心生毒计，摇身一变，化成一位艄公，划只小木船来此摆渡，穿梭两岸，把云姑娘的倒影划个粉碎。云姑娘的美差事眼看尽废，愁眉紧锁，更恼火那该死的老头儿。不谙世道的天宫小姐，怎会意识到恶龙的险恶阴谋呢？她化作一位年轻貌美的妇女，来到渡船上一探究竟："这一带没有人居住，你为何在此瞎折腾？""姑娘，你不就是一个过渡人吗？""我不是过渡人。""那你为何搭我船？""我是——我是——"云姑娘一下子乱了阵脚，既不能泄露身份，又无言以对，满面羞容。"哈哈哈！我早猜到你会来的，姑娘你既然来了，就回不得了！"只听扑通一声，那老汉一头钻进河里，原形毕露，忽见一条巨龙搅起大水，飞溅四方，云姑娘刚要变身腾空，霓裳羽衣被打湿了——这下子云姑娘真的回不去天宫了。

"你就永生永世在这渡船上待着，做我的压寨夫人吧，要照镜子就照个够！"从那天起，这条恶龙不知多少次骚扰、侮辱云姑娘，为了防备云姑娘的

霓裳羽衣干了后她重新飞上天，每日午时三刻都要搅起大水来把云姑娘打湿。可怜的云姑娘，无计逃脱这魔掌的纠缠，每天以泪洗面。

云姑娘的失踪，令王母娘娘心急如焚，且惊动了玉帝，他派遣天兵天将四处寻找，终于得知了云姑娘的不幸遭遇。小白龙奉旨前来消灭这恶龙，救出云姑娘。是日，午时三刻将至，恶龙还没有出现，小白龙化作云姑娘的模样，跳上渡船。"云姑娘不要哭，我是奉旨来救你的，你把双手伸过来。"说着从口里吐出一颗光彩夺目的金珠，放到云姑娘手里，"我是玉皇派来的小白龙的化身，你把这颗避水宝珠揣在怀里，恶龙搅起水来不会打湿你，你赶快升天吧！我对付恶龙。"云姑娘刚把避水宝珠塞进怀里，还来不及道谢，恶龙就出现了，只见小白龙一跃冲天，截住恶龙，厮杀起来……此时，云姑娘衣服一干，随即腾空飞起，那恶龙急红了眼，便要使出翻江倒海的法术把云姑娘罩住。千钧一发之际，小白龙对准恶龙大口，射入弹簧刺，刺深深扎进巨龙喉咙，卡得死死的。恶龙不管怎么扑腾翻滚都无济于事，终于断气身亡。

云姑娘回到天上后，渡口就作废了。玉皇大帝因此特遣一名天将留守此河段，神龙宝马盘踞周边，作为神仙暗察民间。还赐青山一座、菜园一片、良田万顷，供黎民百姓安居乐业。从此，天地平安，仙景如昔，云姑娘又常在这里照镜子，梳妆打扮。村庄四起，为纪念玉帝恩惠，人们给村命名为龙马村、山美村、西山村、山尾村、菜园村、田中央间村等。方圆百里，居民渐多，为交通方便，一位财主还捐资置船设渡。美丽云姑娘的风流韵事从此广泛流传，为纪念云姑娘，人们将渡口取名云津。

有一天，云姑娘同往常一样到云津照镜子，突然发现渡口倒影中多出一位五官端庄、落落大方的美男子。她如获至宝，欣喜若狂，生怕男子走掉。于是她化作一位年轻貌美的农家闺女，圆润的脸庞、晶莹的眼睛、浓黑的头发，身着白衣，腰系青裙，手提草药篮子，悄悄来到男子身边。这位男子在河边垂钓，猛一抬头，正与云姑娘打了个照面。突然间四目相对，让二人觉得尴尬又惊喜。云姑娘开口道："大哥，我是北排村的云霞，今早听母亲吩咐到河边采药，给家父治病，正巧遇着你，实在冒昧，请见谅！"男子笑道："姑娘不必客气，我是西山上的独户人家，姓名李津。我们母子相依为命，近日母亲刚病逾，我钓条鱼熬汤给她补补身子。"孝顺的小伙子边垂钓边招呼云姑娘坐在旁边石块上。

一会儿工夫，小伙子钓着一条肥大的鲤鱼，他提着鲤鱼便要回家，云姑娘紧跟着说："津哥，方便上你家吗？""寒舍简陋，哪敢劳小姐客访？""我也是穷苦人家，有何不便呢？"于是他俩一前一后直奔李津家。到了家门口，茅屋走出一位六十出头的老妇人，身体有些虚弱。三人便一起吃午饭，李津母亲几次给云姑娘夹菜，弄得云姑娘有些害羞。老妇人问："云姑娘有婆家否？"云姑娘马上满脸通红，她不好意思地埋下头："哪有小伙子看得上咱，哪里有婆家要呢？"这时李津兴趣正浓，却装出埋怨的样子道："娘，不要说这。"母亲接着说："若不是你父亲死得早，家又这么穷，你早该娶娘子了。"这下子云姑娘心里乐开了花，眼前的李津不正是她的心上人嘛！但她表面上掩饰着说："伯母，令郎长得这么俊，还愁娶不着娘子吗？"李津忽地偷看了面前如花似玉的良家闺女，圆圆的脸、亮亮的眼、高高的鼻，露着酒窝的双颊，那神情姿态，活似仙女下凡，令他激动又仰慕。他知道自己已爱上了她，而她似乎也喜欢自己。李津越想越甜蜜，那种一见钟情、相见恨晚的感觉，令他兴奋不已。

　　从这以后，云姑娘几乎每天到李津家，与老妇人聊天，帮忙洗衣做饭，有时还到园里浇菜，或到山上帮李津种番薯，邀李津到河边玩。有次云姑娘戏说："津哥，我若是天上王母娘娘的女儿，你敢娶我吗？"津哥答："为了你，我上刀山下火海，死而无憾！"他俩深深地坠入爱河。

　　天有不测风云，人有旦夕祸福。二人的爱情刚进入成熟期，李津母亲突然去世。唯一的亲人不辞而别，犹如晴天霹雳，重创李津身心，他吃不下饭，睡不着觉，整日愁眉不展，悲恸欲绝，瘦了半圈。云姑娘看在眼里，痛在心上。她一直陪着李津，安慰开导他，动情地说："人死不能复生，如今我就是你的亲人，我愿一生一世陪伴你。"难得云姑娘如此爱惜照顾自己，李津向云姑娘发誓，一定不辜负她的一片爱心，决不让她吃苦受累，与她白头偕老。

　　从此，两人更加形影不离，鱼水情深。但毕竟云姑娘是王母娘娘的掌上明珠，一连几天不见云姑娘踪影，急得王母娘娘像热锅上的蚂蚁。云姑娘的失踪惊动了玉皇大帝，玉皇大帝立即诏令神龙日夜追查云姑娘的下落，终于在西山一座茅屋里找到了云姑娘，不由分说，立即带回天宫。此时，一对鸳鸯天地相隔，他们顿时痛不欲生。云姑娘触犯了天条，经王母尽力说情，才保住性命。王母娘娘劝云姑娘与李津割断情缘，留守天宫，可云姑娘宁死不从。人间的李津呼天喊地，泪洒溪河，度日如年，相思之苦折磨得他骨瘦如柴。某夜，王母

梦见牛郎织女鹊桥相会，醒来不忍女儿再这样受折磨，便跪求玉帝赐云姑娘脱胎下凡，成全佳缘。玉帝也为李津至死不渝的真情感化，成全了这对生死鸳鸯。从此，云姑娘重返人间与李津结为夫妻，恩爱到老。这段生死不渝的爱情故事流传千古，感动了无数后人，直到现在还影响着今天年轻的一代。

云津故土"九斤泼辣婆"

　　每个人的童年时代，都会经历一两件尴尬往事。被"九斤泼辣婆"逮住的那段糗事，我至今想来仍百感交集，她那些话像大海波涛一样汹涌在心间，让我终生难忘。

　　童年时的家乡水草丰茂，鱼虾肥美，所以，一放暑假，我和几个同学就闲不住了，约好一起到海边网鱼。直到中午时分，大家才发现肚子饿，准备把网来的鱼做烧烤充饥，这时不知谁出了个主意，可以偷来玉米一起烤，"搞怪鬼"自告奋勇，一马当先跑去附近阿四寡妇家的自留地玉米田里摘玉米。我和其他人也都跟在后面，捏着把汗掰玉米，左顾右盼，生怕被人发现。事实证明，越是担心的事，偏偏就越会发生。

　　"哈！这回你们真的跑不了了！"一个尖利的怪声突然不知从哪儿传来。众人大吃一惊，赶忙抬起头，这形象不是鲁迅笔下那个"杨二嫂"么，只见一个凸颧骨、薄嘴唇、四十出头的女人站在我们面前，双手叉腰，系着劳工带，张开两腿，赤着脚，正像我们数学课用的细脚伶仃的大圆规。我一眼便认出，她就是远近出名的"九斤泼辣婆"。

　　我顿时像泄了气的皮球，完全没想到会遇着她，心里一直嘟囔，完了完了，这回可真是倒霉了。果不其然，"泼辣婆"气势汹汹地喊道："小兔崽子，罚款十元，怎么样？"这在当时，可是个天文数字，分明是开狮子口叫价斩人。"搞怪鬼"自知理亏，从不认输的他，这回碰着"泼辣鬼"，平时天不怕地不怕的勇气瞬间跑到爪哇国，服软地央求道："我们小孩哪来这么多钱哪，您四婶大人有大量，放过小的吧！我身上只有五角钱，算是赔玉米吧，小的认错了，以后不再偷了。"他算我们当中最巧舌如簧的了，我们听完，觉得这次应该能逃过一劫。谁知，四婶和普通人就是不一样，她怒目圆睁地喊道："不行，做贼就得吃痛，

不重罚，你们哪里把老娘放在眼里！"我们几个把身上的零花钱凑齐也不过一元钱。通常是和事佬的我出面调解："四婶，您心慈，行善开恩，看在邻村的情分上，就一元钱饶了我们吧！"

可惜"泼辣婆"仍不买账，反而露出鄙夷的神色，冷笑道："你们是敬酒不吃，要吃罚酒了，我只好把他（'搞怪鬼'）交给学校处理了。"我和朋友们都吓得腿软，哪还敢抵抗。第一次遇到这么严厉的人，"泼辣婆"连拖带拉，硬是把"搞怪鬼"扯到了学校门口。不过正好放暑假，学校没有人，"泼辣婆"没办法，又把"搞怪鬼"拉到村干部李支书家，要求支书好好教训下我们。李支书把一元钱交给"泼辣婆"，让我们认真写检讨保证书，并严厉地教训一番后放我们回了家。据说"泼辣婆"还到"搞怪鬼"家告状，他被父母狠狠地打骂了一顿。

经历了这件事，我们都觉得很惭愧，"小时偷针，大时偷金"，这句话真不是说说那么简单，身边有些人真的因为路上抢劫低年级同学尔后成了少年犯，出狱后又由于疏于管理而成了惯犯，都是在人生的转折点上走错了岔道。后来我也时时反省自己，如果当初偷上瘾了会怎么办呢？还好我们及时改正了错误，知道了遵纪守法的重要性。话说回来，还真要感谢"九斤泼辣婆"，正是她的严厉，让这件小事成为我记忆中浓重的一笔。去年春节返乡，我专门回到老地方打听，却发现她家房子已经拆了，家人也杳无音信，不禁感怀物是人非。鲜活的记忆仿佛就在昨天，时间让曾经飞扬跋扈的圆规妇人变成了在大树下乘凉的慈祥老太，只留下有那一圈又一圈年轮的老树还在讲着曾经的故事。

悲凉的一曲雷歌伴奏

雷州是亚热带地区，每到夏天都无比闷热，这个夏天也不例外，热得叫人心躁，什么事儿都不想干，脾气也似乎变得火暴了。记得前几年大街上走动的一些时髦青年，在衬衫上印着一句话：别理我，烦着呢！这句话用来对照这样夏天的心境，还真有些贴切。

这一天依然燥热难耐，好在下班前落了一场雨，气温有所下降，否则真不知今儿晚上的饭能不能吃得下去。趁着难得遇上的一丝凉爽，傍晚时候，我决定出去走走，出得门来，一丝温乎乎亦凉爽爽的小风迎面袭来，叫人脸上有被洗过的感觉，内心顿时也觉得清凉了许多。以前还没有空调，风扇也很少，雷州城里的街坊们，晚饭后都喜欢来到城中心的大树下，一边纳凉一边聊天，往往有人即兴唱起雷歌，渐渐吸引一些"发烧友"前来免费献唱，久而久之，就形成一个自发的雷歌表演场所。

出于对雷歌的喜爱，我也曾是大树底下忠实的听众之一，常常在晚饭后不自觉地跑过去。然而，可能是由于天气实在太热，而越来越多的人家里也有风扇和空调了，那里的人越来越少，曾每晚响起的雷歌声也就渐渐地难以听到了。不知为什么，我走着走着，竟然想到了这样的情景，作为一个地方的流行戏曲，雷歌在每个雷州人的心中，尤其在老一辈雷州人的心中，也许都有一份挥之不去的情结。

很多时候，你正在想着什么，就能与什么遇上。就在我正浮想联翩地走着的时候，拐过大街，突然耳边传来了一阵雷歌伴奏。我一阵惊奇，驻足四顾，寻找歌声的出处，对面的小街不见有雷歌伴奏的人影，小街那面的杨树林亦不见有人唱歌，但歌声分明就是从杨树林那个方向传来，如清风斜雨，时而飘忽，时而真切，很显然，出自杨树林那边的居民区。楼群层层遮挡，千叶障目，看

不见要寻找的人，但在雨后清新的空气里，这歌声伴奏宛若雨水洗过似的，清亮亮入耳，清爽爽入脑，霎时在我心里涌起一片涟漪。

这真是一次奇妙的际遇，我不由得停下脚步，仔细聆听。歌声缠绵悱恻，是一首让人特别熟悉的雷州方言童谣："养牛侬仔（牧童）做多寡（苦凄凄），雨打衫湿无衫披。借来条衫又嫌宽，还回给人又嫌寒。"歌声清越，声声情真，是发自肺腑的呼唤。在火热的夏季，在骤雨初歇的傍晚，是那样撩人心弦，让人想起人生最美好的童年。我一下子对唱歌人有了好感，甚至产生了敬佩——这歌声伴奏似乎与燥热的天气相呼应，那一片清凉给凡是能听到这歌声的人送来了无穷的遐想。同时，我也受到歌中所表达内容的吸引，勾起一种同情、惋惜的情绪，由歌中牧童的命运，感觉到人生的坎坷、生活的艰难……

隔着似浴后美人一样清爽的绿树，歌声愈加亢奋嘹亮，每个音符都似张开翅膀的蝴蝶，从居民区飞出来，飞越纯净的绿树，飞扑彩云写意的天空……我真想立刻拨开那片绿树，看一看那位歌者究竟是怎样的一个人，歌为心声，如果没有一段铭心刻骨的悲苦经历，怎么能有如此摄魂动魄的旋律？自然，这只是我的闻音思义，因为特定的艺术作用，雷歌大多悲凉缠绵，但如果不是心中有悲伤而是纯为表演的话，是唱不出如此真实的感觉的，唱歌的人一定心有化之不去的愁苦。

想着想着，我越来越想看看歌者的庐山真面目，终于禁不住循着歌声一路奔跑过去。当我的目光终于透过树隙捕捉到那歌声的"音源"时，我几乎一下印证了自己的想象：在居民区前的花坛左边，一位少男在歌唱，右边一位少女手持竹笛，云隙里射下的白昼余光像舞台追光一样投在他俩破旧的衣衫上。我惊诧地发现，他们的衣衫上面写着：好心人，请帮我渡过难关，完成学业吧！很显然，他们是贫穷失学而不得不卖唱求助的少年，或许，他们自己就是歌中那牧童的人生写照："养牛侬仔（牧童）做多寡（苦凄凄），雨打衫湿无衫披。借来条衫又嫌宽，还回给人又嫌寒。"

经过了解，我明白了，这是一对乡下兄妹，因家庭不幸而失学，不得不出来以这样的方式乞求援助！这不是我以前在大树底下所看到的为了娱乐的雷歌表演，而是演绎着与歌中相似的命运，站在周围的人们无不投出同情怜惜的眼神，而我也一下感到黯然神伤！

太阳已经消隐不见了，那对少年男女仍然在那里固执地演唱着。我久久在一旁观看着，不忍离开，祈求他们的付出能有所回报。我知道，并不是每个人都会对他们施以同情，不少人对这些事儿的态度甚至是冷漠的。就在我观望的间隙，从旁边的单元门里出来几位红男绿女，顺便瞅了瞅他俩，随即姿态潇洒地钻进一辆高级轿车，其中一位女性进车后还摇下车窗来谛听，但车还是急急地开走了。或许，一次灯红酒绿的聚会正在等着他们，他们热衷于在酒足饭饱之后，对着酒店或者歌舞厅高级的音响，酒气冲天地吼一阵"何不潇洒走一回"。而此刻偶然遇上的乞求的歌声，和他们所追求的真是天壤之别，甚至可以说是南辕北辙……

不一会儿，又从后面的楼下过来一高一矮两个女孩，她们一边向冷饮车走去，一边对他俩瞅个不停。我猜想她们应该是一对姐妹，姐姐带妹妹出来买冰棒，但高个儿女孩显然被卖唱的少年男女吸引住了，犹豫着要不要走过去。在递钱买冰棒的一瞬间，高个儿女孩又回头望了一眼，突然把手停了下来，把钱拿出来一部分，只买了一个冰棒递给矮个儿的女孩。随后，高个儿女孩走过来，一抬手把剩余的钱扔到了演奏者身后的盒子里。演奏者侧过身去点了点头。这时候，歌声仿佛格外地激越起来，那两个小女孩拉着手走了。这时，我感动得几乎流下泪来，急忙从口袋拿出 50 元投入那盆子里。随后有几位叔伯、大婶大嫂们相继向盆子里扔零钱，有 1 元的、5 元的、10 元的……演奏者向着给钱的好心人"划了一个很漂亮的弧"，这或许就是一个别具特色的感谢礼吧！

那晚我没有回家吃饭，信马由缰地走进一家小店独酌起来。几杯酒下肚，更是燥闷得不行，怨恨起今年的夏天炎热，就想起方才那如水的雷歌及伴奏。于是起身推窗，沉思良久，情不自禁地唱起类似的一首雷州方言童谣："买个牛仔角犄犄（歪歪），牵去田头埂尾养。过路人问活（多少）钱买，唱歌博来无讨（要）钱。"

古城以及悠远的年事

在雷州这片古老的街巷中，一切都是从远古中走来，从已经消失的时光中慢慢走来，古建筑、古民居、古街巷，还有古老的寺庙。而伏波将军当时门口的拴马环，经历了上千年的沧桑，被磨砺得温润圆滑，晶莹剔透。

小城就这么孤寂而静默地矗立着，守护着它曾经的喧哗，期望着它的未来。

今天，当我走在这片洒满阳光的老街区的时候，时光好像停在了往昔的某个时刻，我耳边似乎又传来了走街叫卖者的吆喝声，铁匠铺里发出的叮叮当当的敲打声，客栈旁牲畜的嘶鸣声，还有寺里传出的悠长的法螺声。然而，一愣神间，声音又都消失了，连同记忆中那些旧日的景象，只把这些泛着陈旧光芒的建筑留了下来。走在今天的街巷中，感觉到的只是岁月的静穆、时光的停滞，那无边的空旷和宁静，使人觉得似乎不是置身于现在。

尽管一切都在改变，但时代匆忙的脚步却无缘打扰这旧城的宁静。因为开辟了发展新区，县城中心迁移，昔日繁华的旧城区就渐渐无人光顾，但又恰好使那些古色古香的街道房屋得以保存。我在小巷中缓缓地走着，巷道静寂，路面清幽，阳光灿烂明丽，两边的古建筑就像是一个个坐在太阳底下打盹的老人，有一肚子的故事，尤其是各种掌故，却又懒得张嘴。是的，这个时刻，就适合沉默，或者静静地聆听，不需要语言来诉说，就能听到那些古老的回声。

老街边的南桥河，依然发出哗哗的流水声，或许是因为这里的喧哗逝去，流水的声音好似显得更响了。临街的寺院，依旧香火袅袅，梵音缥缈，也唯有寺院好像不受时光和流变的影响，但不能不说，昔日香客络绎不绝的场面，除了在做法事的日子，也是难以遇到了。

人们都纷纷奔赴新的事物，也唯有像我这样怀旧的人，喜欢在阳光灿烂的日子静静地走在这片老街巷中，从城外街走到城内街，又从下街走到了上街，好像在寻找着遗失的什么。古城依然是一部老旧默片，咿咿呀呀地唱着黑白色的调子。白色的高高的墙体，斑驳剥落的是流年的印记，黑色的墙头更添一份庄重的气息，青石板街，多少个白天黑夜，走过人事浮沉，走过兵荒马乱，走过秋雨冬霜，深深浅浅的印记，像寥寥落落的话语，让人感受到内容的繁复，却总是语焉为详，无论如何都拼接不完整。

古城最值得记取的旧事，是过年时那与众不同的景象。雷州历史悠久，早在汉代时就设置县制，现在算得上是正宗的南方城市，有着深厚的文化土壤和流传久远的传统习俗，又同时承袭着南方蛮荒之地的脾性。就像一个旷达的南疆歌者，性格温和，皮肤白净，内心却也涌动着壮志不羁的豪情，是个知书识礼的南方硬汉子，这一特点在春节的时候尤为体现得明显。

首先是酒，雷州人爱酒，爱酿酒，爱喝酒，酒风蔚然。在平常日子里，雷州人就喜欢喝上几杯，一般上的米酒是自酿的或者是乡村酒厂酿制的。每年在农历冬至、春节这样的大节，酒是家家户户必备的节货，不仅自家人要喝酒欢度节庆，还要和来客喝个痛快，不喝酒就等于没有过节。人们不仅爱喝酒，而且喜欢酿酒。旧时的雷州乡村，家家户户都会酿酒，酿得多的，会挑到城里来卖。酿酒有一套约定俗成的程序，但没有固定的模式，酿得好与坏先是取决于米与水的优劣，此外是调制的技巧和存放的时间。好在雷州乡间有的是好水好米，因此谁家酿出的酒都不会差到哪里。过年的时候，无论走进谁家的门，主人都会毫不吝惜地拿出自酿的酒来分享，无限量供应，喝得不亦乐乎。

雷州人虽然豪爽，但喝起酒来却讲求"咪"，就是小口小口喝，慢慢品尝，追求味道，咪一口如同干一杯，但显示的不是豪气，而是享受。当然，千万不要认为咪着喝酒就酒量不行，咪到最后，喝下去的酒可同样不少，这一点极具江南人的气质，低调内敛。

我还记得小时候的一则喝酒趣事：有一年年夜饭，家族成员们聚在一起，平时嗜酒出了名的五叔公，端起一个斟满酒的瓷杯，缓缓送往唇边，抿着嘴，先闻闻酒香，再抖动一下小胡子，接着双目微闭，咪了一口，只听到他的喉咙发出"滋"一声，酒便下肚了，再略微张开嘴巴，呼出一口热气。整个过程生动有趣，我忍不住向五叔公请教为什么要这样喝酒，尤其是要抖胡子和呼气？五叔公说，抖胡子是对酒的赞美，而呼气则是让香气从嗓子滑向舌尖，使整个感官都喝到酒。

这应该算得上是一个酷爱酒和会喝酒的酒鬼的肺腑之言！记忆中，五叔公常常喝酒，每次几乎都是这样的动作。有时，我们一些小孩子看着有趣，请求他给喝一口，他便用筷子微微地蘸一点，递到我们嘴里来，然后笑着说出"长大一定是酒鬼"或者"酒真是个好东西"之类的话来。

除了喝酒，过年还有一项传统活动让我记忆犹新，就是社戏。每到春节，无论是城里还是乡村，到处会搭起戏场，而且表演的不只是一个戏班，而是"你方唱罢我登场"。唱戏的时候，戏场里挤满了人，台上台下都热闹，人人争着抢占最佳位置。有的孩子小，就被父亲扛在肩头，戏场上常常能看到一对一对叠起来的父子，成为一道景观。又有一则趣事：有一次，一位堪称戏迷的父亲扛着孩子看戏，他看得入神，只顾着钻进戏里头，还咿咿呀呀地跟着哼，小孩被架在脖子上，不一会儿烦了，便哭起来，父亲也听不见，小孩又哭了一会儿，父亲感到脖子一阵热，原来是哭累了的小孩尿了他一脖子，连衣服都被尿湿了。一时间，这位父亲的事儿被乡里乡亲们传为笑谈。

如今，爱喝酒的五叔公早就进入天国了，过年时也看不到那些戏台子了，那时候被父亲扛在肩头看戏的孩子们都长大了，那些父亲们的肩头再也托不起孩子了。然而时代和日子还在继续，只是变换了一个样子。让我深感遗憾的是，现在过年，无论在什么地方过，都已找不到以前的那种气氛，即使有些地方在过年时有意去搞一些传统的年俗活动，也完全没有那一份亲切。因此，我常常会想起古城雷州以及那些悠远的年事。

令人迷醉的雷剧

雷州有雷歌，也有雷剧，可别小看了这两个地方歌谣和剧种，它们分别是"广东四大民歌"和"广东四大汉族戏曲"之一，又同被列为国家非物质文化遗产。说起来，雷剧至今已有300多年的历史了，它起源于雷歌，但却比雷歌更为丰富多样，亦可以看作是雷歌的一种阶段式进化。

在雷州地区，至今仍然可以看到传统的雷剧表演，就算难得了。在历史悠久的雷州大地，雷剧的美妙曾滋润着一代又一代人的内心。于我而言，至今仍然可以津津乐道地说出那些观看雷剧的往事。

那一年，农历二月十二那天，不知怎的，老天翻了脸，原本温暖宜人的天气居然一下子变冷了，人们都称之为"倒春寒"。这正是粤西地区举办年例的时节，当晚要演年例戏，故我们的晚饭吃得仓促，一阵唢呐声传来，人们丢下碗筷，扶老携幼，倾家而出。戏台就在村子中央，演员都是土生土长的乡里人。那晚演《状元张文秀》古装雷剧。"三姨"的角色由一个叫林兰英的姑娘扮演。她不光人长得水灵灵的，歌也唱得如鸟语莺啼，而唱起戏来，一对眼睛顾盼有神，让观众的目光和情绪不由自主地跟着她走动，一村小伙子的心都被她勾着，如醉如痴。演出时，她穿着粉红的上衣，翠绿的裙子，梳着小姐一样的大辫子，走着连环步，一会儿喜，一会儿悲，硬是将人的情绪牵引着走。她唱："枇杷树下设酒宴，父亲试才论诗篇，（三姨我）暗藏书窗来偷看，喜看张郎好才文。""三姨"高兴，是因为她父亲设宴招女婿，她有了心上人，而悲伤的是因为父母逼其退亲，重富欺贫的父母把张文秀赶出家门。悲时，她如泣如诉："流泪分开各两地，一日如同三秋天。废寝忘餐空怀恨，翻去覆来听鸡啼。"戏台高高的，我们却什么都看不到，台下黑压压的全是人。我们爬到一户人家的矮墙上，风就像刀子一样割我们的脸。太冷了，挺不住，下来，挤进人群里，在人海里艰难地穿梭，脚尖踮起，可还是看不见。只能在优美的唱腔里，伴着胡琴、唢呐，还有稀稀拉拉的鼓点声，自娱自乐地陶醉。

而真正陶醉的是那些一动不动站在台下的人们，他们像得了诏令一样从四面八方赶过来，不畏天寒地冻，津津有味地看戏，情绪跟着剧情跌宕起伏。那一刻，雷剧以复杂的情节演绎着真实的人生故事，让每个人都沉迷其中。百姓看自己的戏就像是在看自己的老照片，透过各式演员的影像，总会忆起岁月里一些或深或浅的旧事儿。那时候，对不懂艺术和欣赏的百姓来说，戏台演的比露天电影里的各类战斗片、样板戏里声情并茂的表演要真实和可信得多。

这出戏剧演到十二点多钟，习惯早睡的乡下人眼皮开始打架时，剧情也接近了尾声。戏场的人云彩一样散去，当本村的人进入梦乡时，十里八村赶来看戏的人还黑灯瞎火地走在回家的路上。

一个村子搭起戏台，一般都不会只演一晚，有时会连续演上几晚，每晚换一个剧目。雷剧的剧目很多，除了传统的古装剧如《秦香莲》《张文秀》《符兆鹏》等之外，还有后来按地方人物创作的《陈瑛放犯》《雷州义盗》等。第二日晚上，换了剧目《大女婿》，也是和包办婚姻做斗争的戏。由于雷剧剧情曲折，情节动人，人们看得有滋有味，回味无穷，以至于演出的每两天甚至连续几天，熟人碰上，话题全是戏，说戏里的故事，也说演戏的人，从戏里直说到现实。林兰英自然是大家说得最多的，她长得俊，戏演得好，有才有貌，人们当她是仙女一样，都觉得她应该有个好归宿，可她的命运却并不美满，她爹攀高枝，把她许给大队书记的儿子，真是白瞎了，那小子模样不咋地，还吃喝嫖赌没正事儿。后来，林兰英被县里的评剧团看中，想招她为正式演员，却被大队书记一家拦下了，原因是怕她去了县城跟儿子悔婚，为此，林兰英还喝过农药，当然这是后话。林兰英在戏里演绎着别人的爱情，敢作敢为，走出戏来却做不了自己婚姻和命运的主！这是那个年代林兰英作为乡村女人的悲哀和不幸！

雷剧唱了一晚又一晚，人们的心被剧情迷着，有一些人入戏太深，把剧中人与现实中的人混淆起来，在剧中演反面角色的演员，在平时也许都会遭人讨厌，而正面的悲剧人物就越发令人同情。实际上，反派人物即使回到现实中也令人生厌，那么只能说是这个演员演得好，应该是值得称赞的。当然也有例外，有的反派演得是令人生恨，演技一流，可还是不会使人反感。例如，在《蔡玉英告状》一剧中，林兰英演的蔡三娥，是性格倔强、嫉恶如仇的，她发誓要为屈死的二姐报仇雪恨。和她演对手戏的黄天养，是戏中的二姐夫，是个令人憎恨的人物，杀妻灭子，无恶不作，让人看得牙痒痒的。但这个演黄天养的演员，样子帅气，形象酷酷的，可能是因为太英俊，并没有引起观众内心的憎恨与厌恶，大家对人物的反应顶多是遗憾和惋惜，不存在反感。也是，这样的美男子在乡下最招人喜欢，卸了妆，从戏里出来，他板直腰地走在大街上，不知能够收到多少怀春少女的眼波！

我家小姨是个十足的戏痴，她只要听到哪个村在演雷剧，都会跑去看，时常被剧情弄得哭哭笑笑。她不光记住了大段的唱词，还产生了强烈的模仿行为，学着戏里的人物化起装，咿咿呀呀地唱。她最迷的就是黄天养，以致后来在找对象时，变得异常挑剔，总是拿黄天养作为标杆来衡量，害得她最终都没能找到一个十分中意的人。从小姨身上，可以充分看出雷剧的魅力，它是那样令人迷醉，在那个时代，不光丰富了人们单调的生活，有时候还影响着一些人的一生。

母亲的针线

"慈母手中线，游子身上衣。临行密密缝，意恐迟迟归。谁言寸草心，报得三春晖。"每每读到唐代诗人孟郊的这首《游子吟》，我都会想起小时候母亲为我们缝衣服的情景。我想，在过去的艰苦岁月里走过的人，又有谁没有穿过母亲缝制并且一再缝补的衣服？

我和兄弟共七个，加上父母他们自己，九个人的上衣、裤子、鞋子，基本都靠母亲这小小的针线来料理。那个时候，资源短缺，物质匮乏，一切都要分配，穿的要布票，吃的要粮票。俗话说，衣食住行，吃穿是头等大事，但一般的人，你有再多的钱，也没有办法得到更多的粮票和布票，自然就不可能买到更多的粮食和布料。当然，那时一般的人也不可能有什么钱，仅有的一点儿收入能解决柴米油盐就不错了，穿就只能将就了。

在那个按劳力挣工分的年代，我家因兄弟小、劳力缺，一年辛辛苦苦下来，不但分不到钱，而且是地地道道的超支户。哪里有钱到百货商店买衣服？但大大小小总得穿，一家人的希望，全部寄托在母亲那小小的针线上。

在我看来，母亲是一个不学自通的裁缝，手艺无比出色。她会自己设计衣服，每次到生产队的队部去，她都会央求生产队长把那些没用的旧报纸给她，她就用这些旧报纸当作设计衣服的材料。母亲的办法是把旧衣服沿缝线拆开，把旧报纸铺在旧布料上放样，然后在新布料上划线剪裁。剪裁好后，沿布边进行缝合，这样一套新衣服就做出来了。村里人总是纳闷：我母亲从来不到裁缝店做衣服，又没有学过裁缝，可过年时，孩子们怎么照样有新衣服穿？

母亲就是这样一个触类旁通、绝地求生的人。在母亲的眼里，家里面的每一种东西，似乎都没有废弃的。一穿再穿已无法补的旧衣裤，母亲可以把它剪开褙袼布，袼布晒干后几层叠起来，外面包上新布料，动用一下针线就可以把它纳成千层底，配上格布做出来的假棉袄，让孩子在冬天里防风抵寒，又经济又实用。

那时候由于家穷，一年四季都没有鞋子穿，常常打着赤脚。乡下的孩子都是铁脚掌，我们去放牛，在草木甚至是荆棘遍布的山中行走如飞，就像传说中的英雄，这在今天看来简直不可思议。有一天，我赶着牛，挑着牛粪回来，赤着双脚走路。回到家，母亲看到我被石子路磨得即将出血的脚底，忍不住流下了眼泪。

都说穷人的孩子早当家，那时尽管也有好多渴望，想吃好饭菜，想穿新衣服，但我们都深知油盐柴米的重要，也充分体谅到母亲的辛苦。母亲要像男人一样地去挣工分，更要维持好一家人的吃饭穿衣。生产队分不到几个钱，肯定是没有钱去买衣裤鞋帽的，那就只能发挥针线的作用，靠自己的双手一针一线做出来。母亲很善于利用时间，每当天阴下雨不能出工，生产队活计休息时，她都会"见缝插针"地做上一会儿针线活。而每到晚上，更是在微弱的煤油灯下忙个不停，难得有一点儿休息时间，很劳累，但母亲从不有怨气，总认为这是做母亲的本分。

母亲的针线，把零碎的布料拼接成衣服，把零碎的时间拼接成子女成长的道路，把零碎的智慧拼接成贫穷生活的奇迹，把零碎的爱心拼接成人世的绵绵温情。

甘蔗园里的故事

　　童年，我常常提着草筐，叫上天霸、田龙等几位同村伙伴，急燎燎地奔赴一片又一片的甘蔗地，穿越一片又一片的绿色丛林，以割草的名义去寻觅我们眼中的宝藏。长长宽宽的甘蔗叶子从我们身体的两边划过，唰唰地响，响声在身后，长久地动荡。那些毛茸茸的叶子边缘暗藏的刺有时会变得坚硬，被刺划过的脸庞，在汗水的浸渍下生生地疼，而我们全然不顾。

　　甘蔗是雷州那片红土地上重要的作物之一，那辽阔的"青纱帐"里，有着我们许多的童年美好往事。甘蔗长成的时候，比人高出很多，走进去就失去了踪影，甘蔗那细长的叶片，有规律地左右交错，搭成一排排天然的伞，即使炎热的半岛太阳再是猛烈，里面也显得阴凉清爽。垄与垄的空隙处有着狗尾巴草、水稗草、苦菜……稀稀拉拉，但长势茂盛，不用多长时间，我们就会把草筐填得满满的。迷恋我们的不是割草本身，而是草以外的东西，那些藏在甘蔗地深处的发现，成就了我儿时一次次的惊喜！

　　七星瓢虫背着缀满斑点的铠甲，顺着甘蔗秸秆攀爬，有着细长触角的蟋蟀煽动着翅膀在草丛中鸣唱，蚂蚁总是像走在热锅上一样，似乎优雅跟它们无关，我们喜欢看它们急急忙忙、一副奔赴战场的样子。而那些蚂蚱披着绿莹莹斗篷，在一堆火焰里发出滋滋的声响，引来了我们一次又一次的口水。

　　喜欢到甘蔗林里去寻宝的，不光是我们，还有那些机警的野兔。假如能够遇上，真是惊喜的奇遇，但这样的惊喜我们碰上过不少次，只是从未抓到过一只兔子。在那个大自然里，它们比我们要游刃有余得多，每每遇上，尽管我们屏住气息，蹑手蹑脚，小心分散开来，试图将之围捕，但总是未来得及靠近就被它们发觉，耳朵一竖，身子一抖就没了踪影，留下我们在那里互相埋怨。尽管兔子总是抓不到，但那些浑身疙疙瘩瘩、奇丑无比的癞蛤蟆，却常常成为我们的俘虏。后来我当教师时，给学生讲到《昆虫记》里顽童捉住癞蛤蟆的情节，还联想到童年的经历，不禁笑起来。

被甘蔗叶子遮掩的隐隐约约的光线里，同样有隐隐约约的故事。比如，两只野鸡在恋爱、接吻，互相用尖尖的喙在啄对方的羽毛，也许那是在向彼此示爱吧。这时母鸡会一只脚单立在地上，仰着脖子，注视着公鸡，眼里都是情，都是暖。这样暧昧的场面，并非仅有它们。黄昏的光线，模糊了整片甘蔗地的背景，四周一片寂静。此时我们正挎着装满草的筐子穿过甘蔗地，一阵窸窸窣窣的声音打破了寂静，也牵动了我们的脚步，走至近前，我们被震住了，我们看到了在电影里看到过的一幕：村里的庆东和西施，正紧紧抱在一起。庆东在慌张里立刻想到解决尴尬的办法，许诺一人一本小人书，妄图堵上我们的嘴巴。但小人书还未到手，天霸就无意间泄露了秘密，让西施遭到她妈的看管，导致一对恋人分手。为这事儿庆东恨得牙根直痒，说要揍天霸，当然也只是个恐吓而已。倒是天霸没少遭我们的抱怨，纷纷责怪他害大家都得不到小人书。

甘蔗地里的发现丰富着我们的生活，也快乐着我们的童年。但不是所有的发现都令人愉快，有时甚至是惊恐。美丽的甘蔗地里也有着让我们害怕的事物，有时正走着，突然冒出一个坟头，挡住了我们的去路，着实让我们心里发毛，我们没有胆量走近它，更没有胆量像干活累了的大人那样，在坟头的柳树下歇凉。

更害怕的是视野中突然闪出一条蛇，挑衅一般地盯着我们看，似乎在责怪我们进入了它的领地，要给我们一点颜色看看。有一次，一条灰色的有着豹纹斑点的蛇，在距离我脚不远处的地方，吐着长长的猩红的信子，要命的是它火一样的信子正向着我，一副要扑过来的样子。我吓得大气都不敢喘，倒是跟在我后面的田龙胆大，眼疾手快，一步冲上来，操起镰刀，狠狠地向着蛇的身上砍去，天霸协助，没几下，刚才昂首阔步、趾高气扬的蛇就奄奄一息，最后就像一根油腻腻的绳子软瘫在地。是的，害怕归害怕，对于蛇，乡下的孩子们终归还是敢于面对的。

甘蔗长成的时候，馋嘴又走累了的我们，自然也免不了偷偷地掰几根来解渴。经验让我们能很快地分辨出哪节蔗秆味甜汁满，通常靠近根部以上的几节，往往是我们最为中意的，嚼着甜甜的甘蔗，我们感到无比惬意，饥渴劳碌都一扫而消。但这一切都得在甘蔗地深处静悄悄地进行，因为如果让照看蔗田者逮

着，那可就要遭殃啦。

甘蔗地为我们的童年搭建了一个生动的舞台，那里上演了一场又一场的原生态剧目，没有彩排，但每一出情节都接近烟火，通着地气。而我们获得的快乐和惊险的体验，是远远高出人工舞台之上的那些的。

故乡的木匠与裁缝

木匠志强

生活在乡村的人，虽然只有一个笼统的职业，那就是农民，但农民里也有着不少角色，比如木匠、泥匠、裁缝，准确地说，他们是乡村里的手艺人。

木匠的工具要比泥匠来得多，斧子、榔头之类的可以买现成的，但凿子、刨铁等虽然也能买到，可凿子柄、刨身就得自己找材料做。老木匠在做活时会处处留心，找些上等硬木，经过精雕细刻后变成一件得心应手的好工具。

志强的父亲就是一位木匠。志强在读完初中后跟着父亲做起了木匠。志强跟着父亲自然有他的优势，上工的第一天，父亲把一套自己用得很顺手的工具给了他，还给他省去了"三年萝卜干饭"的学徒生涯，一开始就真心实意地教他如何量木开料、如何凿洞装榫头。一年不到，考验木匠综合技术的板凳已能做得与父亲不分伯仲。

木匠还是半个雕刻师，做床和家具时，总要在其中的几块板上雕上一些图案，这样做出来的东西既实用又好看，志强随父亲学过不少雕刻技术，对老式家具上的图案多了一份迷恋。

父亲看中的木料是通过自己巧工取得的，不会让主家发现。志强看中的是雕花板，这些东西一时半会儿是难以复制的，看中了又不能取下来，只能求父亲与主家去说道，能否把这雕花板取下来送给他，实在不行就买下来。没活的时候，志强会去翻看那些宝贝雕花板，有时自己也会仿着雕刻一番。

一次偶尔的机会，镇上举办迎新春书画展，志强送上了一块自己雕刻的花板。这个另类作品立即受到了大家的好评，随后每次举办活动，志强都会送上

几块雕花板，成了个乡镇雕刻家。

随着古镇游的兴起，镇上那条已经冷落了多年的老街被开发了出来，听说在其中要建几个馆，志强主动找到镇领导，说想免费建个雕刻馆，把自己这么多年来收藏的花板都拿出来，领导一听，当然乐意。

雕刻馆建起来后，志强做起了雕刻馆馆长，每天除了接待游客外，就会拿起刻刀静心开始自己的雕刻创作，渐渐成了远近闻名的木刻家。

裁缝老李

老李是裁缝师傅中的老把式了，他会做中山装及女人的斜襟衣裳。在中山装流行时，他白天出门赚工分，晚上回家一针一针手工缝制，虽说效率不高，效益还可以，日子过得很惬意。

裁缝不会走家串户找活做的，大都是人家自己带布料上门。老工先是量人，而后是量布，布料足够时，他会点点头让人家过一个礼拜或到十天来取衣服的；布料刚好时，他就会对人家说："你的这块面料我会贴口袋布的，到时得加衬里的钱。"

做裁缝还有个好处，这一点能从老李和小儿子身上体现出来，一年四季里，别人家的小孩子只有到了新春时才会穿上新衣服，但他儿子却是一两个月就有新衣服。明眼人一看就知道那是从别人家的布料上省出来的，因为小子身上的衣服都不是整块布料的，很多是衣服本身一个颜色，两个袖子一个颜色。老李也不避讳，做什么都会留一手的。"我只留小子身上这些布料，算是好的了。"

没有缝纫机前，村上就老李一个裁缝，没有竞争，大家都穿着他做的衣服，也没觉到有什么地方不对劲。自从有了缝纫机，村上几个年轻的姑娘结伴学起了裁缝，等她们把衣服做出来后，大伙才真正体会到什么才叫衣服。

机器上出来的衣服，不仅针脚是一模一样的，而且还十分服帖，远比老李手工缝制的强十倍，而且她们对着裁剪书，做出的式样也很好看。这样一对比后，老李自然败下阵来，先是年轻人的衣服不让老李去做了，尔后中老年人也慢慢转移了方向，老李的家门冷清了下来。

在老李花甲之年时，镇上发展旅游事业，想要成立一支舞蹈队，游客来后为他们表演。水乡姑娘自然要穿水乡特色的服饰，于是就想到了用蓝印花布做的斜襟衣裳，可问遍大大小小所有的裁缝店，愣是没人会做，最后想到了老李。

这一次他没有独自去完成任务，而是把所有的小样用旧报纸给剪了出来，尔后叫来了几个年轻裁缝，把这些小样给了他们，还教他们从缝纫机上把服装给做了出来。

此后，老李时常到老街上的古戏台去看各种表演，当他看到姑娘们穿着水乡服饰时，就会兴奋起来，推推边上自己认识或不认识的人，说那衣裳是自己做出来的，脸上流露出幸福的笑容。

母亲的爱

　　母亲辞世已经 5 年了。想起母亲，我的心底就会产生阵阵怀念的痛。每次回到云津出生地，看到寂寞、空荡的故居，心中一种酸苦油然而生，我总忘不了母亲最后瘫痪在床痛苦煎熬的身影，总忘不了母亲一生心直口快、唠叨得没完的深切嘱咐的话……而今，一切都已经物是人非，生我、养我、爱我、疼我的母亲已经远离我而去。故土依然，我的母亲却已化为乡间一堆清冷的红土，与她做伴的只有坟头随风摇曳的绿树青草，想到此，我埋在心底的泪又不由得在眼中萦绕起来。

　　母亲生前是出了名的心直口快，有时难免会让人心存不快，不过，与她接触久了，大家都知道她其实是一位善良、简单、坦荡、实在的人。所以，凡认识我母亲的人都会亲切地叫她"姚姨"，即便是过了多年，她的真诚、好客、贤惠也一直为邻里乡亲所称道。家中一旦来了亲戚、朋友，母亲从不会对人另眼相看，就算来人穿着寒酸，也不会有嫌弃之意。"来者是客"，虽然那时生活条件不好，但她总会想方设法让家中的饭菜丰盛一些，吃饭时，也总会频繁地替客人夹菜，并冷不防地往他们碗中添上一勺饭。在那个饥饿的年代，真心实意地让客人多吃些，算得上是最高的礼仪。

　　母亲没有自己的名字，父亲把她从一个叫作蓝山的村子娶回来，因此人们就叫她：蓝山婶、蓝山嫂。她斗大的字不认识一个，但经常教导我们说："一字值千金，一字抵九石田。读书才有出路，我以前家里穷，没有机会读书，你们一定要好好读书，别让人瞧不起！"因此，她千方百计送我们兄弟们上学，与父亲一道，数十载地节衣缩食、含辛茹苦抚育我们。最让她引以为傲的是，我们兄弟七个都识字，而且我还成了教师呢！

　　我一直努力把有关母亲的记忆细细梳理。母亲虽然不识字，但是她懂道理，重情义。以前我没有多加留意，到现在发觉自己才真正地读懂了母亲。九岁的时候，我开始在由村宗祠改成的学校里念书，因家里很困难，无钱给我买书包，上学、放学时我总是把课本与作业本拎在手里，很不方便，刮风下雨的日子，格外糟糕。有一天放学到家后，我对母亲说："妈，别人家孩子都有书包，我也想要一个。"我本来猜想母亲会很为难，出乎意料的是，她答应得很爽快。晚饭后，母亲忙碌起来，她翻箱倒柜，寻找块块片片的碎布，嫌不够，又舍下脸到邻居家借些做衣服裁下来的"边角废料"，在废旧墨水瓶做的煤油灯昏暗的灯光下，一针一线地缝缀布块，直到深夜。第二天早上，我刚起床，母亲兴冲冲地告诉我："我给你缝了一个书包，你拿去试试。"我打量着母亲递给我的新书包，非常开心。这是一个用五颜六色的碎布块拼合成的书包，质朴而柔软，可装进去八九本书，上口有两个长长的灰布条作背带，背在身上挺舒服、挺神气！这是我学生生涯有书包的开始，这个缝进了珍贵亲情的"土书包"陪我读完了整个小学。

我小时候，社员们一不能经商、二不能务工，都是靠挣工分分粮生活，日子清苦，缺吃少穿。母亲白天去生产队参加集体农业劳动挣工分，剩下的时间还得承担九口之家家务劳动——做饭、洗衣服、做针线、打扫卫生、喂猪养鸡……这是一个难以想象的生活重担啊，母亲以她瘦弱的肩膀竟然挑起来了，而且从无怨言。九口人的脏衣服，全由母亲一个人"手工"洗涤，晾晒叠收，常常累得她腰酸腿疼。冬季，母亲因一天三顿做饭，与冰冷的水掺和，双手皴裂，布满细纹般的口子，疼得揪心。有一种八分钱一盒的黏稠状润肤剂，叫作"螺壳油"，对治皮肤皴裂效果很好。我每半个月就去供销社买一盒，母亲在患处涂抹几天，皴裂得轻些，也疼得轻些；但由于天天沾冷水这个病根未消，所以整个冬天手上的皴裂不断，到了春暖花开的日子才能痊愈。

寒夜里，母亲是家里睡得最晚的人，为了省煤油，尽量将灯芯拨小。她在昏暗的油灯下用针线缝补衣服，干得那样专心，那样辛苦，那样无怨无悔。寒风凛冽的冬晨，母亲又是家里起得最早的，她总是洗把脸后赶紧做番薯稀饭，煮好了便叫我们起床吃。母亲没有专门的梳妆台，她卧室的泥巴窗台就是她的"梳妆台"。她的梳具寒碜得可怜，只有一把木齿参差不齐的梳子和一面棱角残缺的镜子，一样化妆品也没有。母亲也没有像样的洗脸盆，她和家人共用一个木脸盆。春节穿新衣是家乡的风俗，由于我的家境贫寒，家人很少添置新衣服，

总是找已经穿过但没有补丁的旧衣服，洗涤一下当新衣在春节穿上。春节期间，忙碌了一年的父母才得以歇息；吃了一年素食的家人，才有口福吃点肉。一个春节，九口人就买了二三斤生肉，主要是用来招待客人，真正家人自己吃肉的机会很少，往往是一大盘席菜中掺杂很少量的小肉块。吃菜时，母亲若夹住一块肉，总是不舍得自己吃，不是给弟弟就是给我。她看着我俩吃肉常常问："肉香不香？"当听到我们兄弟说"香"时，她笑得开心极了！似乎她也品尝到了肉的香味。这情景多像一只母鸡在地里刨食，偶尔觅到一粒谷子，马上用嘴叼来喂给它的雏鸡一样。这是何等伟大而纯洁的母爱啊！

荒年，母亲带领我们去田野挖鸡蛋菜、马齿苋之类的野菜，又叫我们爬到树上摘野果，以此充饥度过缺粮的危机。夏秋时节，母亲常叫我们去地里拾禾苗、拾麦穗、捡花生、挖番薯，以增加家庭收入。冬天，放寒假了，我带上自制的小网去捞鱼虾，不管收获多少，母亲都会很高兴，手脚麻利地拾掇干净，全家人都有了口福。

在我离开家之前，母亲一直是"家"字概念的核心内涵，包含着我的童年和少年时光。后来，我进了城，有了自己的家，又成了孩子的父亲，而当我不知不觉步入中年的时候，母亲已相当苍老了，岁月之霜染白了她曾经乌黑的头发，时光之刀刻划了她满脸的皱纹。她由当初的风风火火，变得步履蹒跚了，人显得"差迟"了。此时，我醒悟到与父母相处的日子已然不多了，必须尽一切可能弥补，于是，1996年我把父母接到我在湛江新建的楼房，同我们一起居住，享受城市生活。2003年，我又出资将父母兄弟住的云津旧屋拆除，新盖成坐北朝南的多间平房，院墙也翻修一新，硬化了院内地坪，并种树绿化，又添置了新家具。这样，父母兄弟一起高兴地搬入云津新居。看到父母亲那高兴的样子，我心里安慰了许多。每次，我从城里回到乡下，母亲见面的第一句话便是："回来了，你吃饭没有？"这句话我不知听了多少年，从青少年时期离家开始，一直到在外数年，再到自己也渐入老年，而母亲依然这样地"老生常谈"，这就是最最朴实无华的母爱！

我至今还记得那个刻骨铭心的寒夜，2011年大年初三那天，当我进门呼唤母亲的时候，再也没有像往常一样听到母亲亲切的回答，母亲的手脚冰凉，嘴角不停地抽搐，碗筷摔在一旁。我奋力与弟弟把母亲扶到沙发上，仔细查看母亲的头部，没有发现伤口，急忙用热水拭去母亲被自己的呕吐物弄污的脸庞和身体，我泪如雨下："妈，你是怎么了？"

就是这一次的意外，彻底打垮了母亲的身体。我们把母亲送到医院，一检查，是脑血栓。母亲被送进重症监护室。虽经全力抢救，母亲还是落下了全身瘫痪。

由于她身体肥胖、汗多，身上长了褥疮，稍微动一下都会喊疼。就是好人也会躺出病来！何况医生说过，母亲的病不很乐观，最怕反复。一想到这，我扭过头，不去看她，想克制自己，可泪水却不争气地从心底流了出来。

终于，母亲猝然离开了人世，没有留下只语片言。看着母亲冰凉的身子，我们泣不成声，想起母亲为我们所做的一切，倍加感受到对母亲的亏欠。曾经的那些虽短暂但幸福的时光已永远定格在我记忆的底片之上。

我给母亲写的祭文由许多版本出版，用以表达我的深切思念！忆及母亲病中日月，忆及那痛苦情状，每每心如刀绞，泪洒衣衫。或许，正如亲戚说的，这对于深受病痛折磨的母亲而言，是最好的超脱方式。也许，只有这样想来，我的心里才会好受些。

母亲一生，都在为我们付出，无怨无悔，而当我们终于自立自强，劳碌过度的母亲也过早衰老，进入了晚年，终至离我们而去。"子欲养而亲不待"，这不能不说是人生的遗憾与悲哀！

那露天电影的岁月

　　我小的时候，家乡是穷乡僻壤，连电都不通，所以我对有关电的事物几乎一无所知，生活中没有一件事儿是依靠电的，不像现在，离开了电，人们根本就无法生活。但追忆起来，那时候也不是完全与电绝缘，因为公社放映队偶尔会到村里来放露天电影。每次得知放映队要来，我们都会欢呼雀跃，生活犹如平静的水面投进了一枚石子，泛起一圈又一圈的涟漪，层层叠叠，荡漾开来。

　　平日里，放电影的肖天来大叔只要一出现，许多人就会主动打招呼，询问什么时候在哪个村放电影，什么时候轮到自己村。我们最关心的是电影的名字，只要听到当天晚上放电影的消息，整个村庄像是炸了锅，人们奔走相告，早上天还不亮，村广场周边的一些人就从家中抬来凳子，占据最佳的视角位置。全村人似乎都在苦苦等待黑夜的来临，我家离广场远些，晚饭就吃得早，怕去晚了占不到位置，急急忙忙吃完晚饭，我们迫不及待地呼朋引伴，蜂拥而去。电影开始放映时，我们就动用小孩子的绝招，往中间挤，简直就是见缝插针，我们的行为虽然有些不地道，但也能够获得宽容，毕竟是小孩子嘛，好奇贪玩，况且看场电影真的不容易！

　　我们从电影中获得了不少乐趣，且最喜欢的是武打片，这符合我们男孩子的天性。看完后常常幻想着如何使自己成为一个名震江湖的武林高手，一群孩子聚在一起，模仿着电影里的动作练得不亦乐乎，最令我们佩服的是《少林寺》里的功夫，尤其是《海灯法师》里的二指禅，我们一直"练了许久"都没法练成。现在想起这些往事，禁不住莞尔。因为对电影过于向往，我们还会按照电影中的角色给小伙伴们取绰号："唐僧""猪八戒"，还有"张副官""阿庆嫂"等等，直到现在，我们当中很多人还拥有当时看电影而留下的绰号，这些正是乡村露天电影岁月的烙印。

放露天电影，银幕是临时挂起来的，在我们村放时，银幕挂在墙上，无法知道银幕背面的世界。有一次，在另外一个村看电影，一块雪白的银幕挂在两棵木杆中间，那晚人十分拥挤，我们一直无法找到最佳的视角位置。恰好尿急，我出去方便一下，来到了银幕后面的田野里，我回头一看，哎呀！我发现了一个惊天的秘密，原来银幕的后面一样可以看电影，而且与在前面一样清晰，只是左右颠倒了位置而已。我兴奋地把我的发现告诉了我的小伙伴们，我们就把阵地转移到银幕大后方。这里清风拂面，视角位置无与伦比，还不受别人影响，更重要的是不用闻别人身上散发出来的阵阵汗臭味。这个发现令我们兴奋了很久，我们再也不用提前去与别人争抢位置了，我们可以悠哉乐哉大摇大摆地走路，或者先在旁边玩上一阵，只要在电影开始前赶到即可。

　　当然，看电影不仅给我们带来了快乐，有时也让我们心惊胆战。有一次，我记得电影放的是《隋唐演义》，因为我家吃饭晚了些，我吃完饭小伙伴们早就走了，我只得一人孤身前往，到了放映场地只见黑压压的一大片人，根本找不到我的伙伴，我只能自己找个位置蹲下来。时隔多年，我依然记得影片是讲述隋唐改朝换代时期的恩恩怨怨，总觉得唐太宗李世民在"玄武门之变"中残杀亲兄弟而夺取皇位的暴行太可恶了。那天已是腊月了，晚上寒气逼人，散场的时候，人太多，拥挤得很厉害，我忙着找人，却怎么也找不到，只好随着不明的人流匆忙上路，没有照应，心里又慌，走起来磕磕绊绊的，我几次差点被挤飞出来掉进路边的荆棘丛或者沟中，好在我拼命抓住前面大人的棉衣下摆。现在想来还觉得后怕，当时要是掉下去，该是如何呢？

　　电影，经常是这个村放了接着在下一个村放，这个村的还没结束，另一个村的放映场早就人潮汹涌了，而派来接放映队的人更是一早就候在那里，只等着这边结束，然后急忙帮着收拾并挑机器。我们这些小孩子们，看了一场还不过瘾，总会跟着放映队走，虽然内容一样，但我们总是百看不厌。

　　现在，城市里到处都是装了高级设备的电影院，就连每个乡镇都有相当先进的电影院，露天电影早就难以看到了，有时会在社区广场看到露天电影，但已经没有多大的吸引力。时光犹如东流的河水滔滔向前，在这似水流年中，总有着弥足珍贵的吉光片羽！真的十分怀念那些露天电影的岁月。

黑白电视的往事

在我出生成长的乡村，以前是没有商店的，我印象中最早的货品交易，就是挑着货郎担进村的货郎。接下来，人口多的村子里，逐渐有了大致固定的货摊，摆卖的无非是一些针头线脑的日用货物。我们村的货摊，在村子中央的大树底下，卖货的老头儿有八十岁了，货摊周围经常围着不少人，小媳妇们来挑选绣花的彩丝线，小孩子们围起来看风车一类的小玩意儿。这个货摊不仅卖货，还收头发。那时的乡村姑娘们扎着又长又粗的辫子，头发乌黑发亮，看上去很是好看。

我一直弄不明白这些头发收来能派上什么用场，总之，那时姑娘们的头发就是宝贝，即使梳头时掉下几根，都不会扔掉，而是缠起来，存得多一些，拿到货摊上去卖，据说姑娘的头发长到三尺长，剪掉能换来一辆自行车。但天生爱美的姑娘们，都舍不得把头上的漂亮辫子剪来换车。

慢慢地，随着改革开放的到来，商品买卖在农村也流行了起来，村里就有了第一个商店。这个商店从城镇里进来锅盆碗筷、油盐蛋乳、针线鞋袜等日常用品。从此，村里人不用再专程到乡镇的市集或者城里去购买生活用品了，日子过得方便多了。

商店的陈设很简单，货品堆放还算有序，谁要买什么，店主都能一下子找着。商店老板的女儿小芳，念完村里的小学就去站柜台了，算盘打得极好，粉嘟嘟的圆脸，乌黑油亮的头发，有时编成麻花辫，有时像瀑布一样铺展在身后。她用店里的脂粉抹脸，还把嘴唇也涂得红红的。仙姑庄里的姑娘都学她，姑娘们就成了村里村外一道风景。

商店柜台里有一个抽屉，是专门用来装钱的，每隔一段时间，小芳的爸爸，那个不说话且看起来很凶的人，就打开大锁，把整理好的厚厚一沓人民币拿到后院里去了，我和小伙伴们目送过好几回他的背影，然后议论她们家一定有个藏钱的大箱子。猜想着一大箱子的钱能买多少个风筝、多少个地球仪、多少个发夹……可谁也没猜到的是，小芳家买来了一台电视机，听说要用掉一箱子的钱。在此之前，我只在邻居的收音机前听过好听的声音，没有见过说话人的脸。这台电视机是村里出现的第一台电视机，在那时候可是稀罕物，一村的人，每个晚上几乎都会跑过去看。

　　我也常常是早早吃过晚饭，就直奔商店，人们在议论17英寸，进口什么的，我也听不太懂这些，只想看看那说话人的脸。那一年，中国的城市里裙带飘飘，卡拉OK彩色的灯光照亮街巷，跳着交谊舞的青春男女绽放着花一样的笑容，邓丽君《甜蜜蜜》的歌韵敲打着人们心头的浪漫鼓点，停留在粉红色的回忆看世界……但这些是城里的景象，农村人是无缘得见的。能够看到电视，已是一种奢侈的享受。那台电视就放在店里的柜台上，只要一打开，店里店外就围满了人。起初，商店老板似乎很乐意人们前来围观，还有意把电视放高些，让更多的人看得着……

　　电视是黑白的，但我们那时并没有彩色电视的概念，那黑白的图像已经足够令我们惊奇。我挤在人群中，目光直逼那个神秘的正方形的魔盒。和我一样忽闪着大眼睛的伙伴们，让时光流走在踮起的脚尖上，沉淀着《少林寺》的悠扬歌声、《西游记》的神秘、《封神榜》的苍茫、《雪山飞狐》的侠气，画面虽是黑白的，却在脑海深处放射着绚丽的光。烟草浓浓的呛人的味道从烟锅里冒出，汗味弥漫整个商店。在那个商店门和高铺柜前窄窄的空间里，窝在人群中的童年就像是额头上挤出的汗珠，充满着热度，并为了满足某种好奇而慢慢流淌。看着小芳端坐在炕上，享受着没有拥挤的空间，享受着没人遮挡的视野，悠闲自得地亦睡亦醒，而我却只能在某个大人抬起胳膊擦汗的瞬间看到屏幕，享受一下重见天日的快感。

　　也曾在人群里传出店老板要收费的说法，可后来有几个人大声嚷，电视收费是非法的。商店老板的脸始终是阴沉着的，而让他发火的事儿终于发生了，爆满的人群因为什么缘故打碎了商店的一扇玻璃窗。老板的声音暴雷一样炸出，人群便像泄洪一般从门口涌出，四散而去，从此，晚饭吃得再早，商店那扇门都更早地关上了，只在窗户上留了一个方框来售货。大人们不好意思再去了，我们小孩子还把脸贴到窗外的玻璃上，看着没有声音的图像。直到一块黑色的

帘子横过眼前，眼里只剩下夜的影子。不知是哪个聪明的伙伴发现商店木门扇上的秘密，那里竟然有一个木结脱落形成的天然小洞，刚好能贴一只眼睛，透过这个小孔，能看到电视的屏幕。于是计算着时间，我们换着贴眼睛，在乡村漆黑的夜晚，这只小洞给了村子的小伙伴们闪亮的眼睛，它就像一个时空隧道，引领着我们穿越着无尽的黑暗，到达那令人神往的光明世界。

后来，村里又有人购买了电视机，接着是更多的人购买了电视机，到商店里看电视的人就越来越少了，那家商店也不再把电视藏起来看了。而相继在村里出现的电视机，也相继由黑白的变成了彩色的，并且尺寸越来越大。但不管如何，我都记得第一次看到电视的情景，记得最初出现的黑白电视向我打开的神秘而多彩的世界。

父亲的竹苑

今年暑假里，我与老朋友外出旅游，就在井冈山途中目睹了有名的"井冈翠竹"，忽然想起故乡老家屋后的竹园，她是父亲的竹苑。此时，竹苑也该是叶茂枝繁、节高茎拔、清爽爽的吧！

父亲亲手植下的这片翠竹，多少年来为我们看家护院，夏日送清风，严冬聚暖流。鸟雀与她们相伴，家人为她们欢畅。小时候我们一群小伙伴经常在竹林下玩耍，有捉迷藏、猜谜语、学雀儿歌唱的，记得有一次"搞怪鬼"从家中拿来竹箕穿孔挂在脖子上当锣敲，"臭皮匠"从家中拿来洗面铜盆绑在肚皮上当鼓打，弄得好端端的竹箕敲烂了，好端端的铜盆打扁了。这么一场胡闹狂欢，竹林看了寒心，雀鸟看了厌烦。邻居告状，气得"搞怪鬼""臭皮匠"的父母揪住他俩狠狠地教训了一番。也因此，我们各自都收敛了许多天。父亲的竹苑是我们儿时的乐园，伴我们度过艰苦而快乐的童年，她是我们童时的挚友，如今，每当我回想起来，心里总是暖乎乎的。

这片翠竹，不知多少次为我们家排忧解难，甚至可称得上我们的救命稻草。记得 1970 年，我正值少年时期，家境贫寒，慢慢长大的我们缺衣挨饿不说，就连安身之所都成大问题。正当我们为住宿愁眉苦脸时，父亲的竹篁挺身而出，愿捐出健壮的身躯换取我们建房急需的资金。于是，我们感激它们的君子情怀，把它们砍下来，捆扎起来搬到云津河边，再用绳子把竹子连成竹排，逆水兼程几个小时，连夜运至松竹圩的河边卸下，赶早市出售，换取了若干人民币，用来购买品次价廉的半截砖块用于建筑墙基。由此，父亲的竹苑为我们修建新房出了不小的力，尤其是我们建房还动用了大量竹子做屋筛，这一来，竹苑又为我们建房做出了更大的贡献，节省了我们建房购买原材料的一大笔开支。翠竹们牺牲自身，使我们如期建好了三间新房，解决了我们住房困难的大问题。

再则，父亲的竹苑还为我们的学业鼎力相助。我在上中学时，家里一贫如洗，是无法供我读书交学费及其他多方面的学习开销的。于是，我们只好以竹养学，应该说，我在中学期间砍掉了大量的竹子上市出售，才解决了我上学时的很多困难，成就了我的学业。

还有，家里缺柴米油盐或家人身体欠佳，急得我们确实无法时，又是父亲的竹苑伸出救援之手，雪中送炭，帮助我们渡过了一个又一个难关。

父亲的竹苑就是这么时时事事关照着我们，伴随着我们一路走来，与我们不离不弃，她们是我们一家的至交，是我们家的有功之臣，甚至称得上我们家的救命恩人。我们非常感激它们，我无时不惦记着它们，我爱它们，不管我在哪里，身在何处，都无法改变我爱它们的初衷。它们不但帮我度过那艰苦的童年，还见证了我们家酸甜苦辣的历程，因此，我对它们的敬意油然而生。

因为父亲的竹苑，我一生与竹结下了不解之缘，我喜爱翠竹、欣赏翠竹、崇拜翠竹、赞美翠竹，我赞美翠竹迎着风霜雨雪而不屈的坚强品质，更赞赏她文静、高雅、虚心进取、高风亮节、乐于奉献的美德情怀。

竹，无牡丹之富贵，无松柏之伟岸，无桃李之娇艳，但她坦诚无私、朴实无华，不苛求环境，不炫耀自己，默默无闻地把绿荫奉献给大地，把财富奉献给人们，这种精神是多么可贵！

竹全身都是宝。竹笋做的佳肴，为人们所食用；竹竿制作的农具如扁担、尖担、畚箕、畚斗、竹篙等，为当时生产队所用；还有竹子制作的家具，如竹凉席、竹板床、竹篮、竹筐、竹箩、竹伞、竹笠、竹椅等，为日常生活所用；（记得父亲基本上都能做出来这些竹制品）尤其是竹里的纤维，又是很好的造纸原料；再则，竹还可以雕成各种各样的工艺品，供欣赏所用。

另外，竹枝可制成扫帚，竹头、竹根可用来烧火做饭，发挥光和热。由此看来，竹与老百姓息息相关，为人们奉献出自己的全部。这真是"出世予人惠，捐身亦自豪"。

竹饱含人文精神。古今诗人将竹的浩然正气、守信如节比喻为人的高尚情操。竹的文化内涵底蕴很深，历史源远流长，它是中华民族不屈不挠、坚忍不拔的传统品质的象征，也是一种清高孤傲、正气浩然的民族气节的写照。"万物贵取影，写竹更亦然。"竹以其超凡脱俗的气质，远离世俗的喧嚣，不沽名钓誉，而为历代文人墨客所推崇，我们故乡的著名画家莫各伯先生就是一位画竹的高手，他的墨宝有："高风亮节""乾坤华彩""凌霄""竹下逍遥"，尤其是"五彩竹"，还对其题上诗句：

> 丽墨挥珠有古贤，吾翻五彩泼金笺。
> 舞衣歌扇皆成画，敢效东坡改旧颜。

落款为：五代李先人创墨竹，东坡创朱竹，吾效东坡创五彩竹——莫各伯题。我为乡贤的大家佳作拍手称绝！恳意赠诗四首：

> 风骚独占峻崖中，傲骨天生似劲松。
> 四季葱茏还自逊，自强不息创丰功。
> 四十春秋志满胸，星辰日月尽融通。
> 虚心亮节传贤德，潇洒翩翩送惠风。
> 弄月撩云抚彩虹，林间栖凤夺天工。
> 修身玉竹清风送，过雨山窗日映红。
> 华彩乾坤气势雄，亭亭玉立吻苍穹。
> 笙歌倩影纯真露，君子情怀与竹同。

竹成为英雄俊杰的象征，与梅、兰、菊齐名，被后人谓之四君子，皆因其不畏严寒、坚忍不拔的品质；竹又与苍松、蜡梅被合称为岁寒三友。从《诗经》时代开始，历代皆有咏竹赋竹的诗文佳作，形成独特的竹文学，在中国文学中独树一帜，异彩缤纷。其中，尤以郑板桥的一首画竹诗最为著名：

> 衙斋卧听萧萧竹，疑是民间疾苦声。
> 些小吾曹州县吏，一枝一叶总关情。

而苏东坡"宁可食无肉，不可居无竹"的雅兴更铸成了竹与贤者相伴的佳话而入画。

倏然，记起画竹题诗一首：

一林寒竹护人家，秋雨夜听恰似麻。

嘈杂欲疑蚕上叶，萧疏更比蟹爬沙。

　　当代人置身于都市高楼大厦，在充满钢筋水泥材质的交响和轰鸣声中，看到竹影婆娑，听到竹韵悠扬，是难以企及的怀想。因为竹有六清："月照竹清影，雨落竹清静，风吹竹清声，水映竹清韵，雪飘竹清趣，鸟鸣竹清闲。"由此可见，竹所代表的人文精神何等崇高。

　　离开故乡很多年了，但那"一枝一叶总关情"的爱意始终牵动着我的心。在我的心灵深处，竹韵常在。

　　父亲的竹苑，是他用血汗培育出来的。而翠竹对我们一家所做的贡献，也就是父亲为这一家所做的贡献。我深爱父亲的竹苑，更深深地爱着父亲。而所赋予竹的优秀品质，恰恰是父亲的优秀品质，父亲一生正是竹一样性格的人。而这一优秀品质潜移默化地留给我们这一代，造就了我们积极向上、勇往直前的拼搏精神。赞颂竹的同时，应更加赞颂伟大的父爱。

故乡"月母"的故事

自 90 年代开始到外地工作，至今已近三十个春秋了，都说"三十年河东，三十年河西"，一点儿也不错。任自身多大变化，世间多大变化，但故土情怀是永远不变的。每当回到故乡的小村，感觉就像小舟靠近了港湾，浑身上下充满了舒适惬意，连睡梦都是那么香甜。

在故乡里，那些不断出生的孩子，活泼健壮，非常可爱；而曾熟知的老人们则一步步走向风烛残年，是多么苍凉！这就是所谓的"尘世如海，潮起潮落，花开花谢"的大自然万物轮回的变化规律吧。天地万物可变，但乡愁是永远不变的。故乡那如烟往事，总是情牵梦萦，而一个个已故乡亲的稔熟的容貌总会不由自主地浮现在脑海中。

我第一个想起来的当然是"月母"。"月母"本名为河月美。她是外乡人，出身贫寒，念过几年小学，却天生丽质，知书达理，月圆的蛋脸、月圆的眼睛、月弯的眉毛、月弯的嘴唇，笑起来像月一样甜蜜，月一样光彩照人。她的相貌跟月总连在一起，她的父亲因此给她起名为："月美"。大人们都叫她"月嫂"，小孩子们尊称为"月母"。"月母"身材高大魁梧，强壮有力，生性刚毅，不怕风雨，不惧雷电，勤劳勇敢，充分具备男子汉、大丈夫的性格，故村里人都说她投错了胎。她的人生很坎坷，命运很苦楚，她娘家无后人，婆家则遭祸殃。据说，她出生时电闪雷鸣，水灾泛滥，出嫁时又暴雨倾盆。嫁入李家后，与丈夫感情很好，村里人很羡慕这对恩爱夫妻。但几年下来就是不生育，丈夫又是单丁户，婆家很焦急，丈夫也很无奈。可最不幸的事情发生了，好端端的夫君不知为什么得了重病，无法医治，无多久便逝世了。丈夫的突然逝世，犹如晴天霹雳，她悲痛万分，哭得死去活来，整日以泪洗面，愁眉不展，婆婆也因故一病不起，不久也就命送黄泉，留下了孤苦伶仃的她。村里的人说她是红颜祸

水，因而有些人远而避之。曾有好心人劝她改嫁，她都一一拒绝，也许是封建思想，取于忠贞不渝、恪守妇道吧。日子总是要过的，天下没有绝人之路，她面对厄运，振作精神。她凭着一身牛一般的力气，勤勤恳恳，任劳任怨，在大集体的生产队里起早摸黑，披星戴月地艰辛劳动，全年累计出勤工分在男女指数上算她最多，故年终分配财物，她获得的也最多，日子过得很不错。

可以这么说，"月母"是地地道道的农家妇女，红土地里的女汉子，十足的女强人。她曾经是十里八乡闻名的"劳动模范""道德模范""三八红旗手""见义勇为标兵"。她的事迹感人，品质优秀。她的可贵精神勉励着我们，给我们进步的力量，故我总在不经意时脑海中闪耀着她的影子。

记忆中，她孤身一人住在村头两间简陋的草房里，草房的旁边长着一棵蓊蓊郁郁的大树，树上爬满了茶杯口粗细的葡萄的藤蔓。听人说，"月母"家的这棵葡萄树很有年头了，果实很甜，吃起来自然别有一番滋味。夏天，每当一串串晶亮的葡萄缀满枝条时，我们总会绞尽脑汁地找机会偷"月母"的葡萄吃。那时候太小太淘气，常常把没有长熟的葡萄摘下来，因为吃不下了，便又丢掉。气得"月母"提起一双大脚，一边追赶一边痛骂着我们，我们可不管她生多大的气，拔腿一哄而散。其实，"月母"是一个非常慈祥的人，每当葡萄成熟的时候，她总会给乡里乡亲送去，村里人都尝到"月母"那葡萄的甜香，无不夸她那宽怀爱心的奉献。我是"月母"的邻居，"月母"的葡萄让我苦涩的童年生活有了稍许的香甜。可是后来，"月母"长了许多年的葡萄树被工作队砍掉了。"月母"是贫苦农民出身，她热爱毛主席，拥护共产党。因为新中国成立前农民靠天吃饭，农田遇着天旱、天涝，就颗粒不收，农民都逃荒讨饭，尝尽了苦水。现在依靠大集体力量大搞农田水利建设，能抗旱排涝，农业有了保证，农民生活得到稳定，她看在眼里，喜在心上。因故，"月母"听党话，跟党走，党叫干啥就干啥，也就无话可说了。从此以后，我再也没有吃过那么甜那么香的葡萄了，无论走在哪里，一看见亮晶晶的葡萄，我的眼前就会浮现出"月母"那满月般的充满慈祥的面容来。

在那些年，到生产队挣工分，这是每个农家天大的事情。因为工分关系到一家人的口中粮、身上衣，关系到房子的新旧，关系到孩子能否上学，关系到的方面可多啦，可以说它关系到农家生活的所有方面。"月母"视工分如生命，只要生产队出工，她都要去，有时患个小病什么的也坚持着，生怕少挣一个工分。

　　记得某年春天，正值插早稻禾秧时，她患了重感冒，一连几天夜里都发着烧，但她白天硬扛着出工。有一天夜里她高烧不退，邻居慌忙去找大队赤脚医生来给她打了吊针退烧。邻居让她在家休息，说生命比工分重要，她点头应允。但第二天早上赶忙爬起来，慌忙地洗了把脸，拿起锄头迈大步朝生产队田里赶。"月母"以发着烧的身体，又把脚浸泡在冷水中，后果极为严重，半个上午时她昏倒在水田里，邻居用板车将她拉回家，赤脚医生又赶来为她打吊针，脸烧得通红通红的"月母"就那样昏睡着。直到第二天的傍晚，才睁开眼睛，见我们一群人在她跟前一把鼻涕一把泪的，她用少有的柔声说道："哭什么事哩，我不会丢下你们走的！"两行热泪无声地从她的眼眶中滚落下来。记得某年夏日，年富力强的"月母"不惧火热的太阳，一顶草帽是"月母"最好的庇护，"月母"弯着腰，手中的镰刀在她的手中翩然翻飞，调皮的稻穗见了居然都立时变得乖巧起来，一个个倏忽地钻进了"月母"的怀抱，等到它们聚拢成一大堆时，"月母"即从中抽出两把来，极为娴熟地打个结，把它们扎成了一条"腰带"，这时，一个硕大的稻捆就站立在"月母"的身后了。"月母"之所以割稻这样快，是因为"月母"使用了"刹镰"技法。这种割法要手脚并用，协调运动，才可安全有速，如果协调能力差，手上没力气，是很难做到的。我们全家人经常一字摆开从地头割起，但往往是，不大一会儿，"月母"就已经从稻田的这头割到那头去了，而我们却还在地中间晃悠着呢。看着"月母"渐远的背影，真叫我们望尘莫及，钦佩不已。无论是地里割稻，还是稻谷场上搭稻堆或扬场（给稻谷飞风），"月母"样样都是行家里手，不光是我们家的稻堆由"月母"搭，村里好几家人搭稻堆都要请"月母"过去。因为"月母"搭建的稻堆又大又结实，顺风又顺水，往往可以安全使用到来年，不像有些人家的稻堆，天一下大雨，稻堆就塌陷了，水不停地灌进去，过不了一个雨季稻子就全腐烂了。正因为"月母"样样农活都是行家里手，又乐于助人，村里的男人女人无不夸赞"月母"是世间少有的女能人。

　　"月母"常说："人长一双手，不能当摆设。"她的一双手，除了在睡觉时，似乎从来就没有闲过。在生产队出工休息时，她就从随身带来的小包袱里拿出鞋底纳起来。鞋底很厚，每一针都要用很大的劲儿才能扎进去，然后又将麻线"哧溜溜"地抽出来，如此循环往复。一般三五天，一只针脚细密匀称的鞋底就

在她手中纳成了。

"月母"白天要忙着这儿忙着那儿，到了晚上就在煤油灯下为我们做新鞋。为了一双美观的新鞋，要费多少工夫啊！"月母"在昏暗的煤油灯下做鞋，带着倦容的脸上写满了认真和执着。"月母"做的鞋，不仅漂亮好看，而且穿在脚上也很舒适。所以经常有大姑娘小媳妇儿上门向"月母"索鞋样，学技艺，而"月母"也总是诲人不倦，乐此不疲。我知道"月母"做双鞋不容易，拿到新鞋往往总舍不得穿，"月母"知道后就说："鞋做出来就是穿的，放在那里摆着有什么用？'月母'有这双手，你还怕没有新鞋穿？"

菜园是"月母"的那双手最能自由发挥的地方。菜园地儿不大，也就半亩多的样子，但在她的精心计划和细致侍弄下，常年都在青翠碧绿中透现出蓬勃的生机。

葱、蒜和韭菜，都是有固定位置的。青椒、茄子、黄瓜、豆角、大白菜、萝卜、卷心菜、丝瓜、葫芦等，一年四季里都在小园中"你方唱罢我登场"地轮番表现。"月母"还在菜园的篱笆边上种上"月亮菜"（扁豆）或丝瓜，然后让它们的藤蔓顺着竹篱笆蜿蜒伸展，春夏时节那丝瓜藤上总是在这儿或那儿先开出一朵朵黄艳的小花，那花儿成五角形向外卷曲绽放，很优雅的样子。不几天，花的蒂上就有豌豆大的东西长出，再过几天，就变成一条又短又细的瓜条了，那就是丝瓜的雏形。不出几天，那瓜条就又变长变粗了，待上十天半个月，就成了一条鲜嫩的丝瓜。"月亮菜"则在夏末和初秋后才在茂密的藤蔓中，这里或那里绽放出淡蓝色的花，那花形既像蚕豆，又有些像振翅欲飞的蝴蝶，那花不是一朵朵的，而是相约着抱成团开放，一串串绽放在青翠的藤蔓上，显得热闹清雅而不妖冶。三五天后，那一串串的花儿就渐渐谢了，代之一串串细小的"月牙牙"，它们挨挨挤挤的，好像很害羞的样子。在阳光和雨露的哺育下，它们一天一个样，不几天就长成了有着漂亮弯月弧线的"月亮菜"了。在许多个清晨，"月母"叫我去她的菜园摘丝瓜。或者去她菜园里摘"月亮菜"。于是我提着竹篮走到她的菜园，在竹篱笆上那绵绵延延的绿带中寻找着合适的对象下手。太老和太嫩都不行，只有刚刚长得壮实的丝瓜或"月亮菜"才是最合适的。"月母"菜园的各种各样的蔬菜，她孤身一人吃得了多少呀？！其实她是为大家种蔬菜，乡里乡亲无不吃上她的蔬菜，无不夸她的为人，她就是一位助人为乐的人，一位爱别人胜过爱自己的人。印象里，春天和秋天，"月母"待在菜园里的时间最多，不是在忙着种瓜种豆，就是抢着栽秧移苗，或是满头大汗地翻地除草，似乎那小小的菜园里有她干不完的活。有时我看她对着一只瓜或一棵菜喃喃自语。我知道菜园在"月母"心中的地位。"月母"的一双手每天都要做些什么？白天出工，那双手要到生产队挣工分；在出工的休息时间为我们纳鞋底，要么去田埂和沟渠里割草；收工回家要喂猪、饲鸡鸭鹅等家禽，要做饭、要忙菜园子里的各种活；夜晚要洗衣服，缝缝补补……"月母"每天早起晚睡，能真正睡觉的时间恐怕也只有四五个小时。她两手如此忙碌着，经年累月，日复一日。

印象里"月母"的手是温暖的、粗糙的、有力的，她那手的老茧层层叠叠，也不知究竟有多少层。那不仅是岁月的磨砺，更是勤劳和力量相结合的杰作。少小时，我们一帮小伙伴总喜欢在"月母"身边逗乐，"月母"给我们讲许多有趣的故事，总拿家中好吃的东西给我们吃，她没有子女，待我们真像自己亲生孩子一样。春夏秋冬，"月母"总是用粗糙的大手拉着我们的小手，让我们感到既安全又踏实。那双粗糙的大手传递给我们的是挚爱，是温暖，是呵护，是鼓励，是期盼。"月母"的手给了我们成长的力量和勇气。

"月母"似乎通过自己勤劳的双手来消耗自己的青春、燃烧自己的生命，"月母"那一双粗糙有力的大手，托举起我们的生命，托举起我们的人生，托举起了我们的希望和幸福。毋庸置疑，"月母"的双手是天下最勤劳的双手，是天下最富于爱心的双手，也是天下最有力量的双手。面对她的双手，我们肃然起敬！

每次过年的时候，我们家家户户都会做一些年糕。一是拜祭祖先，供奉观音菩萨；二是庆祝新年，犒赏小孩。出门归乡的人亲手做一点年糕，也算抒发了怀乡之情。

"月母"会做很多种年糕，有绿豆、红豆、花生等各种味道的。记得小时候，年糕还在"月母"的火热的蒸笼里，我们就喜欢偷吃。打开蒸笼，每人拿着一双筷子，在年糕上面挖一小块，你一口我一口地吃起来。"月母"进来的时候，看到我们贪吃的模样，哭笑不得。"月母"并没有批评我们，只把我们带了出来，然后语重心长地说："傻孩子，锅里的年糕还是半生不熟的，你们吃了会肚子疼的，再等一会儿，熟透了才可以吃。"知道错了的我们，乖乖地点了点头，同时仍抿着甜甜的嘴巴。长大了，我与"月母"一起做年糕，心情甚是愉悦！年糕的做法比酿豆腐简单。当然只有和"月母"在一起做时，我们才感到这年糕做起来非常简单！先是将糯米粉倒入蒸盘，加上适量的红糖汁，再加上

煮好的绿豆、红豆、花生等一起搅匀，放在锅里蒸二十分钟左右就可以了。刚刚出锅的年糕，软软的，香香的，可好吃了！尝一口就会永久留在唇齿之间飘香呢。

1980年8月12日的午后，夏日的阳光灿烂，热风拂面。59岁的"月母"来到村前的南河畔，在一块方正的石板上洗衣服。北河有一个潭，这潭离"月母"洗衣处有五丈多远，潭口不大，可水深流急。邻庄的小姑娘，与"月母"素不相识。

她们分别是：8岁的何小英、10岁的黄丽丽。两个小姑娘在潭边沙滩上打闹嬉戏。成群的鱼儿在河水中央快活地漫游着，结对的白鹭鸟在河床上自在地蹁跹，蝉虫在岸上黛绿的丛林中鸣唱，捶衣的声响在修长的河道间回荡。祥和平安的气氛，在南河上下弥漫。

衣服洗完了，"月母"走向河岸，打算回家。突然身后传来"救命啊"的揪心呼喊声，"月母"回头一看，大吃一惊——在潭边嬉戏的两个小姑娘落入了水中。

人命关天，千钧一发！"月母"扔掉手中的衣服，像疯了一样跑过去，"咚"的一声跳进了深水中，连衣袋里的钥匙都没顾着往外掏！从小在河边长大的"月母"多少有点水性，能在风平浪静的河流浅水处捞鱼摸蚬，但在这水深流急、浪翻涡旋的潭水中，她的泳技显得力不从心。"死神"时刻都可能在她头上降临啊！可"月母"临危不惧，奋不顾身地抢救落水的孩子。她拼出全身力气，终于把8岁的何小英和10岁的黄丽丽托上岸。此刻，"月母"已筋疲力尽，不停地咳嗽、喘气、吐水，毕竟她的年纪大了，与壮年时大大不同了。闻讯赶来的村民李华强见状，伸手拉她上岸，紧急送往医院急救，医治数天，终于恢复了健康。

事件发生后，当地报刊迅速对"月母"见义勇为的救人事迹进行了报道，盛赞了她"大善、大美、大爱"。"月母"被县委、县政府授予"道德模范""三八红旗手""见义勇为标兵"的荣誉。

"月母"没有自己的子孙，但她爱别人的子孙、别人的家。村里不知多少个小朋友，穿过"月母"无偿缝制的童装，穿过"月母"无偿纳的新鞋，吃过"月母"免费做的饭菜。邻居年逾八十的老太太林玉婷，一人在家，孤独寂寞；"月母"经常去她家串门，和她说"交心话"，还送去自己蒸的"手工"白馒头。中年妇女王少娇左腿严重摔伤，生活无法自理，无人照料，急得直掉泪；"月母"

闻讯，提了一篮子鸡蛋看望她，安慰她，给她做了一个月饭，直到伤好。年轻媳妇张丽敏临产，身边无人；"月母"听说后，连夜将她送到乡卫生院生产，婴儿得以顺利出生；又带来鸡蛋、白米在医院伺候她，医生、护士都误认为"月母"是她的亲妈。就是这样，"月母"行善积德，得到村里"大善人"的美名；行善积德，点亮了人性的光芒！

由于"月母"修行得好，善有善报，她在八十六岁高龄无疾而终，也算是上天赐她的眷顾吧。而救起的落水的那两个孩子已长大成人，成家立业，可从来不忘记她的大恩大德，她临终时，两个孩子一直守候着她，感激她的救命之恩，像她的亲生子女一样厚葬她。每逢清明日上山拜祭她，还把她生前劳作的那块菜园管理得好好的，把她生前用过的犁耙、锄头、镰刀等家什整理得有条有序，房子也打扫得干干净净。且把"月母"在大集体生产队被评为"劳模""旗手""标兵"等带盖红印公章的奖状也过塑一新，挂在墙壁上（这是"月母"光荣历史的见证），又把她的遗像端正地挂在屋正中，这些使"月母"的形象显得庄重与伟大，若"月母"在天堂看到，该是很欣慰了。

"月母"逝世后，村民无不被她的精神所长久地鼓舞着，他们以"月母"为榜样，大力弘扬她的优秀品质，人人讲"道德"，倡导"文明""助人为乐，见义勇为"，蔚然成风。如今"月母"所在的村多次被乡里、县上评为"先进村""文明村""模范村"等。村里现在所获的荣誉，可以说是"月母"生前精神的结晶，也恰是村民对"月母"最好的怀念与谢恩。"月母"在天之灵该慰藉了，安息吧，"月母"！

故乡老同学聚会

　　2013年夏，阔别了四十一年的高中同学在师院第一次聚会。当我走进聚会大厅签到时，急切的心情一下子激动起来，对比着记忆中的某某同学的印象，似曾相识，又陌生得很，倒还是有些印象。毕竟大家已离别四十多个春秋了，人生有几个四十春秋啊？这么一想，也就很自然很正常不过了。

　　在聚会上，大家的热情无法言表，有说不完的境遇，有道不明的命运。在这四十多个春秋里，大家走过了不平凡的历程，几多欢乐，几多忧愁，几番风霜，几番拼搏。同学们有的家庭幸福子孙满堂；有的春风得意，夕阳潇洒；有的饱经磨难，日子艰辛。虽沧海桑田，人生各异，但，我们毕竟走过来了！此时此刻，大家百感交集，思绪万千！有幸聚会，故友相逢，重温激情，怀念70年代的母校生活，这是多么值得欢欣鼓舞啊！我按捺不住澎湃之情，即兴赋诗两首：

　　　　意气风华正茂时，黉宫求智美如诗。
　　　　班荆同道同书册，昆仲同床同饱饥。
　　　　当有芝兰初孕蕊，果然桃李自成蹊。
　　　　操场飒爽英姿现，课室争优志不移。
　　　　星移斗转一挥间，四十余秋景万千。
　　　　阅历方知年月贵，回眸才觉路途艰。
　　　　川流滚滚奔眸底，往事悠悠映面前。
　　　　多少人生风雨度，有无子夜梦情缠？

　　四十多年前，大家怀着美好的憧憬在故乡南兴中学同窗共读。那里，留下了我们的足迹和声音，留下了我们的欢乐和梦想，更留下了我们的深情厚谊。如今，同学们事业发展，成绩辉煌，为母校争了光，为老师们争了光，我为同学们的进步高兴，为同学们的出色喝彩！

在聚会上，大家的共同话题多是追忆母校生活，畅淡毕业后各自的人生经历，寒暄儿女们的状况，关心大家的身体健康问题，而谈论得最多、最热烈的是同窗共读时男生女生的爱情故事。

男女爱情似乎是个永远说不尽的永恒主题。时过境迁，已无所顾忌地谈论当年的传说，印证心中的疑惑，甚至笑嘻嘻地表白当年深藏心底的羞涩，因为再不说真的没有机会了。我瞅瞅坐在身边及对面的几个女生，哪一个又变化不大呢，用流行的网络语言说，"岁月是把杀猪刀"，谁又逃得了。岁月不饶人，不服老不行啊！

不知是谁拨了那位未能出席女同学的电话，追着把电话塞给红着脸跑掉的一位男同学，又随手递给我。我有些愕然，但那是瞬息间的事，再也不是当年那个茫然无措的毛头小伙子了，坦然大方地等待着通话。我尽力回想着记忆中的声音，但还清晰不起来，似是而非，模糊得很。那面容，尤其是莞尔一笑，黑亮的大眼睛，倒还是有些印象，在瞬间闪现，又在瞬间消失，再也凝聚不到一起。我想象不出她的苍老，四十余年后，会是怎样一副模样。就像看着身边的女同学，对比着记忆中的影像，似曾相识，又陌生得很，心底不免狐疑：这就是我所熟悉的那个人吗？一切似乎是那样遥远，中间阻隔着层层叠叠的云门雾海。像有的同学刚见面，说我年轻，还是当年的模样，但我却感觉到自己的苍老，岁月缓慢悠长中一点一点地苍老，每一条沟壑中有曲折辛酸的故事。我知道后边的路有多短，前边的路有多长。

从手机的那头传来她的声音，果然很苍老滞涩，与记忆中留存的音色没有一丝相似，像日久年深磨成瓢嘴的老铜壶，碰后，残留的余音还有些微曾经的音质，细细辨别，才有些熟悉。虽然，她也没有听出是我，但当我报上大名时，她有些惊喜，而更多的是愕然，刹那间穿透岁月的风尘，又在瞬间被厚厚的堆积压得喘不过气来。那种感觉，我体味得到，男女之间历经沧桑，对人生的感悟还是不同的。问好之后，说到几十年不见，消失了一般，她口气瞬变，决绝地连说，不见了，不见了，那声调充满人生坎坷后的幽怨和苍凉，仿佛一股冷空气袭来，我感觉到彻骨的寒意。想起过往，不由地豁达地宽慰她，无论走多

久多远，灿烂的阳光还是紧随着，像漫步在悠长的林荫道上，直到看不见的尽头。我的话比当年还诗意沉练。她终于多云转晴，破涕为笑，亦如当年的一笑，有些熟悉，说："欢迎，我等着。"放下电话，我长长地出了一口气，不过三两分钟，仿佛经历了一个世纪。瞬间，多少记忆如烟似雾，扑面而来，又回到那段回不去的时光里。人生的道路，都是自己有意或无意的选择，只有得与失，不存在错与对，譬如鞋大鞋小，其中的冷暖只有自己知道。那时，我们正青春年少，充满稚嫩的憧憬和诗意，根本不知什么才是真正的人生，什么才是真正的爱情，以及所必须承担的责任。所谓青春无悔，也就是这个意思。

至于大家所谈的情书——班上的男生带头写情书，信纸满天飞，热血沸腾，蠢蠢欲动，搜索枯肠地拼凑上一份华丽的情书，趁中午班上无人时，偷偷塞进女生桌子抽屉，然后若无其事地坐在班里，心跳着静等回音。几乎是全军覆灭，有的情书还被公布，成了公开的情书，下面不妨转载某同学给我过目的三份情书：

亲爱的某某：

自从与你相知，相惜，我心里就有了特别的牵挂。一帘幽梦，顾盼着你的身影，凝望着你的眼神。我好想用今生的爱换取与你一刻的缠绵相守，好想用今生的眷恋换取和你真切的深情相拥。不奢望地久天长，也不祈求来生再牵手，只愿今生你能给我依依情深。你是我的唯一。我要把对你的爱，放飞在诗意中，让浓浓的相思染醉你的眼眸；缠绕在你的心间，把我深藏心底的思念放飞在你的星空，让似水的柔情把静夜背后无数闪烁的星点亮，燃烧火热的情怀和感动。如果我有一支神笔，那么这段此岸和彼岸的真情将被刻画得淋漓尽致。此致，祝你晚安！

你的知音：某某

一九七一年秋夜

亲爱的某某：

我盼星星，盼月亮，盼你给我的福音，可一直不见，令我坐立不安，吃不下饭，睡不好觉，我度日如年啊！我多么想念你呀，渴望你明净的眸，给我一汪深情的凝视；我不敢奢求你海枯石烂心不变，只为那脉脉不语的怦然心动；请你许我爱的眷恋，让我以梦的姿态，在别致婉约的呓语中得到一眸浅笑，花开花谢花满天。

　　时光流转，唯爱永恒。也许，我这一生的等待只为了与你相知和相惜。我好想与你举案齐眉，好想和你一起剪西窗夜话，以一纸水墨奇缘，为你抒万千眷恋。爱是萍水相逢，爱是生死相依，爱是一种使命，爱是接受一切，你爱我吧！此致，请你为爱干杯！

爱的冒昧者：某某
一九七一年冬夜

亲爱的某某：

　　你真美丽动人，你的那一笑，令我陶醉，令我情牵梦萦。我好想在你心中安个家，因为这个家满是桃花鲜艳、飘香，让人精神焕发，力气倍增。我爱你这个家，因为这个家里春风荡漾，似水柔情，我俩在这里可痴情、痴爱；而这里的爱像雨，将我干涸的心田滋润；这里的爱像风，让我自由自在，来去无影无踪；这里的爱像阳光，可以永远拥有。如果我能执着地爱着你，也被你执着爱着，今生就再也不会有遗憾和伤感。你的痴情只有我能懂，我的痴爱只有你能接受。我们的爱，能温柔慰藉那相识、相知、相守的默契。如若可以，请让我们今夜放纵，荡漾一段无限的情怀。此刻，心香浓烈，月满中天，我伫立在风中静静地把你想念。此致，祝您一夜甜梦！

你的未来知己：某某
一九七二年春夜

　　还有个小男孩，爱慕女生，在归还的钱币上大胆写了"我爱你"三个字，上自习时被女生当面申斥，面红脖子粗，多少年后，还深感伤害。我胆小，脸皮薄，怕碰壁，自然不敢随便写情书。况且，那时痴迷于文学，整天沉迷于读名著、赋新诗，只想着书中自有黄金屋，一旦功成名就，红袖添香自不在话下。但偶尔想象爱从天降，做七仙女的美梦，也是有的。

　　聚会始终在热烈的气氛中进行着，最后班长以简短的发言作总结。班长

说，这次聚会是大家于 1972 年南兴中学毕业后至今已四十一周年的一次老同学聚会。这四十年一遇的机会，是多么难得，大家汇聚在一起是多么荣幸啊！我代表原班级的全体同学，就首次老同学的聚会表示热烈祝贺，并向大家致以亲切问好和衷心感谢！刚才，大家畅所欲言，精神难能可贵。我们这支原班人马，经历四十多个春秋的风雨锻炼、洗礼，已造就出一批为国家做出贡献的优秀人才，他们当中有战斗在高等院校及公安系统的处级领导，有文学创作领域的知名诗人、作家，有在文化阵线辛勤耕耘的图书馆高、中级职称杰出人才，有在国家企事业单位工作的优秀干部及出色公务员，有在中小学教育环境中奉献的优秀校长和老师们，还有在社会的各种行业中的如医生、摄影师，尤其是改革开放后涌现出来的创业型企业家、员工等。他们不愧为社会精英，这是母校的光荣、老师们的光荣、原班全体同学的光荣！时至今日，许多同学已过花甲之年，大多已退休或接近退休，权力与财富的创造对我们来说已不是很重要了，现在至关重要的是大家的身体健康和长寿，子孙成才，晚岁幸福，知足常乐。而值得关心的是，有个别老同学至今人生遭遇不幸，生活还很艰苦，希望大家能尽力而为，伸出友谊之手，给予帮助，也希望这些同学保持良好的心态和生活态度，振作精神，安度晚年。最后，班长提议：为"知足常乐"干杯！为母校的辉煌及老师们的"健康长寿"干杯！为在座的同窗学友"健康长寿、晚岁幸福"干杯！聚会及晚宴在激情、祥和、美好的气氛中结束，晚上大家自由活动……

晚间，我独自坐在老院的青石板上，慢慢抬起头，面向天空，星光、月光还有远近楼房千家万户窗口的灯光，争相映入我的眼帘。天空好像是深蓝的海水，忽冷忽热，又像在欣赏音乐，时而安静时而汹涌澎湃，激起内心的朵朵浪花。那些星星则像一只只亮着渔火的小船，我的耳边无端地响起了毛宁演唱的那首《涛声依旧》："带走一盏渔火，让他温暖我的双眼。留下一段真情，让它停泊在枫桥边。无助的我，已经疏远那份情感。许多年以后才发觉，又回到你面前。留连的钟声，还在敲打我的无眠。尘封的日子，始终不会是一片云烟。久违的你，一定保存着那张笑脸。许多年以后，能不能接受彼此的改变。月落乌啼总是千年的风霜，涛声依旧不见当初的夜晚。今天的你我，怎样重复昨天的故事。这一张旧船票，能否登上你的客船。"

一个女人就是一艘船的主人。喜欢金钱的女人，男人以人民币为船票；喜欢视觉效果的女人，男人以脸为船票；喜欢权力的女人，男人以印章为船票；喜欢情的女人，男人以赤子之心为船票。我心目里的女人喜欢什么呢？我没有旧船票，也没有新船票。我骑着想象的宇宙飞船，也难以靠近近在眼前亦远在天边的女人。单相思起来，人在相思的时候，最傻，也最甜蜜。幻想出来的天地，在夜色的照耀下，能演一场没有结束的电视连续剧。

爱情，古往今来，表达颇多。每个人的笔下，爱情都是不同的，世界上有多少人就有多少种爱情。

不管什么版本的爱情，有人想念你，就是幸福；你心中有个想念的人，也是一种幸福。内心世界的视频，往往是美好的。像烟花，灿烂过后是美好的记忆当然最好，灿烂过后只剩下凋零的碎片，也不必悲伤。

在《红楼梦》中，黛玉对宝玉道："宝姐姐和你好，你怎么样？宝姐姐不和你好，你怎么样？宝姐姐前儿和你好，如今不和你好，你怎么样？你和她好，她偏不和你好，你怎么样？你不和她好她偏要和你好，你怎么样？"宝玉呆了半晌，忽然大笑道："任凭弱水三千，我只取一瓢饮。"

弱水三千，我只取一瓢？梦有万千，我只梦一朝？佛祖在菩提树下问一人："在世俗的眼中，你有钱、有势、有一个疼爱自己的妻子，你为什么还不快乐呢？"此人答曰："正因为如此，我才不知道该如何取舍。"佛祖笑笑说："我给你讲一个故事吧。某日，一游客就要因口渴而死，佛祖怜悯，置一湖水于此人面前，但此人滴水未进。佛祖好生奇怪，问之原因。答曰：'湖水甚多，而我的肚子又这么小，既然一口气不能将它喝完，那么不如一口都不喝。'"讲到这里，佛祖露出了灿烂的笑容，对那个不开心的人说："你记住，你在一生中可能会遇到很多美好的东西，但只要用心好好把握住其中的一样就足够了。弱水三千，只需取一瓢饮。"在我看来，还是听佛祖的话好吧。但也不要像《红楼梦》里柔情似水、纠结痴缠的林黛玉那样，更不要像《红楼梦》里波涛澎湃、忠贞不渝的贾宝玉那样。因为若那样做，实在太累、太辛苦、太苍凉了。

我们的生活，终究承载着满满回忆的事物和旧时的欢颜悦目，因为有这些，生命的每一个阶段都显得十足重要。然而，一切终究如梦一场，化为尘土，只有日月星辰，仍旧高高悬挂于天上，成为永恒的风景。

聚会活动为期两天，第二天早上用完早餐，原班同学合影留念后各自班师回朝，聚会宣告圆满成功，一切顺利，万事如意。

　　这次聚会，同学们互通信息，交流经验，增长了不少见识。我终生难忘，感慨良多！我将以大家的经验鞭策自己，以人生感悟陶冶情操，活到老，学到老，人生永远生辉。我寄望老同学："珍惜昨天，把握今天，幸福明天。"我衷心祝愿他们一生平安，健康长寿，知足常乐！夕阳处处红，青春常在！

戏水鸳鸯

　　这是发生在 20 世纪末，红土地上一段甘苦交织的爱情故事。故事主人李丹与胡宁是来自乡下的一对男女青年。他俩不约而同地在半岛港城打工，为生活奔波拼搏，连过春节也在港城。

　　大年初一早上，李丹在甜睡中听到一个人叫她的名字，勉强睁眼听清了是一个男人的声音，后来觉得声音好熟悉，太困了，从睡梦中醒来也不容易，摇摇头看表，也不早了，九点多了，楼下的声音又响起来。李丹披了外套，趿了拖鞋，拉开窗帘，望望楼下，那人像胡宁——真的是胡宁。

　　李丹匆匆忙忙下楼把胡宁迎进屋里。李丹给胡宁沏茶，让他先喝杯茶暖暖肚子，然后张罗着糖果，摆了满满一茶几。"老朋友了，那么客气，再客气我都不好意思了。"胡宁笑容满面。"今天是大年初一，你是贵客人，招待是我的荣幸。"李丹又剥了一个橘子，"这是红色的，大喜呢，尝一个吧。"胡宁爽快地接了橘子，吃了起来。新年的第一天，真是很幸运，李丹心情特别好。

　　"今天你来，稀客呀，看我急得，还未洗漱。"李丹进洗漱间，在镜子里看见自己的皮肤黝黑黝黑的，其实她的皮肤不黑，只是洗漱间的光线比较弱，照起来就黑了。望着自己的脸，她实在不满意，用洗面奶猛洗猛擦了三次，恨不得磨掉一层皮。一番精心修饰打扮，又换了一套新衣裳，纯白的毛上衣，灰黑色的冬裙，戴了顶红色的小毡帽，她光彩照人，像雪地里的一枝梅花。胡宁微微胖了些，昔日的小白脸不见了，腼腆不见了，脸上呈现出一种忧郁和沧桑，没有了那种稚嫩的帅。胡宁不像以前那样拘束不安，爽爽朗朗，在笑与静之间，眼里有一种坚毅的光芒。他的深沉时如沙，如浪，如风，如雨，可以容下世界万物，笑时已经收敛自如。这是胡宁两年来的变化，即使他没有创业，至少他很自信，他的言谈举止足以证明他是自信的。

李丹像孔雀开屏一样,在他面前旋转了两次,展现她的美丽:"你看今天穿这身衣服还可以吧。"

胡宁淡定地赞着她很会打扮,很入时。

胡宁告诉她,昨晚在镇上过年,今天顺便过来给她拜年。胡宁说给她拜年,可把李丹逗乐了。

"你跟女朋友过年,是吧?"李丹试探地问。

"哪里有女朋友,正在找呢,唉,难找,比找工作还难呀。"胡宁半真半假。

"工厂的女孩子这么多,随便抓一个不就得了,要求不要太高嘛。"

"阴错阳差,不是我要求高,现在女人的眼光,芝麻开花,节节高呀。"

"这也是,都是缘分。"

"你昨晚看烟花了吗?太漂亮了,天女散花般,眼花缭乱的,我就在现场,更震撼。"

"我在阳台看的,不然我们还可能碰面哦。"

"哦,你跟男朋友过年吧,所以说,我还是不随便来打扰比较好。"

"哪有男朋友,没人要了,人老珠黄了。"

胡宁装作一本正经地往她脸上瞧:"让我看看,变化在哪。"李丹仰起脸,那目光正散发着爱的召唤。李丹身上散发出淡淡的香水味,让胡宁有些心醉神迷。他当然明白李丹的心思,一个女人对一个男人爱慕,全部表现在脸上、眼里。李丹仰起脸,几乎感觉到自己的身子在飘。胡宁碰到了她炙热的目光,但是又彼此闪开了。胡宁嚷着:"没有,没有。"

"什么没有?没有皱纹呀。"

胡宁笑呵呵的,煞是得意。

李丹问胡宁:"你现在在哪做呀?"

"虎门呀,管生产。"

"哦,"她若有所思,"那挺好的呀,我二哥也管生产。"

原先,李丹单独去陶瓷厂看过他两次,胡宁心里明白得很,当初的李丹,他真的没想到喜欢,他只把她当作最要好的朋友、最知心的妹妹。现在风雨漂泊,他变了。

胡宁跷起二郎腿,漫不经心地盯着电视,刚刚两个人说个不停,突然没话说了,气氛一下子变了,冷清而温馨,除了电视的声音,彼此都在想,该说点什么呢。李丹靠胡宁身边坐下来，一颗颗地嗑瓜子。孤男寡女的，仿佛隔着一层雾纱，相互默默守候着，能感觉到对方心在跳，情在烧，此时无声胜有声。

李丹很不自然地玩弄左食指上的戒指。

"男朋友送的吧，挺漂亮的。"

"没人送我，自己送自己，你怎么样，这两年没谈女朋友吗？"

"女朋友？有谈，很辛苦，苦恋了一场，没有结果，你呢？"

"我？分手的原因都差不多吧，唉，转眼都老姑娘了。"

"唉，一切都是缘啦。"胡宁抓了一把花生，一颗一颗剥给李丹。

他必须主动了，趁机抓住她的左手："我帮你看相。"她伸出左手："你拿错手了，男左女右。"她靠上了他的肩膀，他抚摸她的头发，他们这样偎在一起。

"我是钟慧珍抛弃过的男人，你是知道的，你不介意吗？"

她把脸埋进他的怀里："我喜欢，从见你的第一面开始，我就喜欢你，只有我盼着你与钟慧珍分手。我是一潭倒映你全部经历的湖水，我掩饰着自己的激情，心底下我多少次为你澎湃。"

"你也是诗人了，好美的诗句。"

"我是读了这首诗，我背下来的，专门背给你听。"

他摘下她的小毡帽，从怀里捧起她的脸颊，她闭上眼睛，幸福地抱紧他的腰。他吻她的头发，一根一根地吻，她含情脉脉，像一棵含羞草，她望着他好像望着幸福的珍珠降落下来。吻从她的额头飘过，像是垂柳吻过水面，细腻无声，吻雨点般落在她的脸上，脖子上，她像一块干旱的土地，恣意地吮吸着滋润。她满足地体验着，颤动着，那吻又飘到她的眼上，面颊上，鼻梁上，最终停在她的红唇上，像生了根似的，紧紧地，胶贴着，交流着。

他的嘴吻红了，她望着他，傻傻地笑。

他说："我没钱，不能给你一个稳定的家，愿意跟我漂泊流浪？"

"钱是挣来的，我不怕漂泊流浪，心爱的人就是一个温暖的家呀，你在哪，我就在哪。"

他搂紧了她，心在颤抖。

"三年不见，你完全变了，你以前那么现实，现实得有些残酷，现在这么柔情浪漫。"

"你笨呢，女人就喜欢说反话，那些话都是因为见了你才那样说的。"

他抚摸着她的脸："我喜欢温柔浪漫的女人，太现实的女人很虚荣，虚荣的代价我们都见过了。爱情虽然离不开现实生活，但是过分现实的生活无论好坏都可能会埋葬爱情。"

"嗯，我们要把爱情进行到底。"她搂着他摇着，她要摇出更多爱意来。

"手机响了，是一个同事，不接不行吧。喂，新年好，新年好，恭喜发财，我和男朋友一起过年呀……嗯嗯，是，好的，祝你好运，拜拜！"

她与他到公园玩，在外吃了午饭，又看了场电影，又在外吃过晚饭，一下子到了11点，回到屋里，他们又相拥相抱，谁也没有提出来要睡觉。李丹一直在想，盼望胡宁胆大一些，或者冲动些，抱她上床。她暗嘲自己，多轻浮呀。晚上喝的酒不多，都怪她没有陪他喝醉，现在她后悔了，若把他灌醉了才好呢，男人只有喝醉了才那么大胆，那么冲动。她从他怀里站起来，从卧室抱出一床被子、一床毛毯，毛毯垫在沙发上。他很清醒，今晚注定要睡沙发了，当然，他是希望，她乖乖地躺在身边，和他一起睡沙发，女人第一次是不会主动要求和他睡床上的，那床上一沾，可能就会发生意想不到的结果，就意味着生米煮成熟饭了。他只能睡沙发，尽管他有些遐想，期待着一场更加疯狂的亲热，他克制住自己，表现出很满足的样子，把被子压在了沙发的那一头，脱了鞋子，躺着看电视。她吻了他一下："乖，我休息了。"她频频回眸，进了房间，不带上门。

她在床上睡不着，迷迷糊糊中，她感觉到了男人的抚摸，快乐得几乎让她喊出声来，是他吗？醒来了，摸摸床上，空荡荡的，他没有来，或者是个君子呢。她睡不着，蹑手蹑脚地起床开灯，冷瑟地披了外套，让耳朵听听客厅有没有动静，没有，一点声音都没有，他不打呼噜。她的大脑向自己发了三次命令，要她靠近沙发，这样行吗？会不会影响自己在他心目中的形象？这样不行。于是，她放下外套，躺下睡了。

第二天，天亮了，她在厨房做早餐。

"醒来了，冷到了没有？回房去睡吧。"她从厨房出来叮嘱他。

"不用了，睡得很好。"他把被子抱回卧室。他也进了厨房，他给她做帮手。她把他撵了出来，说下厨是女人们的事，让他在沙发歇着。他感受到满屋的爱，他是幸福的。

他们手牵着手，去逛街，又去电影院看《泰坦尼克号》，她好好地感动了两个小时，回来时搂着他的胳膊直叫杰克，杰克。下午，他要回虎门去，晚上他要值班——这恼人的值班。她舍不得他，但是她懂得尊重他。她拉着他的胳膊，又摇又撒娇，不让他走，才亲热一天呢。他说，工作重要呀，没有工作怎么养老婆呀。她兴奋地推着他直往马路边走。老婆这两个字，对她这种年龄的女人来说，耀着金色的光芒，有着特别的意义，是令人向往的，做妻子的感觉多好啊！

他与她吻别，说好一有空再来的，她执意要步行送他，她不松手，怕一松手，他就飞了。租了这个月的房，她打算搬虎门去，他上班，她洗衣做饭，生孩子，做个贤妻良母。她在想做新娘子的滋味，穿婚纱的样子，哦，丑媳妇还得见公婆呢。她奇怪自己居然还有初恋的期盼、初恋的羞涩，她感觉自己真的回到了20岁的样子。

一日不见如隔三秋，每到晚上她就要"Call"胡宁，都说想死个人了。

"真有那么想吗？"他说，"你想我什么了？"

她说："想你的手指为我梳头，想你的拥抱，想你的吻，那你呢，你想我什么？"

他故作深沉："我嘛，想你的唇，好甜好甜，呵呵。"

"你真坏呢，尽想占我便宜。"她跺脚了。

初五晚，胡宁突然给她电话，说他前晚值夜，因他喝醉了，在值班室醉沉沉睡着了，厂仓库里的货物被贼偷走了一批，价值20多万，早上他醒来时才报警。警察赶到现场，侦查过程中发现贼人丢下的一部手机。后来警方以手机为线索，终于找到偷窃犯，追捕归案。可他被厂老板开除了，他说他再没脸见她了。"我既穷，又不争气，不会带给你幸福的，咱们分手吧，你另找男朋友，不要耽误青春，拜拜！"

往后，李丹拼命地打胡宁电话，电话不是关机，就是不接，一次，两次，三次……直到她的心冰凉冰凉，胡宁成了她心中永远的痛。她骂他绝情，骂他浑蛋，骂他笨猪……

春节就差不多过完了，打工人的春节，小心翼翼地勒紧腰包，勒紧思念，总是徘徊在厂门口，小店边，总是用匆匆的眼神张望门口的人群。初七八的样子，工厂陆陆续续开工了，厂房里的灯通亮了，烟囱上的青烟把天空拉低了，马路上的闲人越来越少了，车站热闹起来了。城市像机器运转起来了。春天来了，在每个人的心里却像亮堂堂的太阳，所以他们拼命地加班加点，拼命地赚钱，每个人都转起来了，每个人都是机器了。当然，也有一些想上班而没有班上的，零零散散的人，他们或低头行走在马路旁，或抬头张望在工厂的门口，他们把失落写在脸上，把心事扛在背上，把希望寄托在某个机会里。

某个晌午时分，李丹一副萎靡不振的样子，她本应在厨房里，现在却趴在阳台上，望着草地上那棵含羞草出神，望着马路上的行人发呆。天气不太好，没有下雨，也没有出太阳，灰沉沉的，她心里空旷着，凝滞着，偶尔还飞过一些往事，像流云一样，没有一个人停留在她自己的记忆中。她不想做饭，拨电话叫了一个快餐，口味不对，把它扔了。

元宵节那天，她到大哥的快餐店，把心事向哥哥诉说，哥哥安慰了她，并建议她自立，同意资助她办间大排档式的酒楼。

在大哥的鼎力资助、协力支撑下，李丹用两个多月的时间，办起了名为"农家乐"的酒楼。

转眼已至冬天，农家乐适时推出鸳鸯火锅，生意像水一样流进来，农家乐像火一样旺起来，望着楼上楼下热闹的场面，李丹忙上忙下，忙得开心。

酒楼员工都亲切地叫她丹姐。生意忙，让人充实多了，即使有空闲的时间，感情上的事也会一闪而过，不会让人空得慌。其实一切忙顺畅了，也没啥事，都是她自找的，当了老板的人，都这样。创业艰辛，她不得有丝毫马虎，每天进什么菜，一样一样要看，所以要早起床；晚上门窗一扇一扇检查，所以她睡得最晚；下午休息，员工都睡觉，她要查账算账，检查厨房与餐厅卫生，她不休息。

她从前没管过酒店，完全依赖哥嫂帮衬，自己慢慢摸索。只要用心去做，也没什么了不起的事。酒楼开了半年，李丹瘦了五斤，她说是免费减肥，也掌握了酒楼的运转。

酒楼虽然只有二十几个人，但员工与员工、员工与管理者之间需要慢慢磨合，对于农家乐来说，这只是个开始。

李丹忙到没有时间想事情，可一件件跳将出来，又激起感情的涟漪，带动内心的不安，说不出的滋味，也许这就是女人的寂寞。她每天要听《潮湿的心》《谈的是情，说的是爱》，听到多少次，也不厌倦。有时，她呆呆地看着某桌吃饭的人出神，有时她也会想，也许哪一天就会在某一个角落看到胡宁，那是多么高兴的事。每天她会仔细看过每一张桌，无论新朋老友，都要送上自己的微笑。

她充满期待地幻想着每一天惊喜的出现。胡宁就在这个时候，奇迹般出现在她的酒楼。

那是中餐时间，李丹照往常一样巡视餐厅，亲自问问菜的口味或者服务什么的，蓦然发现一个背影，好熟悉，背影背对着她，自斟自饮。她本想走过去叫他，思索了一会儿，然后退回去。她到收银台，查到胡宁的账，他只是吃快餐。李丹让收银的嫂子给他打八折。嫂子没见过胡宁，不太理解："要么全收，要么免费。"李丹笑笑，自有她的道理。结账的时候，打八折，胡宁感到特别高兴，他以为是酒楼的促销手段，快餐炒得好，价钱又便宜，走的时候还笑着说感谢。接连三天，他不是中午就是晚上来吃快餐，中午来的时候胡宁穿西装，打领带，提着一个黑色的公文包，李丹偷着观察他，看他这身打扮，足以证明他是在找工作的。因为她清楚他平时是不会这样的。于是，她交代收银台，向给打八折的那位先生说，酒楼聘经理，要不要应聘。当胡宁来买单时，收银台小姐姐照着说了。不出所料，胡宁几天来找工作找腻了，急于找到工作，欣然同意应聘。于是一位服务小姐姐把他引领到了二楼，说是见老板。打开玫瑰房，不见人，却摆了几个小菜，几瓶啤酒，两套餐具，酒杯盛满金黄色的啤酒，莫非走错房了？胡宁心生狐疑，难道老板考他品菜的功夫，或者说要他对菜提意见，第一次应聘酒楼的工作，没想到老板面试的方式这么特别，正迷惑不解地思索着，服务员又送上了一道菜——清蒸福寿鱼，放了在餐桌的中间。这种做法很特别，似曾相识，胡宁想起李丹的厨艺，她做的清蒸福寿鱼是鱼腹下放葱和姜条的。正纳闷着，玫瑰房的门被推开了，李丹光彩照人地出现在他面前。

"是你？"他也是惊呆了。

"山不转，水转，怎么——又见面了。"她笑而不露，"一年不见，不认识我了？"

"你在这里上班吗，还是？"

"别误会，我是代表老板来面试应聘者，这么巧，怎么会是你？！这是我们的缘分。"

惊讶以后，他努力保持平静，怎么会以这样的方式见面，真丢人，好在她不是老板，阿弥陀佛！她看出了他的心思，为缓解气氛，说："你饿了吧。先吃饭，别让菜凉了，吃完了，问题就出来了，结果就知道了。"不管李丹代表谁，不管是谁点的菜，他也毫不客气，开酒喝起来。

"你打算怎么考我？"

"该怎么说，让他回心转意呢？胡宁是吃软不吃硬的，"她心里盘算着要激他一下，"这个我知道，我知道你能干，这些年都过去了，还在找工作，你知道你为什么没有进步吗？"这一句话从昔日的女朋友嘴里说出来，触到他内心的痛处，感觉很不光彩，脸上火辣辣地烧。

他想反击一句，可话到嘴边，忍住了，胡宁停下夹菜的筷子："好吧，如果你不愿意推荐的话，吃完饭我就走，这单我买。"

对于这个死要面子的男人，今天她要以朋友的身份，让他撕下这面子："哦，老板还没见着，你就走，你做这么多年的管理，价值体现在哪里？要走就走吧，单不用你买。"

这回他沉住了气："你甭赶我，我还不走，反正不吃也吃了，人情也欠了。"

"我看你白白长了一副好皮囊，你还不如那个贾宝玉，人家为林妹妹出家，你呀，差远了。"

"不是面试吗，别扯这么远好不好，吃完了，可以面试了。"

"这中午时间，不要去别的地方面试吧？急什么，不如随便聊聊，这几天有收获吗？有啥感受？"

"我都找腻了，这有什么感受的。"

"是不是有英雄无人识、虎落平阳被犬欺的感受呀！"李丹激将他。

"别抬举我，我不是什么英雄，不过说我不成功，嘿，我还真不服气。"

"但在事实面前，你不得不低头呀，你不能怪老板不欣赏你吧，你不能老抱怀才不遇的思想吧。"

"你看吧，历朝历代，有多少忠良贤臣受重用？成功的人有三类：第一是本分的人，第二是有智谋的人，第三才是最聪明的人。说一个最简单的例子，我一个表哥，小学文化，现在一家800人的工厂做经理，人家老板看中的就是他没有多少能力，因为老板招的有能力的人，不是跳槽，就是做不了半年自己单干，说不定倒挖老板的墙角。"

"别说那么大，历史我懂得少，我只想问你是第几类？"

"你别这样看着我，我哪类都不是，我是我，胡宁。"

"胡宁先生，准备好了吗？我可以开始面试了吗？"

"开始吧，我已经习惯了。"

"好吧，第一个问题：如果今天没有应聘成功，你打算怎么办？"

"哦，是吗，没有成功也没关系呀，我明天还有几家单位等着复试，不用你担心。"

"你平时是这样跟主考官说话的吗？"

"哦，对不起，我相信今天我一定成功。"

"这还差不多，请听第二个问题：如果应聘成功呢？"

"我就过来上班，这也是考题吗？"

"老板出的题呀，我只是照本宣读。你知道你工作失败的原因在哪吗？我告诉你，就在这里，你的退路太多，要成功就要孤注一掷，就要置之死地而后生。"

"这道理我比你懂，我还没有承认我失败。"

"胡宁先生，你不能这样与主考官说话的，你的语气不对。我告诉你，我们老板比你年轻，好友钟慧珍比你年轻，她是你的初恋，她成功了，你成功了吗？再说现代流行的'五子'，你有哪'子'？车子，你有吗？房子，你有吗？票子，你有吗？妻子儿子，你有吗？"一连串的追问，抑扬顿挫，问得他心慌意乱，像一盆滚开的水洒在脸上，烫得难受。

李丹狠狠打击胡宁高昂的傲气，胡宁终于低头服输。

"不要说了，我不成功，得了吧，我投降了。"

"投降，不是男子汉。"

她一本正经伸出手："胡先生，我现在去向老板汇报面试情况，这顿饭是我们老板请你吃的，请稍等片刻。"

这次成功的表演，彻底征服了胡宁，李丹抑制不住内心的喜悦，她装着上三楼请示，逗留一会儿，回到二楼握着胡宁的手："胡先生，恭喜你，你被录用了，明天就可以来酒楼上班，我祝贺你！"她脸上看不出什么假装的端倪，笑是笑，说是说。你能承认自己的失败，就说明你有勇气去面对它，就说明你能改变自己，我已把面试结果告诉老板，待遇方面，我会尽量让老板满足你的要求。

这么简单特别的面试，胡宁头一回遇到，一头雾水，将信将疑，仿佛在梦中，走出酒楼，夕阳西下，看着真实的天，摸摸真实的脸，回头望望"农家乐"三个镏金的大字，欢快地唱起《流浪歌》。李丹在二楼一直望着胡宁坐摩托车往海滨路而去。

胡宁回到出租屋，总是在琢磨这面试经历的合理性和逻辑性。他猜想老板

肯定是李丹的老公，或者情人。给曾经的女朋友的老公或情人打工，不丢人现眼吗？自尊心跑出来狠狠地抽了他一耳光。他不能去，绝对不能去。但一想到，李丹的那番话，心里又放不下了，毕竟工资可观，韩信胯下之辱，又为哪般呢？事业心又把自尊心打了一拳，把面子撕了下来。可面子又说："你真没出息，当初选择离开她，现在又巴结她。"胡宁思想有些乱，分不清东南西北："不去不去。"可是，道德又出来审问他："你算什么男人，答应人家的事，又不兑现，这不是玩骗人吗！"

他犹豫不决，李丹打来了电话："我知道你在犹豫了，我老板是香港人，一个月就来一两次，你答应我的事，如果不来，我到时就告诉你的那些朋友，说你不守信用，看你怎么混！但我知道你是个守信用的人，不会这样的，也请你记住我这个朋友的话，不要给自己太多的后路，那将是成功最致命的弱点。"

"我没有说不来呀，你知道我是个守信用的人，一定来的。"

想想李丹的话说得在理，胡宁深刻检讨自己，打工了这么多年，付出了最美好的青春年华，收获了什么呢？昨日同学打电话来说，他在家乡养殖鱼虾，现在可是大户了，评上了省级劳模。遗憾呀，等着别人来承认自己，那机会多么渺茫。自己真的退路太多，所以难以成功，自己确实因为找女朋友容易，所以至今没有结婚。一不做，二不休，胡宁当即收拾行李。

次日，农家乐酒楼早餐热闹之际，李丹等在收银台，一边忙着，一边往外瞧。胡宁拖着一只偌大的箱子，提着被子一拐一拐地来了。这死鬼，终于开窍了，李丹心里窃笑，放下了手中的活，亲自迎上去，帮他提被子，把他安排在三楼，住在自己隔壁。房间早已打扫，设备早已整理，只等胡宁把行李物品搬来，李丹帮他一件一件安置好，体贴周到，才下楼忙活。胡宁的心情就像鸭子归巢似的，找到了一种久违的家的感觉。他打量着小小的单人房，席梦思床，粉红色床单，灰白色办公桌，崭新的皮靠椅，玫瑰色的布衣柜，地板光亮照人。房间虽然小，却十分精致，可见布置的人费了一片心思。胡宁已记不清这是多少次搬家了，但这是他感觉最棒的一次。

酒楼的早餐已经接近尾声，本熙熙攘攘的客人陆陆续续散去了。李丹安排所有员工在酒楼门口集合，那是酒楼开业以来第一次全员集合，酒楼一共26人，站成了两排。李丹从来没有这样讲话，有些结结巴巴，惹得员工都憋不住笑了。她宣布，自今天起，酒楼的管理工作除财务外，其他由胡宁经理全权负责，特别强调了老板不在酒楼时，他有权解雇任何一个人。胡宁一直在工厂做主管，集合发言很内行，上台从容自若，第一声不是说啥，是一声响亮的立正，这一招跟别人学的，让酒楼员工感觉很严肃，工作不是随便的。胡宁虽然对酒楼管理一无所知，但语言表达能力强，讲起来轻松自如，员工反响不错。

酒楼员工尊称胡宁为胡经理，他舒服到骨子里去了。胡宁在会上的表现，打响了管理农家乐的第一枪。李丹对胡宁的能力，从外表的另眼相看到内心的已然认可。胡宁注意到第一排左边第一位：他讲话时，这个人在挖鼻孔，不屑一顾，心不在焉，吊儿郎当的样子。胡宁提起这个人，李丹告诉他，这个人是厨房领班，叫曾华荣，跟老板开大排档，一直跟到现在开酒楼，他是元老。元老又怎么样！胡宁很不服气。几天以来，曾华荣处处唱反调。对于倚老卖老，胡宁看在眼里，记在心里。在工厂也经常遇到这种事。要树立威信，要变革新管理方法，元老是第一阻力，他们不买账，还背后教唆员工作对。胡宁意识到，不给点颜色，当他是病猫了。他决定，第一件事就是要刹住这股歪风，首先就拿曾华荣开刀，炒他鱿鱼！可李丹不同意！

胡宁对李丹抱怨，这样下去，他怎么管？李丹解释说："要注意特别情况特别处理这回事，曾华荣就是这个特别，你没看见，整个厨房的人，包括师傅都听他的，而不是听你的，你应该明白这就是他的强处。慢慢来，急功近利不是做大事，不能忍就不能做大事，有名言警句，小不忍则乱大谋。汉高祖之所以胜，项羽之所以败，就在忍与不能忍之间。大智大福之人，均能忍人所不能忍之辱。胡宁呀，忍一时风平浪静，退一步海阔天空。凡事应以忍为贵，表现自己宏才大量，才是真正的有威风，能忍方是真英雄！你要炒他，我支持你，只怕会把酒楼搞砸。"

这件事情算风平浪静了。胡宁只能忍了，暂时奈何不了曾华荣。

为让胡宁恢复积极性，李丹总是表扬他，鼓励他。胡宁心里平静了，有了些想法，提出两个建议："酒楼还没推出自己的招牌菜，像这样规模的酒楼，那是太遗憾了；另外，据我观察，中餐一楼空间太小，餐台多，人多拥挤，用餐感到压抑，许多客人在门口望了望，就走了。如何利用空间呢？建议进门口左边搭棚，可以增八张餐桌，夏天是好场所。停车场转到右边墙旁边。"经胡宁这么一说，李丹豁然开朗，确实是好办法。李丹喜上眉梢："不错，你是酒楼经理，你只管做主吧，记住了，想到就做，不要只说不做。"

　　按胡宁的规划，定做了餐棚，并安装完成，居然大部分客人喜欢坐外面，因为棚子下更浪漫，更有情趣，空气更新鲜。李丹乐滋滋的。胡宁对自己的创意很得意，说现在的人，浪漫其实就是花心，就是喜新厌旧，饮食就是要抓住这种社会潮流和文化特征。

　　胡宁还发现，客人订玫瑰房的多，经常要改房。这年代坐到这儿来吃饭的人不缺吃不缺穿的，可不单是满足口福，重要的是心情，说白了就是吃得有情趣，吃得有意义，尤其是夫妻两人，男朋友与女朋友，谁不想要玫瑰包房，看到玫瑰那两个字，女人心里要甜三分，男人心里要美三分。胡宁建议把二楼十间雅座房改五间为玫瑰房，每间房门印上一朵漂亮的玫瑰花，这样不就解决了吗？李丹表示赞同，但毕竟吃饭的客人不一定是情侣呀。胡宁认为不是情侣也不妨碍订玫瑰房。

　　胡宁说到做到，真把农家乐二楼十间包房改出了五间玫瑰房，而且改得很别致，分别叫玫瑰风情阁、玫瑰雅情阁、玫瑰情怀阁、玫瑰相悦阁、玫瑰知心阁。客人要玫瑰房，只要订房，基本上有求必应，这使得二楼生意又增色不少。李丹得意地袖着手，踮着脚……高跟鞋叮当叮当从包房踱来踱去，突然问胡宁："如果你现在来吃饭，你会选哪个房？"

　　"哪间都可以，最喜欢风情阁。"胡宁说。

　　"你们男人一定是好色，女人多露当是风情。"李丹转了个弯对胡宁说。

　　"话不能这么简单说，什么叫风情万种，风情万种应该就是把女人味发挥到极致，展现在男人面前。"

　　"那女人味又是什么？"李丹本身就很有女人味，她只是想试探自己是不是胡宁真心喜欢的类型。

　　锐意改革，气势咄咄逼人，胡宁充分显示出管理能力，惹火了曾华荣。两人矛盾日益激化了。曾华荣告了胡宁几次状，而在李丹看来都不是事实。

　　胡宁找李丹，见面就说："我辞职不干了。"

　　"干出了成绩，你就不干了，你不是笨吗？难怪你三天两头换工作，别的老板巴不得你走。"

　　"你跟老板说，我要把曾华荣炒了。"

　　"你们怎么啦？又是他不服你吗？"

　　"这个人我不要，有他没我，有我没他。"

"你知不知道曾华荣为什么敢跟你斗？"

"老板宠他呗，元老呗，他有啥本事，没有他这根红萝卜，不信咱做不出菜。"

"不对，你知道吗，厨房的厨师一半是他的人，炒掉他对酒楼的影响很大，上次我跟你说过的。"

"既然这样，那我走，给我把工资结了，我不想这么窝囊。"

大智慧的人大缺点。胡宁的缺点又露馅了，李丹趁机揪住他的弱点："你还像三岁小孩，遇到工作上的困难，临阵退缩，你是男人吗？有本事你就跟曾华荣斗下去，斗赢他，让老板相信你，让酒楼业务更大。"李丹杏目圆睁，瞪着胡宁，直到胡宁感到眼睛有了刺痛的感觉，胡宁才悻悻下楼。胡宁是创造型人才，他适合打天下，创业绩，但他缺乏忍耐性和柔性。

李丹把曾华荣的告状"不了了之"地处理了，全不当回事，胡宁依然是经理，这使曾华荣愤愤不平。

接下来，李丹发现胡宁下班就不见人影往外溜。于是，她决定盯他一回。夜幕降临的时候，他披了外套，梳了头，风风光光地从后门出去了。李丹紧跟下楼，尾随而去，经过海滨路，胡宁居然在一家酒楼找女子幽会，与那女孩面对面，有说有笑。事实就是事实，李丹看得两眼发直，这回真的是煮熟的鸭子飞了，她气得没法往下看。回到农家乐，李丹一直在二楼的玻璃窗后观察，是真要跳槽？

一连三日观察，胡宁夜夜如此，李丹心慌慌的，担心胡宁在追女孩。她终于忍不住问胡宁每晚出去干什么，究竟咋回事？

"曾华荣居然敢叫人在外面威胁我。"

"你确定吗？"

"是一家酒楼的女服务员告诉我的，那女服务员与我做过同事，她说是她老公跟她说的，她老公跟曾华荣原是同事，又是朋友，也在那酒楼干厨师的。"

听胡宁这么说，李丹的"胡宁追女孩"的慌心一下子平静下来，其他天大的事都好办了！

"叫老板来，马上炒他。"胡宁又说。

"好，我现在就去叫曾华荣上来，你们当面说清楚。"

曾华荣上来，嘴上叼着一支烟，歪着靠在墙上。胡宁看不惯他那样子，吼

了一声："站有站相，坐有坐相，站好！"曾华荣更嚣张，把烟头一甩，指着胡宁骂了一句："你骂谁，你不睁眼看看我是谁。"李丹站在一边，没有来得及插一句话，两个男人就动手打了起来。他们就像斗红了眼的公牛，任凭李丹喊叫也起不到任何作用。

曾华荣没占到便宜，丢下一句"你等着"，噔噔跑下楼去叫他那帮厨房的哥们了。

"我这就打电话报警。"李丹惨白着脸，慌了神。

"报什么警呀，你要不要开店了？！"胡宁上气不接下气。

胡宁摸出一根钢棍，站在三楼门口，对李丹说："你去一楼，叫厨房那些人不要上来，说谁与曾华荣一起闹，明天谁就打包走人。"胡宁握着钢管，手心直冒汗。

李丹被吓出冷汗，她没见过这种打架场面，战战兢兢，下楼时腿发软。

半个小时后，李丹上楼来说："没事了，曾华荣出去了，明天叫他走人。"

李丹考虑到胡宁的安全，为安抚曾华荣，第二天，她多发了三个月的工资给他。曾华荣的人缘关系不错，酒楼的人都到门口送他。胡宁在收银台，盯着门口，对曾华荣冷眉相对，也毫无惧色。没想到曾华荣在转身的刹那，蓦然回头，向胡宁伸出右手说："胡宁，你赢了。"曾华荣脸色粲然，毫无敌意，胡宁很惊讶，迟疑地伸出手，握住对方。

胡宁还没听到他的弦外之音，曾华荣脱手而去。

胡宁望着这个男人的背影，没想到他会这么快想开了。看来曾华荣本不是与他争权，也不是争金钱，他与他争一个女人——李丹。

送走曾华荣，胡宁紧绷的心总算放松下来，有惊无险。晚上，他要与李丹聊聊这些事儿，缓解一下气氛，李丹不在大堂，应该在三楼宿舍。他敲她的门。

她说："怎么啦？"

"打扰一下，有要事商量，老板。"

"老板？"李丹听真了，心一热，把门开了，胡宁挤了进去。

"你知道这酒楼的老板是谁了？"

"知道，不是你吗，早知道了。"

"不，我不想做老板，我要做老板娘。"她搂紧他。

像藤萝一样缠着，幸福爬满房间，甜蜜从根部上升到叶尖儿。他抱起李丹，任凭她娇嗔地挣扎。"放下我。"她温柔地叫着，像一只受宠的小鹿。他踏着热烈的节奏，吻着她的身体，更像一匹脱缰的野马。一会儿，她就发出了快乐的呻吟，与他融化在一起。

他们彼此叫着对方的名字，咬着对方的唇，热烈地感受着爱的释放。终于，美妙的声音戛然而止，两人扯了毛毯光溜溜地蜷在床头，回味着，他们配合得那样默契，仿佛已经做过多少次了，太完美了。她紧紧抱着他。他抚摸着她的头发，亲吻着她。她一会儿就看时间，12点了，酒楼打烊了，她不放心，每晚都要亲自检查关好门窗的，她披了衣服在他脸上吻了一口，安排去了。

他们睡在一起，燃烧了两晚，就嘴咬着唇谈婚论嫁了。九月九已经过了，不然定在九月九这还不错，有天长地久之意，"那就明年吧。"李丹不同意，等不及了，约定年底回家，往徐闻老家各走一趟，女婿要见岳父母，儿媳妇也得见公婆。

"都生米煮成熟饭了，你说了算，你是老板，哈哈。"胡宁搂着李丹。

接下来的日子，李丹变成了一个极端快乐的女人。女人赚钱了，用来干吗，天天打扮，给自己的男人看；女人赚钱了，如果不是与心爱的男人一起花，一个人花也没啥意义，那就白赚了。于是，她一有空，就与胡宁手牵手上街消费。李丹沉浸于爱情的快乐，她幻想把胡宁携在身边。

她虽然有过多次恋爱经历，但与胡宁在一起，她最感到幸福，从第一次见面开始，胡宁那张脸一直让她魂牵梦萦，胡宁的脸在她心中，是男人中的英俊，是男人中的花朵。终于有情人终成眷属，谢天谢地，女人成了真女人，一丝风里能找到快乐，一只小虫子能带来趣味。累了就躺到自己男人的怀里歇一会儿，想了就在自己男人脸上亲一口，受气了就在自己男人的肩膀上撒娇，她每天感到开心，感到充实。

某一天，一个新来的服务员不明不白地叫了她一声老板娘。李丹听了有些不适应，却偷偷乐了一个下午。她把这个消息当作新闻告诉了胡宁说："我啥时升老板娘？！"胡宁笑："哈哈，这员工聪明，应该给这个员工发奖金。"老板娘这个称呼在酒楼叫开了。做了老板娘的她，变成了一个夫唱妇随的小女人。

一天晚上，胡宁从口袋里掏出一个小礼盒，上面有朵紫色的玫瑰花。胡宁得意地把手中的玫瑰花盒高高扬起，快步上楼。李丹追着胡宁跑，上到三楼，

上气不接下气地说："你想哄我开心吧，把那玩意儿拿出来。"胡宁用脚把门关了，扑通跪在李丹的面前，把礼盒恭恭敬敬地呈到李丹面前："嫁给我吧，亲爱的。""真的这样求婚呀，"李丹睁大眼睛不敢相信，"真的吗，我要做新娘子了。"李丹幸福地打开包装，一枚白光闪闪的白金钻戒跃入眼帘。胡宁把过她的右手，给她戴上了。戒指在灯光下熠熠发亮，没想到，这么漂亮，李丹赞叹不已。

李丹勾着胡宁的脖子奖励他千百个吻。胡宁抱起李丹转了两圈，把她放在床上，打起滚来……他抖动了一下身子，她搂紧了他，彼此融化在一起。

平静下来了，他们咬着耳朵谈婚事了。

第二天，他们一起去照婚纱照，找了港城最好的摄影楼，找最好的摄影师。她挑了白色婚纱，从头至尾看得清清楚楚，一点污迹都没有，才放心穿上。为什么大部分人都穿白色的婚纱呢？她说，因为爱情像天上的雪花那样纯洁。他穿上白色的西装，扎红色的领结，回应她说，为什么要穿白色的西装呢？因为爱情像梅花般圣洁。婚纱里的她真的像朵雪花，捧在手里怕化了，含在嘴里怕融了，哦，她成了他的白雪公主了，他成了她的白马王子了。他情不自禁地牵她的手，搂她的腰，她幸福地偎在他的怀里，接受他深情的亲吻。

他们每一个表情都那么协调，那么自然，照片拍得非常成功，摄影师惊叹他们天生的默契。

她偷偷把存折上的数字抚弄了几次，婚礼一生就一次吧，她想奢侈就一回，应该弄得轰轰烈烈一点。她趴在他肩上，有一些美丽幸福的遐想。那天她要去专门的美容院化新娘妆，还要穿纯白婚纱，要买很多玫瑰花，从酒楼门口一直摆到住房，让他牵着她走到众嘉宾的面前，然后将她抱起，从铺满玫瑰花瓣的红地毯上抱入洞房。要是有外国那种教堂就好了，那才庄严、神圣。

2000年元月的一个晚上，他们的婚礼如期举行。

农家乐酒楼，张灯结彩，灯火辉煌，宾客盈门。酒楼门口摆了两排红玫瑰，每边19盆，门口入口，屏风前，99盆红玫瑰围成一个巨大的心形，花盆用粉红色的纸包边，屏风上贴一个金色的喜字，一条红色的地毯一直延长至酒楼门外20米。酒楼门口贴有一副特别的婚联。上联：天赐良缘有情人终成眷属，落款李丹。下联：地成佳偶元旦日永结同心，落款胡宁。横联：白头偕老。落款李丹、胡宁。

婚宴 6 点半开始，新郎新娘迎接一批批亲朋好友。

7 点整，主婚人李江宣布婚礼开始，《婚礼进行曲》响起，新郎携新娘缓缓步入宴客厅，两个花童抛出缤纷的玫瑰花蕊，撒花引路，全体来宾掌声热烈响起。新郎新娘在主婚台前站定，向所有的嘉宾三鞠躬。

首先，主婚人致辞。

各位来宾、各位女士、各位先生：

你们好！非常感谢你们携来了祝福，参加李丹小姐与胡宁先生的婚礼，在这欢乐祥和、喜气洋溢的时刻，这对新郎新娘珠联璧合，佳偶天成，喜结连理，成为恩恩爱爱夫妻，无比幸福。这对男才女貌的伉俪，曾经经历过一段曲折生动、甘苦交织的爱情，真是有情人终成眷属。因此，他俩彼此非常珍惜，非常爱护，是一对相知相守、互尊互敬的好伴侣，我非常敬慕。让我们祝愿他们相亲相爱，美满幸福，永结同心，白头偕老，早生贵子，子孙满堂！

这时，台下响起热烈的掌声。

"现在，请新郎新娘致答谢词。"

胡宁致答谢词。

尊敬的各位来宾、各位亲朋好友：

非常感谢你们在元旦佳节之际参加李丹小姐与本人的婚礼庆典，非常感谢你们对我与李丹小姐一直以来的关心与爱护，更真诚感谢我俩父母的养育之恩。你们贵步到来，给今天婚礼带来吉祥，带来欢乐，带来喜悦，带来真诚的祝福。我俩由衷地高兴，非常感激，让我们一起分享这个幸福快乐的时刻吧！在此，我衷心祝愿你们万事如意，心想事成，家庭幸福美满！并再次对大家表示最衷心的感谢！

新郎新娘再鞠躬致谢。

主婚人宣读："现在最激动人心、最圣洁庄严的时刻到来了，新郎新娘交换结婚戒指，象征着他们纯洁的心永远相印，美满幸福。"新郎新娘彼此为对方戴

上了新婚戒指，台下掌声雷动。

主婚人宣布："现在新郎新娘互敬交杯酒，象征他们俩永远甜甜蜜蜜，恩恩爱爱，爱河永恒。"身着红色旗袍的礼仪小姐端来了两杯红酒，新郎新娘各取一杯，手臂交缠，四目相望，含情脉脉，饮下了这杯象征爱情的美酒。

酒楼内掌声雷动，欢笑弥漫。

婚礼继续进行。主婚人宣读，新郎新娘敬答谢酒："请各位亲朋好友举起酒杯，干杯！"

接着，主婚人又宣读："各位来宾，李丹小姐与胡宁先生的婚礼庆典吉祥如意，幸福的新郎新娘，让我们再次祝愿你们的生活像蜜糖般甜蜜，你们的爱情像钻石般永恒，你们的事业像黄金般灿烂。让我们痛快地举起手中的酒杯，共同祝福这对龙凤新人新婚愉快，白头偕老，永结同心！让我们用热烈的掌声邀请新郎新娘入席！请各位来宾尽情地分享这天伦之乐，共度这美好时光。"

婚礼圆满完成后，奏响《明天会更好》的歌曲。祝愿天下有情人终成眷属！

兑亲悲剧

雪球妈急道："你，你当真拿她'三家兑换亲'？"

"换亲咋啦？嫁给郭家那小子，要房子没房子，要钱没钱，要手艺没手艺，跟他爸一样，就会侍弄几亩地。再说，他家兄弟一大堆，何美竹脾气又怪，嫁过去，还不是整天受气？郭尚武的屋里人是咋个疯的呀？"

"可——你让球儿脸往哪儿搁？我还听说对方有毛病，就跟秃子一个样，球儿能肯？"

"你给我闭嘴！你也不想想，对方要是没毛病，咋肯换？咱儿大炮要是脚不跛，咋肯换？至于小球，这事儿由不得她！嫁给郭家，怕是连个见面礼也讨不来，老子还得倒贴！"

莫红眼不顾老婆反对，当即去找杜十娘。两天过后，杜十娘回话，说事儿成了，对方提议，因是换亲，双方都不备彩礼。莫红眼满口应承，将见面时间定在当月 16 日，也就是三天之后。

家中紧锣密鼓地张罗"三家兑换亲"，雪球却被严严实实地蒙在鼓里。见面地点定在对方小伙子的姑妈家。

16 日这天，雪球稀里糊涂地跟着爸妈和大炮赶到对方小伙子姑妈家，说是看望一个远亲。待他们到时，屋里已经坐满人，中间一个戴草帽的小伙子一见她就勾头，只拿眼角瞄她。雪球觉得好笑，心道：这人真是神经病，屋里又没日头，咋不摘去草帽呀？小伙子旁边坐着一个姑娘，比雪球小，谁也不看，低头不说话。雪球看到她，她的眼圈儿红肿，像是刚哭过。

大家心照不宣，客套几句，杜十娘正式亮底，雪球这才知道是来换亲的，顿时脸色紫胀，如疯子一般，哭喊着转身飞跑出去。

莫红眼见状，脖子上青筋鼓胀，正要追出去揍她，杜十娘将他死死抱住，

好生劝慰，这才重新坐回来。

"小球性子烈，这事儿家里也一直瞒着她，甭见怪！"杜十娘向对方解释。

对方父母笑笑，颇为谅解。

"你们放心，"莫红眼承诺，"咱们该咋说就咋说。这个家里，只要我说同意，不同意也得同意！"

雪球撒开腿跑回村，直奔蔗田，找郭明东。她知道她爸的脾气，一旦定下，想改就难了。

郭明东正坐在甘蔗坡地旁的一棵大阳桃树下，闭着眼，似乎在想什么心事。

"好啊你！"雪球又气又急，一头扑进他怀里，狠命地捶打他，"人家都急死了，你却在这儿闲坐！"

这时，阳桃树上的鸟巢里，它们一家三口，都趴在巢边朝他们看，叽叽喳喳个不停，意思大概是："遇事要冷静些，没有过不去的坎，车到山前必有路，不要急，慢慢来！"

郭明东睁开眼："啥事儿？"

雪球将前后事由匆匆说一遍，求他快想办法。

"急有啥用？"郭明东缓缓闭上眼去，"即使再快，今儿他也不可能把你嫁走。你往边上坐坐，静下心，匀住气，咱俩谋划一下，看能不能想个方法！"

雪球点了点头，挨郭明东坐下，心却无法静下，挺起的胸脯子急促地起伏，两只眼珠子眨也不眨地盯着郭明东。

"你妈呢？她总不能眼睁睁地看着你爸把你朝火坑里推！"

"甭提她了！"雪球急了，"从小到大，我从没见过她在我爸跟前犟过嘴。不管啥事儿，都是我爸拿主意，我妈屁也不敢放！"

"你哥呢？他忍心拿你换老婆？"

雪球哭起来，哭一会儿，她擦擦泪："在家里，就我哥疼我，可他见我爸却跟老鼠见猫似的。敢跟我爸顶嘴的？！"

郭明东思忖半晌，长叹一声："唉，你咋生在这个家里？"

"郭明东，我想过了，咱俩干脆私奔！戏文上，这事儿多了！"雪球的两只大眼闪着光。

"奔哪儿？"

"去岛上！听人说，有人去过，那里有座山，没人烟，有吃的。咱俩就去那儿，搭个草棚过日子！"

"你——敢吗？"郭明东心一横。

"有啥不敢！这阵儿，下火海我也不怕！"

"我再想想看！实在想不出，咱俩就私奔！"

"嗯！"雪球点点头，信任地凝视郭明东。如此急切大事，他竟能不急不躁，泰然置之，真的让她很安心。

这天晚上，莫红眼喝得烂醉回到家里，逮住雪球一顿猛揍。从小到大，雪球是第一次挨打，既委屈又羞愤，尖起嗓子大哭，泪流满面。

痛打一阵，莫红眼觉得仍不过瘾，逼她跪在地上，又着腰指她骂道："养你这么大，竟敢在爸的头顶上屙屎！我警告你，从今以后，要是再看见你跟郭家那小子说一句话，就把你的腿打断，把你的嘴撕烂！还有，这门亲事，你不同意也得同意，板上钉住，结死了！"

雪球跪在地上，昂着头，两道愤怒的光圈从她的大眼里喷出，直射莫红眼。这阵儿，她恨死这个家了。她妈无助地站在屋角，全身发颤，气也不敢喘。跛脚大炮躲在院子里，她能听到抽泣声。

这一夜，雪球没睡，睁着眼呆坐在床沿上，任由蚊子咬，也不觉得痒，蚊子在腿面上吸血，吸得肚子圆鼓鼓的了，她啪地打一掌，血就染了一手。后来她头疼得厉害，就像裂开了，从裂缝往外冒白气。

屋里的煤油灯照出她的影子，影子在昏暗中有几尺长，她拿脚用力踩自己的影子，影子不疼，可她的脚疼。

这时，雪球想到了死的情景，雪球想眼前只有死路一条了，而这样死应该属于横死或含冤的死，必定变鬼了。

她自言自语："变成鬼才好，我做鬼来捉那些作恶的人、蛮横的人、没了良心的人，为人间打抱不平不是很好吗？"

这时，雪球不坐了。雪球跳下床，从床底摸出麻绳，悄悄地打开堂门，朝村头大榕树走去。到了大榕树下，选好原看好的低粗且弯曲的树干，将麻绳抛上去，顺一边拉下来，打个松紧结，推开脚下垫的砖头，断气了。

莫雪球属于烈女殉情而死，村里好心人很怜惜她，悲痛中流泪，泪水中责怪莫红眼，也责怪其不该寻短见，觉得太不幸了！

雪球殉情而死，对明东来说如晴天炸了一个响雷。他的悲哀是无法想象的。

这几天的不幸对他的打击实在太大了，令他无法承受！他咒骂老天爷的不公！他禁不住泪如泉涌。他把自己关在房子里，一个人流泪、叹息、自言自语，他的精神已濒临崩溃的边缘！那伤感的绝望已到了顶点，甚至想了却此生，同雪球一起飞向天堂！

但他毕竟还没有完全丧失理智，他很快知道不能这样，他不是一个人活在这世界上，他还有许许多多的亲人。他活着，自己一个人痛苦，他死去，会给众多的亲人都带来不幸，带来痛苦……

他从那天起，睡不着觉，也吃不下饭，就像一个得了绝症的病人。他呆坐时，忆起他与她童年时的一幕又一幕，那时青梅竹马，两小无猜，他与她在溪口河边赤着小脚，光着屁股玩耍，捉小鱼小虾，是那么天真、幼稚、淘气、活泼、可爱。尤其忆起他与她在甘蔗地里那一桩桩既心酸又甜蜜的画面，他与她用肮脏的手品尝用自己汗水注成的甘蔗，那时是多么惬意啊！他与她形影相伴的日子是多么美好啊！当记忆进入他与她最后分手的情景时，泪水再一次夺眶而出，他只能用悲哀的泪水，祭奠这段不堪回首的爱情！

纯情村姑

农历五月二十午后，阴云密布，地上没有一丝风尘；河里的青蛙纷纷跳上岸，拼命地向两岸的庄稼地蹦蹿着。天闷得像一口大蒸笼，黑沉沉的乌云正从西山那边铺过来。地平线上，已经有一些零碎而短促的闪电，但还没有打雷。只听见那低沉的、连续不断的嗡嗡声从远方的天空传来，带给人一种恐怖的信息——一场大雷雨就要到来了。

这时，海北村李汉民的当大队广播员的儿子李梓明，骑着自行车向自己家里走去。他是刚从公社广播站开完会回来的，此刻，浑身大汗淋漓，汗衫和那件漂亮的深蓝的确良夏衣湿透了。他匆忙地进了村，转了两个村巷，便进了家门。他刚进院子，就听见外面传来一声低沉的闷雷的吼声。

李梓明什么话也没说，连鞋也没脱，就躺在床沿的铺盖卷上。

"梓明，你是不是身上不舒服？"母亲用颤音问他。

"不是——"他回答。

李梓明一条胳膊撑着，慢慢爬起来，他靠在铺盖卷上，也不看父母亲，眼睛茫然地望着对面墙，开口说："我不再当大队广播员了，今天会上宣布的。"

"什么？"老两口同时惊叫一声，张开的嘴巴半天也合不拢了。

"你不当了，谁来当？"父亲问。

"谁，谁！还有个谁！雪梅！"李梓明又猛地躺在了铺盖上，拉了被子的一角，把头蒙起来。

老两口一下子木然了，满屋里一片死气沉沉。

这时候，听见外面雨点已经急促地敲打起了大地，风声和雨声逐渐加大，越来越猛烈。暴烈的雷声接二连三地吼叫着。外面的整个天地似乎都淹没在了一片混乱中。

李梓明仍然蒙着头。他父亲鼻尖上的一滴鼻涕颤动着，眼看要掉下来了，老汉也顾不得去揩；他母亲不断用围裙擦眼睛。屋里静悄悄的，只听见锅台后面那只老黑猫的呼噜声。

外面暴风雨的喧嚣更猛烈了。风雨声中，突然传来一阵"轰隆轰隆"的声音——这是山洪从河道里涌下来了。

足足有一刻钟，这个红土茅屋失去了任何生气，三个人都陷入难受和痛苦中。

这个打击对这个家庭来说显然是严重的。对于李梓明来说，他高中毕业没有考上大学，已经受了很大的精神创伤。亏得这三年在大队当广播员，他既不要参加繁重的体力劳动，又有时间继续学习，对他喜爱的文科深入钻研。他最近在地区报上已经发表过两三篇诗歌和散文。现在这一切都结束了，他将不得不像父亲一样开始自己的农耕生涯。他虽然没有认真地在土地上劳动过，但他知道在这贫瘠的地区耕海耕田意味着什么。虽然这几年当广播员，但这个职业对他来说还是充满希望的。几年以后，通过考试，他或许会转为正式的乡镇干部。可是现在，他所抱有的幻想和希望彻底破灭了。

对于李汉民老两口来说，今天这不幸的消息就像给他们的头上敲了一棍。他们首先心疼自己的儿子：他从小娇生惯养，没受过苦，嫩皮嫩肉的，往后漫长的艰苦劳动怎能熬下去呀！再说，梓明这几年当广播员，挣的全劳力工分，他们一家三口的日子过得并不紧巴。要是儿子不当广播员了，又不习惯劳动，他们往后的日子肯定不好过。他们老两口都老了，再不像往年——只靠四只手在地里刨挖，也能供养儿子上学"求功名"。想到所有这些可怕的后果，他们又难受，又恐慌。梓明他妈在无声地啜泣；他爸虽然没哭，但看起来比哭还难受，自言自语叫起苦来：

"天水啊，你太过分了，什么不讲理的事你都敢做！我梓明好好地当广播员，你雪梅今年才高中毕业，你怎好意思撤去我的儿子呢？你不要理了，欺人太甚！天水！你做这事伤天理呢！老天爷总有一天要睁眼呀！可怜我那苦命的儿子啊！"

李汉民终于忍不住哭出声来，两行混浊的老泪在皱纹脸上淌下来，流进下巴上那一撮白胡子中间。

李梓明听见他父母亲哭，猛地从铺盖上爬起来，说："你们哭什么！我豁出这条命，也要告倒张天水！"

李汉民听见儿子说这话，比看见儿子操起家具行凶还恐慌。他死死按着儿子的光胳膊，央告他说："我的好儿子呀！你可千万不要闯这乱子呀！人家通着天呢！公社、县上都是他的人，你告他，无用！往后可把咱掐死呀！我老了，争不得这口气了；你还嫩，招架不住人家的打击报复。你可千万不能做这事啊……"

他妈嘴里一股劲儿地央告说："我的好儿呀，你再犟，妈就给你下跪。"

李梓明一看父母亲的可怜相，鼻子一酸，一把扶住快要栽倒的母亲，说："妈妈，你别这样，我听你们的话，不告了。"

外面的雨不知什么时候停了，只听见大地上淙淙的流水声。

村子里静悄悄的。男人们都出山劳动去了，孩子们都在村外放野。斜阳下开始升起一缕一缕蓝色的炊烟。这是一些麻利的妇女开始为自己的男人和孩子们准备晚饭了。河道里，密集的杨柳丛中，叫蚂蚱间隔地发出了那种叫人心烦的单调的大合唱。

次日，李梓明刷牙的时候，看见他母亲正佝偻着身子，在对面自留地的茄子畦里拔草，满头白发在阳光下那么显眼。一种难受和羞愧使他的胸部一阵绞痛。他很快把牙刷从嘴里拔出来，在心里说：两个老人整天在地里操磨，我怎能待在家里闹情绪呢？不出山，让全村人笑话！是的，他已经感到全村人都在另眼看他了。大家对张天水做的不讲理的事儿已经习以为常了，村里任何一个人都反感。庄稼人嘛，不出山劳动，那是叫任何人都瞧不起的。梓明痛苦地想：生活是严酷的，他必须承认他目前的地位——他已经是一个地地道道的农民了！

他把衣服穿在身上，愉快地出了门。

李梓明轻快地走着，烦恼暂时放到一边，年轻人那种热烈的血液又在他身上欢畅地激荡起来。他来到了溪道里。

他飞快地脱掉长衣服，在那一潭溪水的边上扩胸、下蹲——他已经决定不是简单洗个澡，而要好好游一次泳。

他的身体是很健美的。修长的身材，没有体力劳动留下的任何印记，但又很壮实，看出他进行过规范的体育锻炼。脸上的皮肤稍有点黑；高鼻梁，大花眼，两道剑眉特别耐看。他是英俊的，尤其是在他沉思和皱着眉头的时候，更

显示出一种很有魅力的男性美。

李梓明活动了一会儿，走下溪水去，他在水里用各种姿势游，甚是值得欣赏。

一刻钟以后，他爬上来，躲在一片草丛里换了裤子，光着上身回到溪岸上面，躺在一棵阳桃树下。这棵阳桃树的桃子还没熟，树上很茂密的树叶，显得很阴凉。

李梓明把上衣铺到地上，两只手交叉着垫到脑后，舒展开身子躺下来，透过树叶的缝隙，无意识地望着水一般清澈的蓝天。已经到了中午，他觉得饿。溪道离得很近，但水声听起来像是很远，潺潺地，像小提琴拉出来的声音一般好听。

这时候，在他右侧的水稻田里，突然传来一阵女孩子悠然的歌声：

> 上河鸭子下河鹅，满脸笑容乐呵呵。
>
> 好似鸳鸯戏春水，成双堕入恩爱河。

歌声甜美而嘹亮，只是缺乏训练，带有一点野味。他仔细听了一下，声音像是郑能二家的月秀。

这时，溪旁边的菜园里响起沙沙的声音。坏了！大概是月秀从这里过路回家呀。

李梓明慌忙坐起来，两下穿上了上衣。他的最后一颗扣子还没扣上，月秀提一篮子白菜已经站在他面前了。

郑月秀看起来根本不像个农村姑娘。漂亮不必说，装束既不土气，也不俗气。草绿的"的确良"裤子，洗得发白的蓝劳动布上衣，水红的"的确良"衬衣的大翻领翻在外边，使得一张美丽的脸庞显得异常生动。

她扑闪着一双水灵灵的大眼睛，局促地望了一眼李梓明，然后从菜篮里摸出一个熟得皮都有点黄的甜瓜递到李梓明面前，说："我们家自留地的。我种的。你吃吧，甜着呢！"接着，她又从口袋里掏出自己洗得干干净净的花手帕，让梓明揩一揩甜瓜。

李梓明很勉强地接过甜瓜，但没有接她的手帕，轻淡地对她说："我现在不想吃，我一会儿再……"

月秀似乎还想和他说话，看他这副样子，犹豫了一下，低着头向田埂的小路上走了。

李梓明把甜瓜放在一边，下意识地回过头朝田埂上望了一眼，结果发现走着的月秀也正回过头望着他。他赶忙扭过头，显得烦恼地躺在了地上。他在感情上对这个不识字的俊女子很讨厌，因为她是大队书记张天水的亲戚。

他站起身，把月秀送的那个甜瓜装在上衣口袋里，向自家菜地埂上走去。

父亲正在菜地里，点着一锅水烟，吸了一口，说："梓明，明天县里逢集，你把家里的鱼干卖去！你妹妹上学又要钱了。"

李梓明犹豫了半天，最终，同意了父亲的这个要求，决定明天到县城赶集卖鱼干去。

次日一早，通往县城的公路上，年轻人骑着自行车，一群一伙地奔驰而过。他们都穿上了崭新的衣裳，不是涤卡，就是"的确良"，看起来时兴得很。粗糙的庄稼人的赤脚上，庄重地穿上尼龙袜和塑料凉鞋。脸洗得干干净净，头梳得光光溜溜，兴高采烈地去县城露面：去逛商店，去看电影，去买时兴货，去交朋友，去和对象见面……

更多的庄稼人大都是肩挑手提：挑鱼虾的、挑水果的、挑蔬菜的、挑粮米的，担柴草的、担竹器的，吆猪狗的、吆牛羊的，手提禽蛋的，肩挑鸡鸭的，拉牛车的，推人力车的；杂货郎、秤匠、鞋匠、铁匠、木匠、石匠、竹匠、补锅匠、泥瓦匠，游医、吹鼓手……都纷纷向县城涌去了。通往雷城的公路上，蹚起了一股又一股红尘。

当梓明骑上系在后座两个装满鱼干的篮子的自行车加入这个行列的时候，他立刻后悔起来。他感到自己突然变成一个真正的乡巴佬了。他觉得公路上前前后后的人都朝他看。他，一个曾经潇潇洒洒的广播员，现在却像一个农民老汉一样，上集卖鱼干去了！他的心难受得像无数虫子在咬着。

这一切是毫无办法的。严峻的生活把他赶上了这条尘土飞扬的路。他不得不承认，他现在只能这样开始新的生活。念高中的妹妹每个星期回来都要生活费，当哥哥有义务帮助她完成学业。父母亲那么大年纪都还整天为生活苦熬劳累，他一个年纪轻轻的后生，怎好意思一股劲儿待下吃闲饭呢？

路太窄，行人太多，只能推着自行车走，他的头尽量低着，什么也不看，只瞅着脚下的路，匆匆地向县城走。路上，他想起父亲临走时嘱托他，叫他卖

鱼干时要吆喝。他的脸立刻感到火辣辣地发烧。天啊，他怎能喊出声来！

他想："如果我不叫卖，谁知道这鱼干是干啥的哩？"

走到一个小山沟路段的时候，李梓明突然想："干脆让我先跑到这没人的山沟里试着喊叫一下，到城里好习惯一些嘛！"

他满脸通红朝公路两头望了望，见没什么人，于是就像做一件见不得人的事一样，匆忙地推着自行车走进了公路边的那条山沟里。

停好车，他站住，口张了一下，但没勇气喊出声来；又张了一下口，还是不行。短短的时间里，汗水已经沁满他的额头。四野里静悄悄的，几只黄蝴蝶在他面前一丛淡蓝色的野花里安详地飞着；两面山坡上茂密的苦艾发出一股新鲜刺鼻的味道。李梓明感到整个大地都在敛声屏气地等待他那一声"卖鱼干咧——"。

他用手背擦一下额头上的汗水，决心下一声非喊出来不可！他狠狠地咽了一口唾沫，把眼一闭，张开嘴怪叫一声："卖鱼干咧——"

他听见山沟里回荡着他那一声演戏般的、悲哀的喊叫声。他牙咬住嘴唇，强忍着没让眼里的泪花子洒出来。

他直愣愣地在这个荒沟野地里站了老半天，才难受地推着自行车继续向县城走去。从他们村到县城只有十来里路，但他感到这段路是多么漫长和艰难。他知道，更大的困难还在前头——在那万头攒动的集市上！

他猛然想到一个更糟糕的问题：要是碰上他在县城的同学怎么办？

现在折回去吗？可这怎么行呢！他已经走到了县城。再说，妹妹星期六回来要生活费怎么办？这样回去，父母亲肯定心里会难受的——不仅为这篮没卖掉的鱼干，更为他的没出息而难受！

"不，"他想，"我既然来了，就是硬着头皮也要到集上去！"当然，他也在心里祷告，千万不要碰上县城里的同学。

他推着自行车，过了桥，向街道上走去。他准备穿过二桥街道，到城外农贸市场。那里是海鲜行、肉行、粮食行和菜行，人很稠，除过买菜的干部，大部分都是庄稼人，不显眼。

当他准备走过二桥时，脸唰一下白了——白了的脸很快又变得通红。他感到全身的血一下都向脸上涌上来了：他猛然看见他高中时的同班同学杨丽娟和方庆良正站在桥头。躲是来不及了，他俩显然也看见了他，已经先后向他走过来了。

李梓明恨不得把这两篮鱼干一下扔到一个人所不知的地方。方庆良和杨丽娟很快走到他面前了，他只好伸出手和庆良握了握手。

他俩问他车上带两个篮子干啥去呀？他即兴撒了个谎，说是去城南一个亲戚家里走一趟。他们寒暄了几句，便匆匆告别，庆幸躲过了这一劫。

他现在一边推着自行车上的两个篮子的鱼干往热闹的集市中间走，一边眼睛灵活地转动着，以防再碰上城里工作的同学。

城外农贸市场热闹得简直叫人眼花缭乱。一大片空场地，挤满了各式各样买卖东西的人，以海产行、粮食行、牲口行和熟食摊为主。市场南角落是驯兽表演场，用破旧的蓝布围了一个大圈当剧场，庄稼人挤破脑袋两毛钱买一张票，去看狗熊打篮球，哈巴狗跳罗圈。市场上弥漫着灰尘，噪音像瀑布一般喧嚣，到处充满了庄稼人的烟味和汗味。

李梓明推着系有两个篮子鱼干的自行车，从大街上满头大汗地挤过来，就投入到这个闹哄哄的人海里了。

他在人群里瞎挤了一气，自己也不知道该到哪里去。鱼干篮子盖得严严的，谁也看不出他是个干什么的，有几次他试图把口张开，喊叫一声，但怎么也喊不出声音来。他听见市场上所有卖东西的人都在吆喝，尤其是一些生意老手，那叫卖的声音简直成了一种表演艺术。他以前听见这样的喊叫，只觉得好笑。可现在他在心里很佩服这种什么也不顾忌的欢畅舒坦的叫卖声，觉得也是一种很大的本事。他自己明显感到，他在这个世界里，成了一个最无能的人。

他已经无心卖鱼干了。他决定离开这个让他无能为力的场所，到一个稍微清静的地方待一会儿。至于鱼干卖不了怎么办，现在他也不想考虑了。

到哪里去呢？他突然想起了他已经久违的县文化杂志社。

他很快又从大街里挤出来，来到十字街以北的县文化杂志社。因为他爱好文学，文化杂志社里他有几个熟人，本来想进去喝点水，但他很快又打消了这个念头——他今天怕见任何熟人！于是，他也不敢进去。

想来想去，没有什么办法了。他站在文化杂志社门口踌躇了许久，最终决定回家去。文化杂志社门前向西几米就是回家的必经之路——二桥。

他刚走到桥上时，突然看见他们村的月秀立在桥头上，手里拿着一块红手帕扇着脸，身边撑着他们家新买的那辆"凤凰"牌自行车。

月秀看见他，主动走过来了，并且站在了他的面前——实际上等于把他堵在了路上。

"梓明哥，看见你推着鱼篮到海鲜行去，是卖鱼干的吧！"她脸红扑扑的，不知为什么，看来精神有点紧张，身体像发抖似的微微颤动着，两条腿似乎都有点站不稳。

"嗯……"李梓明应承了一声，很奇怪地看了她一眼，没话寻话地说，"你也赶集来了？"

"嗯……"月秀用手帕揩着脸上沁出的汗珠，眼睛斜看着她的自行车，但精神却在注意着他，"我来赶集，一点事儿也没有——梓明哥，"她突然转过脸看着他说，"我知道你的鱼干没卖掉！我知道哩！你怕丢人！你干脆把鱼干给我，你到杂志社做你的事吧，让我给你卖去！"

月秀说着，两只手很快把自己的自行车推到梓明身旁停稳，顺于把梓明那装满两篮鱼干的自行车推走。

李梓明闷头闷脑地还没反应过来这是怎么一回事，月秀已经骑上他的自行车走了，向街道上走去。

李梓明望着她远去的苗条的背影，不知该如何是好。他只好推着月秀的自行车返回文化杂志社。他怎么也弄不清楚为什么突然出现了这样的事情。

对于月秀来说，她今天的行动是蓄谋已久的。不是一天两天，而是多少年埋藏在她心中的感情，已经忍无可忍——她要爆发了！否则，她觉得自己简直活不下去了！

郑能二的这个漂亮得像花朵一样的女儿，并不是那种简单的农村姑娘。她虽然没有上过学，但感受和理解事物的能力很强，因此精神方面的追求很不平常。加上她天生的多情，形成了她极为丰富的内心世界。村前庄后的庄稼人只看见她外表的美，而不能理解她那绚丽的精神光彩。可惜她自己又没文化，无法接近她认为"有意思"的人。她在有文化的人面前，有一种深深的自卑感。她常在心里怨她父亲不供她上学。等她明白过来时，一切已经为时已晚。为了这个无法弥补的不幸，她不知道暗暗哭过多少回鼻子。

但她决心要选择一个有文化，而又在精神方面很丰富的男人做自己的伴侣。就她的漂亮来说，要找个公社的一般干部，或者农村出去的国家正式工人，都是很容易的；而且给她介绍这方面对象的媒人把她家的门槛都快踩断了。但她统统拒绝了。这些人在她看来都不好；退一步，就是和这样的人结婚了，男人经常在外，一年回不来几次；娃娃、家庭，都要她一个人操劳。这样的例子在农村多得很！而最根本的是，这些人里没有她看得上的。如果真正有合她心的男人，她就是做出任何牺牲也心甘情愿。她就是这样的人！

多年来，她内心里一直都在为这个人发狂发痴——这个人就是李梓明！

月秀刚懂得人世间还有爱情这一回事的时候，就在心里爱上了梓明。她爱他的潇洒的风度、漂亮的体形和那处处都表现出来的大丈夫气质。她认为男人就应该像个男人，她最讨厌男人身上的女人气。她想，她如果跟了梓明这样的男人，就是跟上他跳了崖也值得！她同时也非常喜欢他的那一身本事：吹拉弹唱，样样在行，会安电灯，会开拖拉机，还会给报纸上写文章哩！

她曾在心里无数次梦想她和这个人在一起的情景：她把她的手放他的手里，让他拉着，在春天的花丛里，在夏天的河堤边，在秋天的果林里，在冬天的山坡地上，走呀，跑呀，并且像人家电影里一样，让他把她抱住，亲她……

可是在现实生活里，她的自卑感使她连走近他的勇气都没有。她时时刻刻在想念他，又处处在躲避他。她怕她的走路、姿势和说话在他面前显出什么不妥当来，惹她心爱的人笑话。但是，她的心思和眼睛却从来也没有离开过他啊！

梓明上高中时，她尽管知道人家将来肯定要远走高飞。每当梓明星期天回来的时候，她便在村口的甘蔗林里，偷偷地望一下梓明。梓明要是到村子前面的小溪去游泳，她就赶忙提个猪草篮子到小溪附近的地里去打猪草。星期天下午，她目送着梓明出了村子，上县城去了，她便忍不住眼泪汪汪，感到他再也不回村了。

梓明高中毕业没考上大学，灰溜溜地回到村里以后，月秀高兴得几乎发了疯。她多少次的梦想露出了希望的光芒。她谋算：梓明现在成了农民，大概将来就得找个农村媳妇吧？如果他找农村户口的姑娘，她虽然没文化，但她自己有信心让他爱她。她知道她有一个别的姑娘很难比上的长处——俊。

可是，希望的光芒很快暗淡了。梓明当了大队广播员。广播员经考试合格可以成为公社供给制干部。按梓明的能力来说，将来完全有把握转正为公社供给制干部。

现在，李梓明被撤去了广播员一职，又一次当了农民，她那长期被压抑的感情又一次剧烈地复活了。这次就好像火山冲破了地壳，感情的洪流简直连她自己也控制不住了。她为他当了农民而高兴，又同时为他的痛苦而痛苦——为此，她甚至还暗地里骂亲戚张天水不是人。

她不知道该怎样心疼他。昨天上午，她看见他去游泳的时候，匆忙提了猪草篮在小溪边的水稻田穿过，顺便摘了自留地的一个甜瓜，想破开脸皮去安慰一下他；今天她看见他上集去了，又骑了自行车撵来了。她今天上集的确什么事也没有；她赶这回集，完全是想找机会对他说出她全部的心里话！她今天一路上一直不远不近地跟着梓明赶集，梓明的一举一动她都清清楚楚的。她看见心爱的人推着装满两鱼篮鱼干的自行车，在人群里躲躲闪闪，一条鱼干也卖不了，她再也不忍看了，她痛苦地靠在水泥电线杆上，脸上的泪水也唰唰地淌着，手帕揩也揩不及。

后来，她看见梓明到了文化杂志社，知道他的鱼干不卖了。她当时很想上前跟他搭话去，可门口人来人往，她不好和梓明说什么话。于是，她推着自行车在门口几米处二桥上等他……

现在月秀骑着梓明装满两篮鱼干的自行车，兴奋地走在大街上，感到天地一下子变得非常明亮了。

直到过了十字街，穿过城里那条主要街道，来到城外农贸市场时，她才停住。

这时正值中午，各行贸易正火热中，她马上解开自行车的两篮鱼干，飞快地冲去海鲜行，找了个摊位，便吆喝起来："新鲜鱼干咧，又便宜又新鲜咧……"市场内顾客一听这清亮的吆喝，马上围了过来，一个阿姨拿起鱼干闻一闻，随口说："新鲜货。"问价钱，月秀马上说："一元一条。"

那阿姨便买去两条，那阿姨付完两元鱼干钱后，笑着对月秀说："姑娘鱼干新鲜，人更美丽啊！"月秀嘴上便客气地说："阿姨过奖了。"心里却甜蜜蜜的。

接着是阿婆、阿婶、阿叔、阿伯也抢着来买，不多久便把满满两篮的鱼干卖完了。数了数钱，共计20元。月秀怕梓明父亲说梓明卖便宜了，又从自己口袋里拿出5元加入，共25元。

月秀把鱼干钱装好，收拾起两个鱼篮急急忙忙赶回文化杂志社等她亲爱的人——梓明哥——出来。

月秀卖鱼干去了，李梓明呆呆地立在桥上，对刚才发生的事百思不得其解。

他后来索性把这事看得很简单：月秀是个单纯的女子，又是同村人，看见他没把鱼干卖掉，就主动为他帮了个忙。农村姑娘经常赶集上会买卖东西，不像他一样为难和窘迫。

但不论怎样，他对月秀给他帮的这个忙，心里很感激。

这时，李梓明只好按月秀说的，到文化杂志社做自己的事。他推着月秀的自行车进入文化杂志社，一下子就碰见自己的好朋友阿勇。阿勇是梓明高中时的同班同学，毕业后被招到杂志社当了编辑。梓明平时到县城来时，一定到杂志社找他聊聊文学创作等。当阿勇又遇到梓明时，非常高兴，甚是热情。因为他俩在高中时就是要好的学友，尤其他对梓明的文学天赋也很赞赏，梓明几次向地区报刊投稿时都请阿勇提宝贵意见，故两人志同道合，对文学创作非常向往和热爱。

今天又相遇，阿勇又同以往一样带梓明到自己的编辑室，本想两人又认真地聊一下文学创作的心得和体会，可是，梓明今天却心不在焉似的。阿勇问他到底有什么心事？梓明便一五一十把他现在的状况全盘托出。阿勇听后很同情和怜惜他，并安慰他说，青年人千万不能放弃自己的信念和理想，人生中遇到困难与挫折是很正常的，一定要放下包袱，鼓起勇气，克服一切困难，希望他振作起来，继续努力创作，并向梓明透露说："现在各方面正在改革，文化领域正探讨发展路子，前途甚是乐观。"他说，文化杂志社正准备扩版发行，打算每月加出一期。如果是这样，文化杂志社将会招人加入编辑队伍，壮大创作力量。到时，他说他会推荐他到杂志社当编辑的。

李梓明听阿勇这么说，心里舒服了许多。他心里很是感激，这么要好的朋友在他最苦恼的时候这么关心他，爱惜他。于是，他对阿勇说："难得你对我这么好，真是太感激你了。我一定不辜负你的期望，继续努力进行文学创作，咱共同干一番事业出来。"

阿勇听梓明这么说，也就放心了，便把他最近撰写的一篇散文稿拿出来给他看，请他提出宝贵意见。这时，两人便热烈地讨论这篇散文稿，不知不觉到了下午1点了。

这时，梓明猛然想起月秀帮他卖鱼干的事，便借故还有其他事情要办，提出告辞。阿勇留下他吃完午饭再走，他说下次吧，便匆匆地告别阿勇走出文化杂志社。

一出门口，他就看见月秀推着空篮子的自行车向他小跑过来。月秀来到他面前，很快把一卷钱塞到他手里，说："你点点，一共卖到25元，看对不对？"

李梓明惊讶地看了看自己自行车上的空篮子，接过钱塞在口袋里，心里对她充满了感激。他不知向她说什么。停了半天，才说："月秀，你真行！太感谢你了！"

月秀听了梓明的这句表扬话，高兴得满脸光彩，甚至热泪盈眶。

这时，月秀便调皮地说："梓明哥，那你打算怎么感谢我呀？"

梓明顺着话说："你说怎么感谢你就怎么感谢你！"

月秀撒娇地说："只怕你后悔不会答应我！"

梓明接着说："只要办得到，决不食言。"

月秀便说："好，那你陪我看场电影。"

月秀一说出口，梓明木然了，真后悔刚才那轻率的诺言。他是万万想不到她今天会邀请他一起去看电影。拒绝吗？既不通人情，也失男人大丈夫的信用。俗话说："君子一言，驷马难追。"更何况，不就是邀请你一起看一场电影吗，有这么为难吗？人家辛辛苦苦帮你卖了鱼干，你难道还好意思不接受人家的邀请？可自己从未与一个女孩子一起看过一场电影啊！他又犹豫起来，怎么办？

月秀见他迟迟不回应，便说："后悔了吗？不愿意和我看一场电影呀？你们男人原来就这么小气吗？梓明哥，我不为难你，你不愿意也就罢了！"

梓明听月秀这么说，这么一激将，他的脸蛋差点红了，只好硬着头皮说："哪有这回事，男子汉一言九鼎，岂有食言之理！况且你对我有恩，我还得感谢你呢！"

月秀接着说："这就对了，这才是堂堂正正的梓明哥嘛！感恩我的话你今后不用说了，现在咱们肚子也饿了，咱们先去吃午饭，吃完饭之后再去看电影，好吗？"

梓明接着说："好！"

于是两人推着自行车到附近食店吃了顿简单的午饭，便一起到雷城电影院看电影去，吃饭费及电影票费都是月秀抢着付的。

他俩观看的影片是《五朵金花》。影片中的主人公是人民公社副社长金花和勇夺赛马冠军的阿鹏。女主角副社长金花对这位赛场冠军的男主角顿生爱慕之情，两人在鲜花似锦的蝴蝶泉边互赠信物，一言定情，相约第二年茶花盛开的时候，再来赛场相会。可是到了第二年，阿鹏如约前往，到处寻找他的心上人金花，却找不到。于是，他踏遍云南所有茶花盛开的地方，终于找到了积肥模范金花、畜牧场金花、炼钢厂金花和正在举行婚礼的金花，最终找到自己的心爱姑娘金花。两人解除了误会，又赶回蝴蝶泉边倾诉恋情，而另外四朵金花和男友也赶来蝴蝶泉边，翩翩起舞，为他俩的真挚爱情唱起了赞歌。他俩从此以后成为恩爱夫妻。

这部影片最合月秀的心意，她随着剧情的起伏，春心荡漾起来。原来两人坐着的时候还保持了一些距离的。这时，月秀便紧紧挨着梓明，甚至靠近梓明的那只手不由自主地搭在梓明的肩上。梓明已迷着电影的内容，也就随她了，没有任何反应、任何介意的迹象。于是，月秀"得寸进尺"，把梓明的一只手拉到自己的双腿。因为剧情正进入高潮，梓明正目不转睛地盯在电影屏幕上，顾不得理她，随之摆布。当他抬起手时正好触摸到月秀胸部，感觉热乎乎的，他一下子如触电一般，一股热流激荡在全身上下。他的脸一下子燥热起来，心不由得咚咚地跳。他很抱歉地压低声音在她的耳边说："真不好意思，我不是故意的。"她也很含羞地压低声音在他耳边说："没有什么，我喜欢！"两人这么一去一回的细语，好似一对鸳鸯戏水般亲昵，两人各自都觉得既好笑，也荒唐。

不知不觉电影放映完了，他俩走出影场，日头正落西山，红彤彤的，闪亮亮的。他俩骑着各自的自行车往回赶。一路上可见南渡河两岸所有的水稻作物都正在出穗吐缨，长得整整齐齐的。各种豆类作物都在开花，空气里弥漫着一股清淡芬芳的香味。远处的山坡上，牛群正在下沟，绿草丛中滚动着点点银色。富丽的夏日的大地，在傍晚显得格外宁静而庄严。

李梓明和郑月秀在绿色阡道中只能推着车走着，路两边的庄稼把他们和外面的世界隔开，造成了一种神秘的境界。两个青年男女在这样的环境中相跟着走路，他们的心都在咚咚地跳。

他俩起先都不说话。月秀推着车，走得很慢。梓明不能和她并排，只好比她走得更慢一点，和她稍微错开一点距离。此刻，他自己感到了一种从来没有过的精神上的紧张：因为他从来没有单独和一个姑娘在这样悄无声息的环境中走过。而且他们又走得这样慢，简直和散步一样。

李梓明不由得认真看一眼前面月秀的侧影。他惊异地发现月秀比过去留给

他的印象更要漂亮。她那高挑的身材像白杨树一般可爱，从头到脚，所有的曲线都是完美的。衣服都是半旧的：浅毛蓝裤子，淡黄色的确良短袖；浅棕色凉鞋，比凉鞋的颜色更浅一点的棕色尼龙袜。她推着自行车，眼睛似乎只盯着前面的一个地方，但并不是认真看什么。从侧面可以看见她扬起脸微微笑着，有时上半身弯过来，似乎想和他说什么，但很快又羞涩地转过身，仍像刚才那样望着前面。李梓明突然想起，他好像在什么地方见过和月秀一样的姑娘。他仔细回忆了一下，才想起他看到过一张类似的画。好像是一幅俄罗斯画家的油画。画面上也是一片绿色的庄稼地，地面的一条小路上，一个苗条美丽的姑娘一边走，一边正向远方望去，只不过她头上好像拢着一条鲜红的头巾……

在李梓明这样胡思乱想的时候，在他前面的月秀内心里正像开水锅那般翻腾着。第一次和她心爱的人单独走在一块，使得这个不识字的农村姑娘陶醉在一种巨大的幸福中。为了这一天，她已经梦想了好多年。她的心在狂跳着，她推车子的两只手在颤抖着，感情的潮水在心中涌动，千言万语都卡在喉咙里，不知从哪里说起。她今天决心要把一切都说给他听，可她又一时羞得说不出口。她尽量放慢脚步，等天黑下来。她又想：就这样不言不语走着也不行啊！总得先说点什么才对。她于是转过脸，也不看梓明，说："张天水心眼子真坏，什么劣事都敢做……"

梓明奇怪地看了看她，说："他是你们的亲戚，你还能骂他？"

"谁和他是亲戚？他只是我的母亲的堂姨丈，和我没一点相干！"月秀大胆地回过头看了一眼梓明。

"你敢骂你母亲的堂姨丈吗？"

"我早骂过了！我在他本人面前也敢骂！"

李梓明一时弄不清楚为什么月秀在他面前骂张天水书记，便故意说："张书记心眼子怎个坏，我还看不出来？！"

月秀一下子停住了脚步，愤愤地说："梓明哥！他生硬地把你的广播员一职撤了，让他的女儿当上！看现在把你愁成啥了……"

李梓明也不得不停住脚步。他看见他面前那张可爱的脸上是一副真诚同情他的表情。

他没有说什么，只是叹了一口气。

这时，月秀突然说她的胃不知怎么的有点不舒服，想休息一下再走。于是，他俩都把自行车停好，坐在田埂草地上。

梓明问："要紧不？"

月秀回答："无大碍，休息一下就好。"

月秀大胆地靠近他，亲切地说："他做的歪事老天爷都会知道的，将来会报应他的！梓明哥，你不要太煎熬，你这几天瘦了。其实，当农民就当农民，天下农民矮人一茬吗？咱们不比他干部们活得差。咱农村有山有水，空气又好，只要有个合心的家庭，日子也会畅快的……"

李梓明听着郑月秀这样的话，心里感到很亲切。他现在需要人安慰。他于是很想和她拉拉家常话了。他半开玩笑地说："我上了两天学，现在要文文不上，要武武不上，当个农民，劳动又不好，将来还不把老婆娃娃饿死呀！"他说完，自己先嘿嘿地笑了。

"梓明哥！你如果不嫌弃我，咱俩一起过！你在家里待着，我上山劳动！不会叫你受苦的……"月秀说完，低下头，一只手局促地扯着衣服边。

血"轰"一下子冲上了李梓明的头。他吃惊地看着月秀，立即感到手足无措，感到胸口像火烧一般灼疼。身上的肌肉紧缩起来，四肢变得麻木而僵硬。

爱情？来得这么突然？他连一点精神准备都没有。他还没谈过恋爱，更没有想过要爱月秀。他感到恐慌，又感到新奇；他带着复杂的心情又很不自然地去看坐在他面前的月秀。她仍然害羞地低着头，像一只可爱的小羊羔依恋在他身边。她身上散发出来的温馨的气息在强烈地感染着他，那白杨树一般苗条的身体和暗影中显得更加美丽的脸庞深深地打动了他的心。他尽量控制自己，对月秀说："咱们这样坐在路上不好。天黑了，快走吧。"

"再等一会儿，我的胃还有些不舒服呢！"

半天，李梓明才问她："你怎猛然说起这么个事？"

"怎是猛然呢？"月秀扬起头，眼泪在脸上静静地淌着。她于是一边抹眼泪，一边把她这几年所有的一切一切全给他叙说起来……

李梓明一边听着她说，一边感到自己的眼睛潮湿起来。他虽然是个心很硬的人，但已经被月秀的感情深深感动了。一旦他受了感动的时候，就立即产生了一种奇异的激情：他的眼前马上飞动起无数彩色的画面；无数他最喜欢的音乐旋律也在耳边响起来；而眼前真实的山、水、大地反倒变得虚幻了……

他在听完月秀所说的一切以后，两只手神经质地在身上乱摸起来。

月秀看着他这副样子，突然笑着站起来，她一边抹去脸上的泪水，一边从车子后架上取下她的花提包，从里面掏出一包"大中华"牌的香烟，递到他面前。

李梓明惊讶地张开嘴巴，说："你怎知道我是找烟哩？"

她妩媚地又对他咧嘴一笑，说："我就是知道。快抽上一支！我给你买了一条哩！"

李梓明走近她，先没有接烟，用一种极其亲切和喜爱的眼光怔怔地看着她。她也扬起脸看着他，并且很快两只手轻轻地放在他的胸脯上。梓明犹豫了一下，轻轻地搂住她的肩背，然后坚决地把他发烫的额头贴在她同样发烫的额头上。他闭住眼睛，觉得他失去了任何记忆和想象；她解开自己上衣的纽扣，紧紧抱住他，亲吻他，慢慢地贴在一起……

当他们重新走在路上的时候，月光已经升起来了。月光把绿色的田野照得一片迷蒙，南渡河的流水声在静悄悄的夜里显得非常响亮。村子就在前边——在公路下边的河湾里，他们就要分手各自回家了。

在分路口，月秀把提包里的那条烟掏出来，放在梓明的篮子里，头低下，小声说："梓明哥，再亲一下我……"

李梓明再次把她抱住，在她脸上亲了又亲，对她说："月秀，不要给你家里人说。记着，谁也不要让知道！"

月秀在微暗中对他点点头，说："你说什么我都听……"

"你快回去。家里人问你为啥这么晚回来，你怎说呀？"

"我就说到城里我姨家去了。"

梓明对她点点头，骑上自行车转身就走了。月秀也推着车子从另一条路上向家里走去。

李梓明进了村子的时候，一种懊悔的情绪突然涌上他的心头。他后悔自己感情太冲动，匆忙地犯了一个大错误。他感到这样一来，自己大概就要当农民了。再说，他自己在没有认真考虑的情况下亲了一个女孩子，对月秀和自己都是不负责任的。使他更难受的是，他觉得他今夜永远告别了他过去无邪的24年，从此便给他人生的履历表上画了一个标志。不管这一切是愉快的还是痛苦的，他都想哭一场！当他走进自己家门时，他爸妈都坐在院子里等他。饭早就拾掇好了，可是他们显然还没有动筷子。见他回来，他爸赶忙问他："怎才回来？天黑了好一阵了，把人心焦死了！"

他妈瞪了他爸一眼："娃娃头一回做这营生，你还嫌娃娃回来得迟！"她问儿子："鱼干卖了吗？"

梓明说："卖了。"他掏出月秀给他的钱，递到父亲手里。

李汉民老汉嘴噙住烟筒，凑到灯前，两只瘦手点了点钱，说："是这！"

自从那晚上以后，月秀每时每刻都想见梓明，想和他说话，想和他亲亲热热在一块。可是不知为什么，梓明好像一直在躲避她，好像不愿意和她照面。她想到梓明哥那晚上那么喜爱地亲她，现在又对她这么冷淡，忍不住委屈得眼泪汪汪了。

她看见他这几天已经出山劳动了，一下子穿得那么烂，腰里还束一根草绳，装束得就像个叫花子一样。他每天早上都扛把老镢头，去山上给队里挖排水沟，中午也不回来，和众人一块吃送饭。他有新衣服，为什么要穿得那么破烂？昨天她看见他在井边担水，肩背上的衣服已经被什么划破一道大口子，露出的一块皮肉晒得黑红。她站在自家田埂上，心疼得直掉泪，想跑下去看他，可梓明哥好像不愿理她，担着水，头也不回就走了——他明明看见了她啊！

她昨个晚上，一夜都没睡好觉。想来想去，不知道梓明为啥又不愿理她了。

后来，她突然想到：是不是梓明嫌她穿得太新了？这几天，她可是把她最好的衣服都拿出来穿过了。

可能就是因为这！你看他穿得多烂！他大概觉得她太轻浮了！人家是知识人，不像农村人恋爱，首先换新衣服。她太俗气了！她看见梓明哥穿那身烂衣服，反而觉得比他穿新衣服还要俊，更飘洒了！可她却正好相反，换了最新的衣服！梓明哥一定看见而反感了。可她又难受地想：梓明哥呀，我之所以这样，还是为了你呀！

现在她决定把那件米黄的确良短袖衫和那条深蓝色的确良裤子换下来，重新穿上平时她劳动穿的那身衣服：半旧的草绿色裤子，洗得发白的蓝劳动布上衣，再把水红的衬衫的大翻领翻在外面。

她打扮好后，就扛起锄头向前村走去。今天组里锄甘蔗，正好梓明哥就在甘蔗地对面挖排水沟，他肯定会看见她的……

李梓明在赶罢集第二天，就出山劳动了。像和什么人赌气似的，他穿了一身最破烂的衣服，还给腰里束了一根草绳，首先把自己的外表"化装"成了一

个农民。其实，村里还没一个农民穿得像他这么破烂。他参加劳动，在村里引起了纷纷议论。许多人认为他吃不下苦，做上两天活说不定就躺倒了。大家都很同情他；这个村文化人不多，感到他来到大家的行列里实在不协调。尤其是村里的年轻妇女们，一看原来穿得风流的"广播员"变成了一个叫花子一样打扮的人，都喷喷地为他惋惜。

前些年，由于村子小，40多户人家一直是集体生产和统一分配，实际上是大队核算。这两年随着改革开放政策，也分成了两个生产责任组。许多社员要求再往小划一些，有的甚至提出干脆包产到户。但张天水书记暂时顶住了这种压力，他们直到眼下还没有进一步分开。这两年书记心里并不美气。他既觉得现时的政策他接受不了——拿他的话说，他无法抗拒社会的潮流，感到一切都似乎势在必行。实际上，他目前尽量在拖延，只分成两个"责任组"（实际上是两个生产队），好给公社交差，证明海北也按新政策办事哩。

李梓明的劳动立即震惊了庄稼人。几天上地里，他都把上身脱了个精光，也不和其他人说话，拼命地挖水沟。没有一顿饭的工夫，两只手便起满了泡。他也不管这些，仍然拼命挖。泡拧破了，手上很快出了血，把镢把都染红了；但他还是那般疯狂地干着。大家纷纷劝他慢一点，或者休息一下再干，他摇摇头，谁的话也不听，只是没命地抡镢头……

今天又是这样，他的镢把很快又被血染红了。

李梓明一个人把整条水沟挖完，过来抱住水罐，一口气喝了一半。

当他的屁股坐下来，他浑身的骨头似乎全掉了，两只手像抓着两把葛针，疼得如万箭钻心！

不过，他也感到了一种无法言喻的愉快。他让所有的庄稼人看见：他们衡量一个优秀庄稼人最重要的品质——吃苦精神，他李梓明也具备。从性格上说，他的确是个强者。

他用一只烂手摸出一支烟，点着，狠狠吸了一口。他觉得这是他有生以来抽得最香的一支烟。

这时，他突然看见月秀正站在对面甘蔗地埂上，仰起头向他这里张望。他虽然看不清她脸上的表情，但他感到她就像要腾空而起，向他这边飞来了。

他的心立刻感到针扎一般刺疼……

赶集那天以后，他一直非常后悔他对月秀做出的冲动行为。他觉得自己目前的处境根本不是谈情说爱的时候。其实，他内心里那种对自己未来生活的幻想之火，根本没有熄灭。他现在虽然满身红土当了农民，但总不相信他永远就是这个样子。他还年轻，只有 24 岁，有时间等待转机。要是和月秀结合在一起，他无疑就要拴在土地上了。

但是，更叫他苦恼的是，月秀已经怎样都不能从他的心里抹掉了。他尽管这几天躲避她，而实际上他非常想念她。这种矛盾和痛苦，比手被镬把拧烂更难忍受。

月秀那漂亮的、充满热烈感情的生动脸庞，她那白杨树一般苗条的身体，时刻都在他眼前晃动着。

尤其是晚上劳动回来，他僵硬的身体疲倦地躺在床上，这种想念的感情就愈加强烈。他想：如果她此刻在他身边，他的精神和身体也许马上会松弛下来；她会把他躁动不安的心潮变成风平浪静的湖水。

她是爱他的，爱得那么强烈。他看见她这几天接二连三换衣服。知道这完全是为他的。今天他收工回来，锄地的人都走了，他还看见她站在对面溪堤上。但他却又避开了她。他知道她哭了，也想象得来她一个人在甘蔗地的小路上往家里走的时候，心情会是怎样的难受啊！他太不近人情！她那样想和他在一起，他为什么要躲开她呢？他自己实际上不是也渴望和她在一起吗？

他在床上躺不住了，激情的洪流立刻冲垮了他建立起的理智防堤。眼下他很快把一切都又抛在了一边，只想很快见到她，和她待在一块。

他爬起来，下了床。对父母亲说他到后村有个事，就匆忙地出了门。

夜静悄悄的。天上的星星已经出齐。月光朦胧地辉耀着，大地上一切都影影绰绰，充满了一种神秘的气氛。

李梓明走到后村，正当犹豫地望着月秀本家的高墙大院时，突然看见大门外那棵荔枝树背后转出一个人，匆匆地向他这边走来了。啊，亲爱的人！她实际上一直在那里抱什么希望地等待着他的出现！

李梓明的心咚咚地狂跳着，也不说话，转而下了沟底，沿小溪上面的小路，向村外走去。他不时回头看看，月秀不远不近地跟着他。

他走到村外小溪对面一块甘蔗地埂上，舒服地躺下来，激动地听着那甜蜜的脚步声正沙沙地走近他。

她来了，他马上坐起来。她稍犹豫了一下，就胆怯地然而坚决地靠着他坐下了。她没说话，先在他胳膊上衣服被葛针划破一道大口子的地方，在那块晒得黑红的皮肤上亲了一口。然后她两只手抱住他的肩头，脸贴在她亲吻过的地方，亲热而委屈地啜泣起来。

李梓明侧身抱住她的肩头，把脸紧贴在她头上，两大颗泪珠也忍不住从眼里涌出来，滴进了她黑漆一般的头发里。他现在才感到，这个他亲的人也是他最亲的人！

月秀头伏在他胸前，哭着问他："梓明哥，你这几天为什么不理我？"

"你一定难过了……"李梓明用他的烂手抚摸着她的头发。

"你知道人的心就对了……"月秀抬起头，闪着泪光的眼睛委屈地望着他。

"月秀我再也不那样了。"梓明在她额头上亲了一下。

月秀两条抖索的胳膊搂住他的脖子，笑逐颜开地流着泪，说："梓明哥，你给天上的玉皇大帝发个誓！"

梓明被逗笑了，说："你真迷信！月秀，你相信我——你为什么没穿那件米黄色短袖？那衣服你穿上特别好看。"

"我怕你嫌不好看，才又换上了这身。"月秀淘气地向他噘了一下嘴。

"你明天再穿上。"

"嗯。只要你喜欢，我天天穿！"月秀一边说，一边从身后拿出一个花布提包，先掏出三个煮鸡蛋，又掏出一包芋头，放在梓明面前。

李梓明感到惊讶极了。他刚才只顾看月秀，根本没发现她还给他拿这么多吃的。

月秀一边给他剥鸡蛋皮，一边说："我知道你晚上还未吃饭。劳动太累不想吃饭。"她把鸡蛋和一个芋头递给他。"你要是不来找我，我今晚非到你家给你送去不可！"

梓明咽下去半个鸡蛋，赶忙对她说："千万不能这样！让你爸知道了，小心把你腿打断！"梓明开玩笑对她说。

月秀又把一个剥了皮的鸡蛋塞到梓明手里，亲切地看着他那狼吞虎咽的样子，然后手和脑袋一齐贴在他肩膀上，充满柔情地说："梓明哥，我看见你比我爸和我妈还亲……"

"傻话！你真是个傻妹子！"李梓明把手里的半个鸡蛋塞进嘴里，在她头上轻轻拍了一下，正好手上一个破了的泡碰在月秀的发卡上，疼得他"哎哟"叫唤了一声。

月秀像触电一般抬起头，不知他发生了什么事。很快，她明白了。她手忙脚乱地在提包里翻起来，嘴里说："看，我倒忘了……"

她从提包里掏出一瓶红药水和一包药棉，把梓明的一只手拉过来，放到她膝盖上，给他抹药水。

梓明又一次惊讶得张开嘴巴，问她："你怎知道我手烂了？"

月秀低着头给他手上擦药水，说："天上玉皇大帝告诉我的。"她嘿嘿地笑了一声，"村里谁不知道你的手烂了？！你广播员的手真是娇气！"她扬起脸朝他亲昵地笑着。

巨大的感情的潮水在李梓明的胸膛里澎湃起来。

爱情啊，甜蜜的爱情！它像无声的春雨悄然地洒落在他焦躁的心田上。他以前只从小说里感到过它的魅力，现在这一切他都全部真实地体验到了。而最宝贵的是，他的幸福正是在他不幸的时候到来的！

月秀把他的两只手涂满药水以后，他便以无比惬意的心情，在土地上躺了下来。月秀轻轻依傍着他，脸紧紧贴在他胸脯上，像是专心谛听他的心在如何跳动。

他们默默地偎在一起，像牵牛花绕着向日葵。星星如同亮闪闪的珍珠一般撒满了暗蓝色的天空。南渡河在远处潺潺地流淌，像二胡拉出来的旋律一般好听。一阵轻风吹过来，遍地的谷叶发出沙沙沙的响声。风停了，身边一切便又寂静下来。头顶上，婆娑的、墨绿色的叶丛中，还未成熟的龙眼在朦胧的月下泛着点点青光。

他们就这样静静地、甜蜜地躺在星空下，躺在大地的怀抱里……

当爱情在一个青年人身上第一次苏醒以后，它会转变为一种巨大的力量。甚至对生活完全失去信心的人，热烈的爱情也可能会使他的精神重新闪闪发光。

李梓明由于月秀那种令人心醉的爱情，一下子便从灰心丧气的情绪中，重新激发起对生活的热情。爱的暖流漫过了精神上的冻土地带，新的生机便勃发了。

爱情使他对土地重新唤起了一种深厚的感情。他本来就是土地的儿子。他出生在这里，在故乡的山水间度过梦一样美妙的童年。后来他长大了，进城上了学，身上的泥土味渐渐少了，他和土地之间的联系也就淡了许多。现在，他从月秀纯朴美丽的爱情里又深深地感到：他不该那样害怕在土地上生活，在这

亲爱的红土地上，生活依然能结出甜美的果实！

白天是劳苦的，但他有一个愉快的夜晚。正是因为有这么一个幸福的向往，他才觉得其他的熬累不那么沉重了。

夜晚，天黑以后，他和月秀就在村外的庄稼地里相会了。他们在密密的青纱帐里，有时像孩子一样手拉着手，默默地沿着庄稼地中间的小路，漫无目的地走着；有时站住，互相亲一下，甜蜜地相视一笑。走累了的时候，他们就找一个僻静的地方，梓明躺下来，用愉快的叹息驱散劳动的疲乏，月秀就偎在身边，用手梳理他落满尘土的乱蓬蓬的头发；或者用她小巧的嘴巴贴着他的耳朵，轻轻地、轻轻地给他唱那些祖先流传下来的古老的雷歌歌谣。有时候，梓明就在这样的催眠曲中睡着了，发出了响亮的鼾声。他的亲爱的女朋友就赶忙摇醒他，心疼地说："看把你累成个啥了，你明天歇上一天！"她把他的手拉过来蒙住她的脸："等咱结婚了，你六天就歇一天！像公家人一样，过星期天……"

李梓明每天都沉醉在这样的柔情蜜意里，原来的一切想法都退得很远了。只是有些时候，当他偶尔看见骑自行车的县上和公社的干部们，从溪对面公路上奔驰而过，雪白的确良衫被风吹得飘飘忽忽时，他的心才又猛然感到一种说不出的惆怅；一股苦涩的味道翻上心头，顿时就像吞了一口难咽的中药。他尽量使自己很快从这种情绪中解脱出来。直到他又看见了月秀，骚乱的心情才能彻底平息——就像吃完中药，又吃了一勺蜜糖一样。

时间过得真快，一晃一年过去了。新年刚开始，村里连续开了几次会，全面实行联产承包责任制，分田到户"单干"。这时，李汉民家分得三亩二分地。于是，他父子起早摸黑地经营这块责任田，除了缴公粮、购粮、公社统筹款等，结余的粮食也不过能维持自家生活而已，平时还得靠下海打鱼捉虾卖些零钱补充日用品开支。再则，开垦坡地种一些经济作物，但销路不好，时价很不稳定，有时滞销则亏本。村里人多地少，农忙季一过，大家都闲着了。村民们都觉得死守这一亩三分地没有什么奔头，吃苦受累一年下来，收益少，难于生计。打鱼嘛，近海鱼少，收获甚微，远海捕捞，需要购置大机船，投资大，又去哪筹钱呢？于是，大家纷纷离乡背井，外出打工谋生创业去了。也有在本地创业的，围海养殖鱼虾，但需要一笔资金投入，经营得好，才有赚头，否则血本无归，如果遇着台风袭击，冲垮鱼虾池那就惨了。所以，许多人不敢冒这个险。

李梓明跟父母商量准备出去打工赚钱，自家的三亩二分地由老父亲耕种，农忙时分请大叔帮忙应该不成问题。父母也同意了。

就在这个时候，文化杂志社的好朋友阿勇突然来找他，说是文化杂志社现正式扩版招编辑，问梓明同意应招否？梓明对阿勇说，这等好事，当然同意的。他对阿勇说求之不得啊！

于是梓明与阿勇一起往县文化杂志社应招去。经考试、面试，各方面都优秀，李梓明被文化杂志社录用了。

但梓明担心的是月秀会不会同意他去？月秀如果顾虑他高就后不再要她而拒绝他应招的话，那事情就麻烦了，怎么做月秀的思想工作呢？他因此心事重重，愁眉莫展。

一天晚上，在龙眼树下，月秀看见梓明那么愁眉苦脸时，就主动对他说："梓明哥，你干脆想办法出外工作去！我知道你的心思！看把你愁成啥了！我很想叫你出去！"

梓明两只手抓住她的肩头，长久地看着她的脸。亲爱的人！她在什么时候都了解他的心思，也理解他的心思。

他看了她老半天，才开玩笑说："你叫我出去，不怕我不要你了吗？"

"不怕。只要你活得畅快，我——"她一下子哭了，紧急抱住他，像菟丝子缠在草上一般，说："你什么时候也甭把我丢下——"

梓明下巴搁在她头上，笑着说："你啊！看你这样子，好像我已经有了工作了！"

月秀也抬起头笑了。她抹去脸上的泪水，说："梓明哥，真的，只要有门路，我支持你出去工作！你一身才能，窝在咱海北村施展不开。再说，你从小没劳动惯，受不了这苦。将来你要是出去了，我就在家里给咱种地、抚养娃娃；你有空了就回来看我；我农闲了，就和娃娃一起到你那里和你住在一起……"

梓明听月秀这么说甚是感动，难得月秀这么好，这么通情达理，真是好姑娘啊！于是，他激动地说："月秀，你将来是一位贤妻良母，你能嫁给我，这是我前世修来的阴德，我真是三生有幸啊！月秀，告诉你一个好消息，我已经被县文化杂志社正式录用为编辑了。本想等会儿跟你商量，你若同意，我就去！若你不同意，我也没办法了。没想到你这么开明，这么贤惠，这么善解人意，亲爱的，太感谢你了！"

月秀听梓明这么赞自己，心里甜蜜蜜的，又听他说已被县文化杂志社录用

了，更是喜上眉梢，高兴极了。她半开玩笑说："梓明哥，我是你心里的一条虫，你心里想什么我都知道！听说你们男人喜新厌旧，拈花惹草的多，可你千万别走歪门邪道，把我甩了，当第二个陈世美！俗话讲：人善人欺，马善人骑。你不要以为我善良，就欺负我呀！我既对你有情，你就得对我有义呀！你能出去当编辑，这是件大好事，我喜欢还来不及，我百分百支持你，这回你可大展才华了，到时我真当上了编辑夫人，沾了你的光，面上也光彩啊！这么好的事，咱得好好庆祝一下！你说是吗？"

梓明听月秀这么说，马上接着说："月秀，我很乐意你是我心中的一条虫，因为这是一条好虫呀！不咬人且肯帮人。请你相信我绝对不会像一些男人那样喜新厌旧，拈花惹草；也绝不会当第二个陈世美，我只爱你一个！这点你百分百放心吧！你说咱怎么庆祝这等好事呢？"

月秀微笑着说："梓明哥，咱恋爱也一年多了，如今，咱谁也离不开谁了，不如借此机会向你、我爸妈挑明咱们的关系，若他们都同意了，让咱择个黄道吉日，咱们把婚结了，好吗？至于好好庆祝你高升当上编辑嘛，咱俩备足酒菜，明晚月夜，咱老地方不醉不休，玩个通宵好不？"说完，她盯着梓明，看他怎么回答。

梓明也微笑着回答："月秀，你说的都是在情在理的话。不过，我想，现在我还未到单位报到，等我到文化杂志社工作稳定了再说婚事吧，再则，我还有一个想法，就是我到单位工作稳定了，还想为你在城里找一份合适你的工作，咱们一起在城里生活，咱们在城里举行婚礼，那才有意思啊！至于咱们好好庆祝一下嘛，就按你说的，明天买好吃的，明晚月下好好喝个不醉不休吧！"

月秀听完梓明说的话后，笑着说："还是梓明哥想得周到啊，原来有这么多好事等待着我呀！那我嫁给你够荣幸了，我该感恩戴德、谢天谢地了。好，就按你说的，等着享受夫君赐给我的福分，明晚咱们喝个不醉不休，玩个通宵吧，我从来没这么开心快乐过，托你的福了！"

他俩畅谈着，不知不觉月已中天。于是，月秀说："不早了，咱们回家，明天由我来办明晚好吃的吧，你只管依时到老地方见就是。"

于是，两人分手各自回家去。

第二天夏日月夜，皓月当空，星汉灿烂，他俩依时到了老地方，那银盘般光彩夺目的圆月，似温柔的天使打量着这对恋人；旷野里的蟋蟀们吱吱地也似乎在为他俩的好事欢呼庆祝；萤火虫们飞来窜去，忽明忽暗——这美好月夜，真叫人心旷神怡！

梓明对着酒杯吟下李白诗："举杯邀明月，对影成三人。"吟后饶有兴趣地说："咱今晚是'举杯邀明月，对影成五人'！哈哈……"又吟曹操诗："对酒当歌，人生几何？譬如朝露，去日苦多。慨当以慷，忧思难忘……"

月秀不解诗意，问梓明曹操诗意，梓明说："曹公此诗说人生短暂，对着美酒高歌，及时行乐。歌声激昂慷慨，忧思难以忘怀。也可说借酒消愁，而今晚咱们是以酒助兴，欢乐今宵。"

月秀接着说："好，咱们干杯，庆祝你高升，欢乐今宵！"

花好月圆，变换的月色让人心潮澎湃，他俩干杯了又干杯，陶醉在美好的夏夜月下。

月秀醉意正浓，唱出一首雷歌：

> 月光光呀月圆圆，四娘织布在庭边。
> 脚踩弦机响轧轧，手合槟榔想君郎。

梓明兴趣来了，回唱一首雷歌：

> 大公鸡呀风流郎，赶早入园吃菜秧。
> 昨夜南山吃竹籽，今晚海南吃槟榔。

月秀再唱：

> 雨过天晴蛙声脆，中天月华泻银辉。
> 月伴秀妹等明哥，望断路头几多回。

梓明又接唱：

> 雄鸡一唱愁闷去，从此夜明无苦思。

蒙正听钟终有讯，苦去甘来福运浮。

他俩又干了几杯，真的不醉不休了。梓明醉倒躺在草地上呼呼大睡了。月秀也醉倒躺在他身边。不知他俩躺了多久，先是月秀迷迷糊糊地醒来了，觉得全身燥热难受，便把衣服脱掉盖在心爱的梓明哥身上。不知是加盖衣服后梓明觉得身子热了还是怎么的，梓明便把盖在身上的衣服拨开，也迷迷糊糊地醒过来。梓明一眼看见一层银辉闪烁下的月秀的上下如玉的胴体，一下子激情汹涌，全身火烧火燎的，便把自己衣服也脱了。这时，两人不约而同地拥抱起来，两人欲火急剧升华，干柴这回遇着烈火燎原……

等他俩醒来时，已是公鸡啼过了，他俩急忙穿好衣服，匆匆回家。

次日中午，梓明便收拾好行李，骑着自行车往县城文化杂志社奔去。梓明爸妈欢送儿了到了村口才依依不舍地返回。月秀是约好在溪口河堤送别的。月秀热泪盈眶地说："梓明哥，你一有空就回来看我们呀！"

梓明接着说："一定，一定！"

于是，他俩难舍难分地告别了，分手时一步三回头地招手致意！

梓明在文化杂志社当编辑后，无时不挂念着家人，尤其挂念他的心爱的人月秀。

就在这"倍思亲"的时候，来了位不速之客。他高中要好的女同学，当时的校花，现在在县图书馆工作的杨丽娟来到他的办公室拜访他。

杨丽娟是湖南人，她父亲是部长，杨丽娟来高中插班，是随父亲的调动而转校插班的。杨丽娟人聪敏、大方、美丽，故成为学校的校花。因为她喜欢文学，梓明也喜欢文学，故两人在学校文学社都时有文稿发表，也因此，两人彼此多接触，渐渐地成了要好的文友。但很快高中毕业了，梓明返乡当了农民，又当了大队广播员，后又被撤掉。而杨丽娟，凭着关系及她高水准的文学素质，毕业后便进入县图书馆工作，成了事业编干部。

从此，他两人已经是两个世界的人了，自从那次梓明"卖鱼干"在县城二桥头尴尬的匆匆巧遇外，就从来没见过面了。

杨丽娟一跨进门，他惊讶地后退了一步：原来是杨丽娟！

杨丽娟含笑地望着他，她已经不是学校时那么纤弱，而是变得丰满了。脸似乎没有什么变化，两道弯弯的眉毛像笔画出来似的。上身是一件式样新颖的薄薄的淡水红短袖，下身是乳白色筒裤，半高跟褐色皮凉鞋——这些都是李梓明一瞥之中的印象。

杨丽娟走进李梓明的办公室，说："你到县上工作了，为什么不来找我？当了大编辑，把老同学不放在眼里了！"

李梓明慌忙解释说，他刚来，比较忙乱，接着很快又去了乡村采风，说他正准备这两天去看她。

梓明把茶杯放在杨丽娟面前，过去坐在沙发上。杨丽娟说："说说你吧！你一定累坏了！采风文章写得太好了，有几篇我看了都流了泪。"

"没你说的那么好。头一次写这类文章，很外行。"梓明谦虚地说。

"你比在学校时又瘦了一些，不过好像更结实了，个子也好像又长高了。"丽娟一边喝茶，一边用眼睛打量他。

梓明被她看得有点不好意思，搪塞说："当了两天劳动人民，可能比过去结实一些……"

杨丽娟很快意识到了梓明的局促，自己也不好意思地把目光从梓明身上移开，低头喝起了茶水。

他们沉默了一会儿。

杨丽娟低头喝了一会儿茶，才又开口说："你到了城里，我很高兴，又有个谈得来的人了。你不知道，这几年把人闷死了。大家都忙忙碌碌过日子，天下事什么也不闻不问。很想天上地下和谁聊聊天，满城还找不到一个人！"

"你说得太过分了。这样的人有的是，可能是你不太熟悉的缘故而已。你太傲气了，一般人不容易接近你。"梓明笑着说。

杨丽娟也笑了，说："可能有这方面的原因，但我的确感到生活过得有点沉闷。我希望能有一点浪漫主义的东西。"

"你今天中午到我们家去吃饭吧！"杨丽娟抬起头，热情地邀请他。

梓明赶忙说："不了，不了，我根本不习惯去生人家吃饭。"

"我是生人吗？"杨丽娟有点委屈地问他。

"我是说我不认识你的父母亲。"

"一回生，二回熟！"

"谢谢你的好意，我不——"

"怕人？"

"嗯——"

"乡巴佬！"杨丽娟咯咯笑了。

李梓明并没有为这句嘲笑话生气。他很为丽娟这种亲切的玩笑高兴。以前在学校时，她就常开玩笑叫他乡巴佬。

"乡巴佬就乡巴佬，本来就是乡巴佬。"他高兴地看了一眼杨丽娟。

丽娟也看着他说："你实际上根本不像个乡下人。不过，有时候又表现出乡里人的一股憨气，挺逗人的……你不去我们家吃饭就算了，但你可要常来图书馆，咱们好好聊聊天，像过去在学校一样，行吗？"

李梓明一时不知该怎么回答。过去学校的生活又一幕一幕在眼前闪过。不过，那时他们还是孩子，都很单纯。而现在，他们都已二十多岁了，还能像过去无拘无束地交往吗？说心里话，他很愿意和丽娟交谈。他们性格中共同的东西很多，话也能说到一块。但他知道再很难像学生时期那样交往了。她已经成了干部，又都到了惹人注目的年龄。

他犹豫了一下，见丽娟还看着他，等他说话，便支支吾吾地说："有时间，我一定去图书馆拜访你。"

杨丽娟接着说："好，你先忙吧，我还有事，该走了。真的，有时间到图书馆来拉拉话，咱们从学校毕业后，分别已经四年多了。"

李梓明很诚恳地对她点点头。

杨丽娟从文化杂志社出来后，感到胸口和额头像火烧似的发烫。李梓明的突然出现，把她平静的内心世界搅翻了！

中学毕业以后，她在县上参加了工作，梓明回了农村，他们从此就分手了。分别后最初的一年，她时不时想起他。过去在学校他们一块儿的那些很亲密的交往情景，也常在她眼前闪来闪去。她有时甚至很想念他。她长这么大，跟父亲走过好几个地方上学，所有她认识的男同学，都没有像梓明这样给她印象深刻。她和梓明接触后，改变了自己的看法，梓明的性格、眼界、聪敏和精神追求都是她很喜欢的。

后来，他们分开了，虽然距离只有十来里路，但如同两个世界。毕业时，他们谁也没有相约再见的勇气。就这样，一晃就是四年。直到前不久她在县城二桥送方庆良出差时，才又看见了他。那次见面，弄得她精神好几天都恍恍惚惚的。

当丽娟在图书馆看文化杂志时，才知道梓明已经是县文化杂志社的编辑了。她念着他那才气横溢的文章，感情顿时燃烧了起来，过去的一切又猛然地出现在她的眼前。她想起了她和梓明过去在学校里的那些生活。她现在才清楚，她一直是爱他的！他也是她真正爱的人！原来梓明回了农村，但她还不能为了爱情而嫁给他。

现在，梓明已经参加了工作，她今天早晨刚听说梓明下乡采风回来了，就忍不住跑来看望他……

现在她走在返回图书馆的小路上，心情又激动又难受。她现在看见梓明变得更潇洒了：颀长健美的身材，瘦削坚毅的脸庞，眼睛清澈而明亮，有点像小说《钢铁是怎样炼成的》里面保尔·柯察金的插图肖像，或者更像电影《红与黑》中的于连·索黑尔。

"如果我和他一块生活一辈子多好啊！"丽娟一边走，一边心里想。

梓明只去图书馆找过一回杨丽娟。但丽娟不失前言，经常来找他谈天说地。起先他对丽娟这种做法很反感，不愿和她多说什么。可丽娟寻找机会和他讨论各种问题。看来她这几年看了不少书，知识面也很宽，说起什么来都头头是道，并且还把她写的一些小诗给他看。渐渐地，梓明也对这些交谈很感兴趣了。他自己在城里也再没更能谈得来的人。

他俩很快恢复了中学时期的那种交往。不过，梓明小心翼翼，讨论只限于知识和学问方面。当然，他有时也闪现出这样的念头："我要是能和丽娟结合，那我们一辈子的生活会是非常愉快的；我们相互之间的理解能力都很强，共同语言又多……"

这种念头很快就被另一种感情压下去了——月秀那亲切可爱的脸庞立刻出现在他的面前。而且每当这样的时候，他对月秀的爱似乎更加强烈了。他到县里后一直很忙，还没见月秀的面。听说她到县里找了他几回，他都下乡去了。他想，过段日子要抽时间回一次家。

李梓明走到县文化杂志社大门口的时候，见月秀正在门口张望。她还没有看见他正在从后面走来。

李梓明望了一眼她的背影，见她上身仍穿着那件米黄色短袖。一切都和过去一样，苗条的身材仍然是那般可爱；乌黑的头发还用花手帕扎着，只是稍有点乱——大概是因为从地里直接上来，没来得及梳。看一眼她的身体，李梓明

的心里就有点火燎起来。

当月秀看见他站在她面前，眼睛一下子亮了，脸上挂上了灿烂的笑容，对他说："我要进去找你，人家门房里的人说你不在，不让我进去……"

梓明对她说："现在走，到我办公室去。"说完就在前头走，月秀跟在他后面。

一进梓明的办公室，月秀就向他怀里扑来。梓明赶忙把她推开，说："这不是在庄稼地里！我的领导就住在隔壁。你先坐在椅子上，我给你倒一杯水。"他说着就去取水杯。

月秀没有坐，一直亲热地看着她亲爱的人，委屈地说："你走了，再也不回来。我已经到城里找了你几回，人家都说你下乡去了。"

"我确实忙！"梓明一边说，一边把水杯放在办公桌上，让月秀喝。

月秀没有喝，过去在他床铺上摸摸被子，捏捏褥子，嘴里叨唠着："被子太薄了，回去后我给你絮一点新棉花；我把我们家那张狗皮褥子给你拿来。"

"哎呀，"梓明说，"狗皮褥子垫到这里，毛烘烘的，人家笑话哩！"

"狗皮暖和——"

"我不冷！你千万不要拿来！"梓明有点严厉地说。

月秀看见梓明脸上不高兴，马上不说狗皮褥子了。但她一时又不知该说什么，就随口说："咱们庄的水井修好了！去年底合资建了'对虾养殖场'！"

"嗯——"

"你们家的老母猪下了九个猪娃，一个被老母猪压死了，还剩下——"

"哎呀，这还要往下说哩！不是剩下八个吗？你喝水！"

"是剩下八个了。可是，第二天又死了一个——"

"哎呀哎呀！你快别说了！"梓明烦躁地从桌子上拉起一张报纸，脸对着，但并不看。他想起和丽娟那些海阔天空的讨论，多有意思！现在听月秀说的都是这些叫人感到乏味的话，他心里不免涌上了一股说不出的滋味。

月秀看见他对自己这样厌烦，不知哪一句话没说对，她并不知道梓明现在心里想什么，但感觉他似乎对她不像从前那样亲热了。

再说些什么呀？她自己也不知道了。她除了这些事，还再能说些什么！

梓明见月秀局促地坐在他床边，不说话了，只是望着他。脸上的表情看起来有点可怜——想叫他喜欢自己而又不知道该怎样才能叫他喜欢！

他又很心疼她了，站起来对她说："快吃下午饭了，你在办公室先等着，我到食堂给咱打饭去，咱俩一块吃。"

月秀赶忙说："我一点也不饿！我得赶快回去。我为了赶车，锄头还在地里撂着，也没给其他人吩咐什么……"

她从床边站起来，从怀里贴身的地方掏出一卷钱，走到梓明面前说："梓明哥，你在城里花销大，工资又不高，这50块钱给你，吃不饱时，你就到街上买点吃的。再给你买一双运动鞋，你常打球，费鞋。前半年'对虾养殖场'红利已经分了，我分了92块钱呢！"

李梓明忍不住鼻根一酸，泪花子在眼里旋转开了。他抓住月秀递钱的手说：

"月秀！我现在有钱，也能吃得饱，根本不缺钱。这钱你给自己买几件时兴衣裳。"

"你一定要拿住！"月秀硬往他手里塞。

他只好说："你如果再这样，我就恼了！"

月秀见他脸上真的不高兴了，就只好委屈地把钱收起来，说："我给你留着！你什么时候缺钱花，我就给你。我要走了。"

梓明和她相跟着出了门，对她说："你先到二桥上等我；我到街上有件事，一会儿就来了。"

月秀对他点点头，先走了。

李梓明飞快地跑至街上的百货门市部，用他今天刚从杂志社领来的稿费，买了一条鲜艳的红头巾。他把红头巾装在自己随身带的挂包里，就向二桥头赶去。

李梓明一直就想给月秀买一条红头巾。因为他第一次和月秀恋爱的时候，想起他看过的一张外国油画上，有一个漂亮的姑娘很像月秀，只是画面上的姑娘头上包着红头巾。出于一种浪漫，也出于一种纪念，虽然在这大热的夏天，他也要亲自把这条红头巾包在月秀的头上。

他赶到二桥头时，月秀正站在那天等他卖鱼干返回的那个地方。触景生情，一种爱的热流刹那间涌上了他的心头。

他和她肩并肩走下桥头，梓明看看前后没人，就站住，从挂包里取出那条红头巾，给月秀拢在了头上。

月秀并不明白她亲爱的人为什么要这样，但她全身心感到了这是梓明在亲

她爱她！

她也不说什么，一下子紧紧抱住他，他俩幸福的泪水在脸上唰唰地淌下来了……

某一天，杨丽娟又找李梓明闲聊，当谈到个人终身大事时，杨丽娟眼里泪花闪闪，激动地说："梓明！自从你到县里以后，我的心就一天也没有宁静过。在学校时，我就喜欢你。不过，那时我们年龄还小，不太懂这些事。后来你又回了农村……现在，当我再看见你的时候，我才知道我真的爱上你了！"

梓明听完丽娟的坦诚表白后，低着头，激动地说："丽娟，你对我的爱我打心底感激你，真难得你如此真诚啊！可咱俩有缘没分啊！"他犹豫了一会儿，便把他与月秀的关系大略地给丽娟说了一下。

丽娟听后，先是半天没说话。后来，她带着一脸惊讶，说："你原来想和一个不识字的女人结婚？"

"嗯。"梓明肯定地点点头。

"这简直是一种自我毁灭！你一个有文化的高中生，又有满身的才能，怎么能和一个不识字的女人结婚？我真不理解你当时是怎么想的？"

"住嘴！"梓明一下子愤怒地说，"那时我红尘满面，平民百姓一个，你们哪个大小姐来爱我？"

丽娟一下子被他的愤怒吓住了，再无话可说。

梓明马上觉得自己太冲动，已经有点失去了理智，便很快调整情绪，说："丽娟，对不起，刚才我的脾气太火暴了，请原谅！"

丽娟接着说："梓明，我只凭个人的思想感情说话，也已失去了分寸，无意中挫伤了你们的感情，也有我的不对，我不会怪你的。俗话说得好，凡事皆缘分，咱俩有缘无分，命中注定咱们不能成为伴侣，只能做朋友了，咱们只好认命吧！"说完，眼圈红了，滴下了几滴热泪。

梓明带着伤感的心情，安慰了丽娟，两人又回归平静。丽娟借故自己还有事情，便告辞了。

丽娟走后，梓明的情感世界难免有些纠结，毫无疑问，丽娟与月秀放在一起比较，不平衡是显而易见的。丽娟有文化，聪敏，与自己有着同样的文学爱好，有着共同的语言，不想而知，夫妻生活一定是更美好的，更富有浪漫的色彩！再则，丽娟的家庭，对梓明将来的发展前途也是有帮助的。对梓明来说，是最美好最理想的爱情组合。可月秀呢，农村姑娘，单纯，美丽，善良，多情和温柔，有着对他全身心的爱。她曾唤醒了自己青春的萌动，点燃了自己爱情的火焰。他感激她，感激她陪他度过了那段刻骨铭心的艰苦时期，他承诺她，不做第二个陈世美，且答应他俩在县城里举行婚礼！他应当珍惜这份来之不易的爱情啊，做人怎能见异思迁呢！俗话说得好："草凭寸心长，人凭良心生。"自己决不能忘恩负义呀，"我梓明万万不能当一名负心汉，无良心的十恶不赦的坏蛋！"于是，他告诫自己，月秀虽然没有丽娟那么浪漫，夫妻生活也许单调些，但月秀温顺柔和，可丽娟就不一样了，娇生惯养，可能依着家庭条件好，到时耍起刁蛮公主的脾气，那才难受！哎呀，自己再不能胡思乱想什么了，丽娟再好也不是自己的，月秀才是自己最爱的人，他只能爱月秀一个人！

他经过一番思想斗争后，理智战胜了邪念，感觉轻松了，他对月秀的爱情更加坚定了。他要兑现自己的诺言，于是，他找阿勇说出了自己的心里话，让阿勇帮他出主意，帮忙为月秀找一份合适的工作。

阿勇为他俩的纯真爱情所感动，决心帮他为月秀在城里找一份工作，让他俩在城里建家立业，安安稳稳地幸福生活。

阿勇考虑到月秀不识字，在外面找体力活干劳累不用说，对梓明面子也不好看，不如跟单位领导商量一下，看在单位里能否照顾安排一份工作？

梓明说："阿勇，我初来乍到，怎么好意思让组织照顾安排家属工作？"

阿勇接着说："那我帮你跟领导商量一下，看情况再说吧！"

阿勇跟领导谈了梓明的情况，领导欣然答应，安排月秀在杂志社当勤杂工。

阿勇向梓明说出了领导的意见，梓明甚是高兴，当即到领导办公室致谢。

领导很客气地说："这是我应该做的，你要感谢我就做好工作，干出一番成绩，这是最好的感谢！"同时给他安排了一间双人房间。

梓明得到了领导的关心和照顾，工作更加起劲，出稿量和优质度增升了一倍，得到了领导的多次表扬和嘉奖。

梓明回家把月秀接来单位上班了，村里人非常羡慕他俩的能耐，双方父母很自然地满意他俩的婚事。于是，不久，两人在单位举行了婚礼，成了一对恩爱的夫妻。

后来，梓明充分发挥了自己的写作才能，成了一名著名作家，出版了几本畅销书，赚了一大笔票子，购买了一套商品房，又置了一辆轿车，一年后月秀

产下一个肥娃子，可谓五子登科，家庭生活过得红红火火、甜甜蜜蜜。原来的杨丽娟也常带男朋友来他家做客，非常羡慕他们家庭生活得幸福美满。

祝愿天下有情人终成眷属。

甘苦月季花

　　女青年熊英与小伙子张军，随改革开放的大潮流，离开红土茅屋，在港城经商。他俩从打工一族到艰辛创业办公司，成就了一番事业。然而，饱尝了人生的甜酸苦辣，历尽沧桑，其艰辛创业、甘苦交织的情爱故事，谱写了一曲新时代的凯歌。

　　半岛旺海养殖饲料厂新来的业务员张军进入了熊英的视线，他潇洒上进，业绩不断上升，熊英对他颇有好感，每次只要是他的报价数据，她不自主地优先呈给总经理。张军也很尊重她，每次见她，点头哈腰尊称她为熊小姐。人到了一定的职位，总是爱听好话，或者爱使唤别人，其实熊英觉得自己不喜欢别人拍马屁，但是好话听起来就是舒服。一次，张军埋怨公司答应给的提成临时变卦，在办公室发了一通脾气，骂骂咧咧，满肚怨愤。望着张军满腹牢骚的样子，熊英倒是受了启发：饲料的利润空间比较大，她所在的半岛旺海养殖饲料厂生产的饲料，客户是海滩虾池对虾养殖基地和浅海鱼类养殖场，只要能联系到那些基地及养殖场，就可以从饲料厂进货，这样贸易就成了。要做成这个贸易，主要是资金和客户，熊英第一个想到的是与李丹丹合作，两人商谈过，资金有了，但是她两个拉不到单，于是又想到张军，他跑了多年业务，手上有单。于是某一天下班，她敲开了张军的宿舍门，试探地问："你能自己跑到客户吗？"张军说："有，目前有两家正在谈。"熊英说出了自己的想法，与张军的想法不谋而合。熊英本想要李丹丹入股，以减少投资风险，张军极力反对，他说本身投资不多，利润小，再有人参加进来，他就不干了。

　　只要能合作成功，熊英依了张军，如果资金短缺，到时再约李丹丹入伙也不迟。

　　熊英凑足打工三年的家当 4 万元，张军凑足了打工四年的家当 3 万元，一

起组成了股份制贸易公司，取名雷南碧波养殖饲料经销公司。在港城工业区，以每月 2000 元的租金租下了二层楼 600 平方米的办公室和仓库。他们在二手市场花 8000 元买了一辆小四轮车，购置了办公桌、传真机、电话机等办公设备，把二楼粉白了，作为办公室。张军同时辞工离开旺海，成了碧波的老板兼业务，张军不会开车，熊英请来司机小陈。在熊英的周旋下，她说服了旺海饲料老板黄总，同意碧波做旺海的代理商，可以以月结方式直接供货给碧波。

现在是万事俱备，只欠东风了。旺海供货给碧波虽然是按最低价格的，但与碧波公司费用成本价的差距仍然难以拉开，不是利润薄，就是客户嫌价格高，开业一个月，没接到对虾基地或鱼类养殖场的一个订单。熊英算了一下公司每个月的基本开支，房租 2000 元，水电费 300 元，生活费 800 元，司机工资及车子费用 4000 元，加起来最低也七八千元，这样下去，如果拉不到单，最多只能支撑三个月。

面对这样的窘境，熊英看在眼里，急在心里。"你不是说客户没问题，现在咋啦？"熊英劈面质问张军。

"别急，还有两个月的机会。"张军有多年业务经验，看起来心里还是有底的。

"现在出去跑单呀，天天待在公司等死呀，再过两个月，我们打工多年的心血就付诸东流了。"熊英一改往日的温婉，凶起来活像个泼辣娘。

又一个月，有一个对虾小基地下单，还是入不敷出。

熊英每天下班来公司，眼看公司就撑不下去了，急得像热锅中的蚂蚁，在办公室坐立不安，到了这个关头，她不得不向黄总伸出求援之手。可是怎么跟他说呢，上次代理的事跟黄总说是双赢，现在难道跟黄总说让一个客户给碧波做，也是双赢？那又怎么说呢？

同事都下班走了，熊英闷在办公桌上，想得很苦，头痛脑涨，往太阳穴上搽风油精。

黄总从外面回厂："小熊，还加班吗？"

熊英如梦初醒，揉了揉眼睛说："没什么，刚整理完资料。"

"注意休息，不用这么晚的。"

"上次帮的忙，真是谢谢你了，黄总。"

黄总走得更近些了，站在她的办公桌旁边，顺手在她的肩膀上拍了一下，说:"走吧,请你吃夜宵。"他平时也是这样拍她的,今晚感觉不同,不像一个上司对一个下属的关切,像一个男人对一个女人的挑逗,一个女人的无助对一个男人的依靠,就在这一瞬间显露。"还愣着干吗?!"他站在她的对面。她起身,跟着他下楼。她平时在下楼时,是要跟他开开玩笑或者说说话的。今晚,她是沉默的,无语的,像一朵夜来香,她摸了一下自己的脸庞,是滚烫,是害羞,还是激动?她脑子闪现了想法,但没有多想。外面很冷,她哆嗦了一下。她为他打开车门,平时也是这样,但是感觉就不一样。他催她快上车,她坐在后座,他坐上驾驶位,没有说话。她感觉他像是刻意在关切,也许是她平时没有多想,但今晚就这么明显,连关车门的声音都那么温柔。车徐徐驶出饲料厂大门,一个保安立正行了军礼,另一个保安向车内斜睨了一眼,保安很帅气、年轻,不知是有意,还是无意的。他与她其实没有什么,从来没有越过警戒线,他是她的上司,她是他的下属,很正常,但厂里面的人就这么想,何况她单身,还这么气质高雅。做上了秘书,就蹚进了这浑水,这是职业的宿命。

"老地方吧。"他说。

"随便。"她说。其实她不知道他说的老地方是哪里,她与他去过很多地方消费的。跟老板一起出去,无论坐哪里,无论点什么,都没有钱的压力,吃得轻松,这就是有钱的好处。

他说的老地方,是一家叫"老地方"的咖啡厅。她说:"这家我没有来过。"他说:"逗你开心,老地方对我们来说是新地方。"客人不少,依然幽静,富有情调,都是缠绵浪漫的一对对。除此之外,还有穿职业装的服务员,晃来晃去,他们的影子把咖啡厅衬托得更加有诗意。他们像往常一样,一边吃,一边喝,一边聊,聊工作,聊身边的人与事。

"这店一点钟关门。"他说。

她说:"那就喝到一点吧。"

他问熊英:"两个月了,怎么就进一点货?"

"没单呀。"她很直接。

"张军跟你什么关系?"

"黄总,你这不明知故问吗,老同事加普通朋友。"

"是吗?想骗我,他不是你男朋友?"

"黄总,真的不是呀。"

"你们是半个老乡，你对他真好呀。"

她不知该不该照直回答，正犹豫不决，服务小姐用甜滋滋的声音说："两位，晚上好，不好意思，我们营业到凌晨一点，还有五分钟就收工了。"这么快，就一点钟了，酒还只喝了一半，他抬手看表："走吧。"他把酒瓶盖捏紧，带上车。她坐上了前座，感觉头有点晕，可能是因为喝了酒的缘故，也可能是想睡了。

车呼的一声，离开了"老地方"，回到了饲料厂。

黄总说："到我宿舍，把这酒喝完，不然到你宿舍也行。"

"明天给我放假，是不？"

"放假就放假，反正你没什么事，是吧。"

"我没事？可都是你安排的，要怪，只能怪你自己。"

她进了他的住房，打开了灯，卧室灯光柔和，充满暧昧和虚幻，这是她经常来的地方，报告工作，呈递文件，因为他经常在住房办公。今晚，她不敢贸然踏进去，把手拢在胸前，一直站在门口。他没有注意到，进门把红酒放在玻璃茶几上，并开始脱外套，没人接，回头问："怎么不进来？"她接了黄总的外套，并熟练打开衣柜，拍了拍，挂了进去。他从冰箱里拿出两只高脚杯，把红酒倒上，落座在沙发上。"继续喝吧，喝完这瓶，明天给你放半天假，说放就放，怕什么。"

他把空调调到 25 摄氏度。

酒还剩下一口，她索性饮个干干净净，把酒杯倒立在黄总眼前晃了几回："这样可以吧？"

"好，我就知道你熊英海量，酒中豪杰。"黄总示意熊英坐到身边。

熊英端起酒杯，坐到他身旁。黄总顺手搂住她的腰。熊英并不介意。黄总进一步要把熊英揽到怀里，她醉迷迷顺从了。

次日醒来，已经 10 点多了，熊英收到了雷州企水对虾基地发来的订单。有救了，她兴奋地从床上跳下来。她回到办公室，还是那样平静，黄总的笑和往常一样，每个人都忙碌着。

雷州企水对虾基地虾池 300 多个，每个月的饲料用量 9 万到 10 万，进货价与出货价比较一下，约 10 个百分点的利润，每个月只有 1 万元的收益，刚好达到收支平衡。如果再拉不到别的单，等于碧波无法延长生命期。

熊英不得不向张军下最后通牒，如果说两个月再拉不到订单，碧波是白干或亏本。投资前，张军夸下海口，两个月内必然拉到订单，现在他傻眼了，脸色甚是难堪。现在主要还是价格问题没有解决。熊英火冒三丈："你还要黄总亏本把饲料卖给你，你神经病吗！"挨了骂，张军畏畏缩缩，捧着头趴在办公桌上闷想，在旺海有时也要被她批，反正习惯了。"你自己动动脑子，三天解决不了，你自己关了门爬出去。"熊英发了一顿火，气嘟嘟地回到旺海。她感觉自己的确脾气发大了，张军无论如何也是股东，不是打工仔，但是碧波好比自己生下的儿，她不忍心看见它夭折。如果不给张军一点压力，他根本就要靠自己，自己要上班，而且必须上班，碧波不发展到一定的时候，她不会辞工。

万一雷州企水对虾基地的订单不稳定了，那就是彻底完蛋了。熊英想来想去，感觉还是不踏实，嘱咐张军隔三岔五去该基地采购部搞好客户关系。自己经常跟黄总去雷州企水对虾基地坐坐，与老板李先生混个脸熟，每天才敢安稳地睡上一觉。

1999年春节过后，熊英去工商所正式登记成了个体工商户。张军的业务能力也展现了出来。前三个月平均每月增加一个客户，至5月份，每月营业额已达到60万元，纯利润12万元，员工除了小陈，还增加了一个送货员，估计还要增加两个员工。熊英认为辞职的时候到了，思考良久，把辞工书递给了总经理黄永胜。黄永胜想让熊英留下来继续做，说碧波由张军打理就行了，现在金融风暴刚过，加上"走私案"的阴影等，形势不乐观，不要急于求成，生意越来越不好做，做外单的，尤其受到亚洲金融风暴的影响，好多养殖场没有订单，辞掉渔农来减轻经济压力。黄永胜分析了当前的经济大环境，但熊英是铁了心了。对于黄永胜的关照，熊英表示衷心的感谢，她放心不下张军，如果她不辞职去参与管理，张军那人非把公司吞了。

黄永胜沉默了一会儿，最终同意了熊英的辞职请求，并且同意碧波作为旺海的经销商，享受最优惠价格不变。

熊英离职后，搬入了碧波养殖饲料经销公司，风风光光做起了老板。熊英作为大股东，当然为碧波的头，两人商讨着分了工，熊英负责公司日常事务管理，开发供货商，张军成为业务经理，负责跑客户。熊英要做的第一件事就是要开发供货商，进货路子要多，不能只有旺海，否则总有一天会被黄永胜牵制。张军不解熊英的苦衷，更不知道熊英与黄永胜的秘密，两者之事他一直被蒙在

鼓里，觉得在旺海进货不是很好吗，老熟人，又近又不会被催货款。熊英有种危机感，不怕一万，就怕万一，如果哪一天她与黄总不再暧昧缠绵在一起，旺海若不再供货，客户就要断货，不是坐以待毙吗？

熊英的名片上印的是半岛旺海饲料碧波经销公司副总经理，张军则是业务经理。办公室有六张桌椅，中间一张黄色的大班椅就是熊英的，旁边的黄色大班椅是张军的。熊英是老板，管全盘，还自己要兼做文员打字传真，还要兼做厨师煮饭，还要兼做清洁工擦桌子扫地。每天都是从早忙到晚，把供货商的事慢慢淡忘了。

张军则一心一意跑业务，与小陈一起送货跟单。熊英与张军住在二楼隔壁两间房，小陈住三楼楼梯间那间小房，电视放在熊英的房间，张军每晚忙完工作总要去熊英的房间看电视。一开始，小陈与张军一起来看，张军穿衬衫，长裤，每到11点，自觉地返回自己的房间睡觉。过了一段时间，小陈似乎闻到了异常，自个儿去二手市场买了一台二手电视放在他的房间，不来熊英的房间看电视了。这正合张军心意，张军索性穿背心，穿着拖鞋进来看电视，时间延长到了12点，懒洋洋地不想走。再过几天，他索性光着膀子进来，熊英催了才走；再往后，熊英催也不走，说要看完某集电视剧。真是得寸进尺，熊英双手叉腰，呵斥起来："你想留宿我这儿，你胆子不小呀！"张军站起身，堵在她面前说："你赶我呀。"熊英果真从屋角操起扫把就打，这场景被小陈和员工阿敏看见，大家都是乐呵呵地笑。

这个小公司原本就是一男一女的老板，原本就应该是夫妻档，大家见怪不怪了。不知从哪个晚上起，熊英与张军在一起了。现在老板是张军了，熊英变成了老板娘。二楼腾出了一间宿舍。熊英把那间房整理了一下，这样好，准备招个文员，有地方住了，再买台电视放在客厅，大家看电视就不用这么麻烦了。对张军来说，现在是春风得意，得了江山，又得了美人，每天西装革履，头发梳得油光发亮，派头十足。他对熊英是百依百顺，连他要考驾照，也是经过熊英批准。熊英看着公司业绩稳步上升到每月30万元，资金越滚越多，心不慌了。做老板不能这么累，她与张军商量招个文员。张军说，这样的事不用与他商量，老婆大人自己决定就得了。对熊英来说，这个男人对自己真是没话说，共同创业，共同打拼，患难夫妻呀，谁也离不开谁。

熊英与李丹丹都还在港城工作，平时很少见面，李丹丹忙什么，熊英忙什么，她们之间偶尔提提，但熊英开公司至今，不好意思开口说公司的事。她与李丹丹原本是要一起做的，现在没有兑现诺言，她感到愧疚。公司已经做开了，不说不行了。

熊英说："自己做了几个月的贸易，忙死了，现在才知道老板原本真不好当。一直不好意思跟你说，我原本是想与你合伙，因为合伙的伙伴不同意，姐妹们可不要往心上放。"

李丹丹是个大度的人，并没有怪她的意思。"熊英你说哪里话，只要姐妹们都发财，这没事，发财了要请客，专门到海富来请。"

"那当然，咱们姐妹谁跟谁呀，只要你给面子，我一定请的。"

张军走进办公室，挨着熊英身旁坐下。熊英说要做饭了，进厨房做中饭。张军跟到厨房说："明天我去职介所请个做饭的阿姨回来，兼做清洁卫生，你看你，都变成什么样了。"熊英说："你还记得关心我，还好，我就知足了。请个人，不如把我爸妈叫来。"张军说："老婆，还是等我们再做一段时间，生意完全上轨了再说吧，是吧。""是疼钱吧，不是疼老婆的。"熊英指着他的鼻尖说。

张军从背后抱住她。熊英挣扎了一下说："放开手，这是公司，搞清楚没有！"张军快快不乐："这是我们的公司，想怎么玩就怎么玩，别人管不着。"熊英说："你以为你还小呀，还有小陈，还有阿敏呢，当老板可要注意形象，给员工好的榜样。"

张军松开手："好啦，又是批评，服你了。"张军叫上小陈出去进货送货去了。午餐时，两人一唱一笑，一人一瓶豆奶，摇头晃脑地回来了。

"你们进了多少货？"熊英只见他们回来，不知是进货还是出货。

"下午进货呀，那么急吗？"

"我们刚送货回来。"张军回答。

"你不会顺路去进货吗？"熊英很不高兴，"豆奶有那么好喝吗？"

张军摸不着头绪，低头想："这下午去能差多少，犯了她哪条神经。"张军推了一下小陈："小陈你说。"小陈是个腼腆人，吞咽了半天，说到旺海下班了。

"明知仓库没货了，你出货的时候没看见，看啥去了？"熊英杏目圆瞪，"现在就去旺海，进不到货不要回来。"

张军与小陈灰头灰脑下了楼。熊英站到二楼窗户，看到车子启动才慢慢消了气。她转身收拾碗筷，擦桌子，一边打扫卫生，一边琢磨着，打工时自己给

别人擦桌子，当了老板，别人给自己擦桌子，蛮有意思，原来当老板就是这么回事。交代张军寻找新的进货渠道，现在没有了下文，不过也不能只怪他，里里外外就他一个人，光开发客户都够他受了。她抬头看天花板，低头打量起自己租的这层楼来，其实也就是三房一厅，一个小办公室，两间住房，偌大一个客厅，只摆了一个吃饭的桌子和一叠凳子，单调了一点。对虾基地、鱼类养殖场的客人来了，除了办公室，找不到坐的地方，太寒碜了。她从客厅门口，到办公室门口，来回走了几回，她想买两盆室内观赏花木，办公室门口一边摆一盆，增加一些办公室气氛，那种碧绿的，大叶的，像藤萝一般的植物，她叫不出它的名字。进门口的地方摆一套红木沙发，一排矮柜子，柜子里可以放些临时物品，电视摆柜子上，沙发与柜子之间，放个茶几，旁边还可以摆个报架。客人来访，可以看看报或者看看电视，就不会觉得无聊。熊英想把地板用油漆刷成绿色，绿色代表希望，象征生机，等张军回来，马卜做这件事情。她背着双手，在水泥板上得意地蹀着碎步，踮起脚来品味做老板的滋味，做老板就是可以这样，坐在椅子上，悠然地看，走在地板上，慢慢地蹀，没有人盯着你做事，你想做就做。她想起张军的话，"这是我们的办公室，想怎么玩就怎么玩"，竟然有几分成功的陶醉，老板就这么挺过来，做到了。她站在办公室的窗帘前，自然地想起旺海总经理高级乳白色窗帘和透明得可以照出人影的大理石地板，总有一天，她的办公室比他们的漂亮，她的心有几分醉，几分得意。

电话响了，浑然不觉。手机又响了，是张军的声音。

"什么？"她面色突然凝固，"不发货，问他为什么。"

"下面的人说是黄总的意思。"

电话挂断了。空气骤然凝固。

果然不出所料，人无远虑必有近忧，即使有远虑，不去执行也是空话。咋办？她追问自己，把手机甩在办公桌上，仰面倒在靠椅上。现在，怪谁都没有用，出了问题，最紧要的是寻找解决问题的办法，这就是黄永胜惯用的训示观念。她不应该抱有侥幸的心理，生意上只要有一种可能，哪怕是万分之一，都不能抱有侥幸的心态，她虽然有准备，但是她没有全心准备。她摸着黄色大班椅，想着刚才的构思，深刻地自我检讨。眼前传真机又响了，肯定是订单，现在她没心思起身收传真，明天怎么出货给客户？她捶脑门，按太阳穴，起步时何等危急，都可以安全挺过，何惧现在的处境，一定是有办法的。别急，她安慰自己。她要给黄永胜打个电话，问个究竟。

有一线希望就要尝试，第一次拨通了黄永胜的电话。

"喂，黄总——"只说了半句话，对方挂机了。再打，语音提示："你拨打的电话已关机。"

过了半个小时，她又拨打，电话忙音。

过了十分钟，她重拨，电话没人接听。

她黛眉紧锁，反复叮嘱自己，冷静，冷静，再冷静。

电话铃又响了，惊动了她的眼睑，她眼里闪过一丝惊喜，是黄永胜吗？响第二声，她迫不及待地抓起听筒。电话里传来了张军的声音："亲爱的，别慌，我与小陈现在去阳江，我不相信没有旺海就做不成生意，明天的订单，明天一定要出货，今晚找不到货源，今晚我不回了。"她只是听着，手却控制不住抖动。

她必须重整自己，她画眉，搽粉，盘起发髻，挎上背包，转眼恢复高级白领的本色，在镜前望了望，心想："如果没有黄永胜这一棍子打来，自己还真的变成家庭主妇了。""哐当"，把门锁了，熊英租了一辆小四轮车，驶上了107国道。今天的目标是把茂名有眼熟的鱼虾饲料代销点找遍……至晚上8点，没有一家愿意提供任何厂家信息，厂家标签纸均已换成了代销商的。晚上回到公司，已经是10点钟，张军还没有回来，想必也是遇到了同样的问题。没吃晚饭，她累得不想做饭，在小店叫了外卖。

熊英抱了床被子，蜷在客厅沙发上，睁大眼睛看电视，《还珠格格》正在热播。张军与小陈凌晨2点在楼下叫门，熊英没有丝毫睡意，打开门问："有收获吗？"张军摇摇头说："都是中间商，如果从中间商手里拿货，利润等于是零。就算是亏本，也要稳住现有客户，生产商可以再找，客户很容易被别人抢走的。"熊英咬牙切齿。熊英吩咐司机小陈早点休息，与张军又商量了一个多小时，最后决定从中间商手里拿货，缓解燃眉之急。

次日早晨，熊英醒来时，张军与小陈已经起床到本地中间商进货去了。熊英就在办公室里打电话给朋友熟人寻找饲料生产商。信息发出去了，坐下来等消息，买东西比卖东西还艰难，熊英蹙起眉头，守在电话机旁等回音。

还没到吃中饭的时间，张军与小陈回来了，从脸色来看，熊英意识到又出问题了。张军把公文包往办公室上一搁，有气无力地趴在桌上不出声了。熊英问小陈："怎么回事？"小陈说："平价的那家，客户品检说，产品与以前的不同，还要测试，而贵的那家测试过，质量可以。"熊英说："贵的是哪家，贵也要买，不要坐在这里，坐等就是坐以待毙，知道吗？"熊英说完了，张军还没有动静，推了一下，他已经睡着了。"让他睡一会儿，小陈，我俩一起去。"熊英毫不犹豫。

熊英让小陈驱车赶往贵的那家铺口，老板很谦和，报价却很惊人，超出自己的售价，几经杀价，还是高出售价的五个百分点。如此亏本生意，做还是不做？做的话，还能撑多久？熊英心里叨念着先稳住客户，稳住客户，才是根本。她盘算着要亏本五个百分点，有点搁不下，她想，还是要去别的地方看看，也许天无绝人之路，瞎猫碰到死老鼠的事儿也是有的。她还想欲擒故纵，让店老板自己降价。哪知店主察言观色，从她着急的脸上已看出端倪，就是不肯降价。

从中午到下午4点，没有一点收获，回到碧波，她感到腿发软，站不住。张军不在办公室，也不在住房，厨房里什么都没有。已经是下午6点多，熊英意识到肚子饿了，他俩还没吃午饭。她很愧疚："小陈，对不起，让你也跟着挨饿，叫两个快餐上来，中餐晚餐一起吃了。"小陈应声下楼买快餐去了。她闭上眼睛，显然很累了，双手撑不起自己，只好靠在椅子上。传真机丁零零响了，又是要货订单，订单，订单，单真多呀，这都是张军的功劳呀，她叨念几次，又站起身了，右手搭在胸前，左手抹了一把脸。好不容易拉到手的订单，变成了一张张欠条。一阵阵紧张之后，她的心情反而平静起来，仿佛看透了生命的规律一般，大难之后必有后福。

正与小陈吃饭时，张军醉醺醺地回来了。张军一摇一晃，唱着"妹妹你大胆地向前走"，从一楼上来，到二楼，扭秧歌似的，哼起了乡村小调。见到熊英，他便耷拉着脑袋靠在门边，沿着门框滑下去。熊英瞪了他几眼，从住房拿出一面镜子，对着张军的脸，说："你看你还像个男人吗？有种就站起来。"张军果真鼓起灯笼眼站了起来。熊英说："站直了。"张军马上弯弯斜斜地做了个立正的姿势。张军说："我站直了，你看，我的中指已放在裤中缝。""你站直了，站直了。"熊英连说三次，两只眼睛唰地流出了两行眼泪。小陈打饭回来，看两人抱在一起流泪，自己不知不觉湿了眼眶。张军靠在墙上，搂着熊英，眼泪鼻涕流了一脸，还一点一滴地唱："他说风雨中，这点痛算什么，擦干泪，不要问，至少我们还有梦。"熊英跟着唱，小陈也跟着唱，唱着唱着，变成了哭与唱的混合。

心中的委屈发泄完了，感动了一番，终于天空晴朗了。

张军与小陈放下饭碗，去贵的那家进货，亏了也做，明早送货。

原有的五家客户，除了企水对虾基地指定要旺海那种饲料外，其他全部稳定下来。这样做，也是亏的，加上现金进货，资金周转成了大问题。熊英盘算，这样坚持两个月，银行账户上的 38 万就空了。怎么办呢？她睡不着，感觉公司已经像脱线的风筝一般，她的心情也跟着飘了起来，眼睁睁地看着它处于风雨飘摇之中，自己显得多么无助，难道就没有挽救的余地？车到山前必有路，办法肯定是有的，她想。黄永胜这样做究竟是为了什么？一直是个谜。

有一丝希望，她就要尽全力去抓住它，这是她的行为哲学。

她究竟是不是应该去找他，当她站在黄永胜办公室熟悉的大门前，她犹豫了，伸出手，做了两次敲门的动作，都没有发出敲门的声音。她回头，下楼，止步，犹豫，遇到一个老同事，跟她打了个招呼，她更加犹豫不决了。返回来又站在门边，门还是那扇门，开门右边，是一套橙红色真皮沙发和一张玻璃茶几，左边是朝南的窗子，经常垂下来米黄色的窗帘，向前走五步就是黄永胜的办公台，她工作了两年，再熟悉不过。进了这道门，目的很清楚，理由也很充分，就是她的自尊跳出来再次阻拦了她。她红色挎包的带子从肩上滑了下来，她用右手拉了回来，低头又迈向楼梯。她数到了第十级，停住了，一只脚吊在第十一级的上方，久久不能落下，她害怕遇到老同事，恰巧有一个人上二楼来了，头发染得金黄，很摩登的女郎，比她还年轻吧，从来没有见过，新来的。女郎昂首挺胸，从她身边经过，很礼貌地跟她打招呼，屁股一扭一扭，径直走进黄永胜的办公室。她看得很仔细，女郎没有敲门，没有敲门声，这女郎的地位非同一般，当初她在旺海大红大紫的时候，也是这样的。不过，她想女郎会把她站在楼梯上的窘态毫无保留地告诉黄永胜，进了厂，不进办公室，也太胆怯了。

熊英再次鼓起勇气，让脚步落在了十一级，向黄永胜的办公室靠近，一咬牙，敲响了门。

门，很从容地开了，金发女郎生气地问："哪个部门的？"

"不好意思，打扰了，我找黄总。"

女郎堵在门口："我问你哪个部门的，你没听到吗？"

这么牛，算了，熊英想退出门去，却被黄永胜叫住了："找我？让她进来。"

"废话，门卫不是有传达吗！"熊英睨了他一眼，心想。

"欣欣，你出去一下。"

女郎把门敞开了少许，与熊英擦身而过，高跟鞋一顶一顶，瞬间背后响起了下楼的脚步声。

"生意好吗？"黄永胜平静地说。

"何必明知故问，"熊英双手拢在胸前，"我想问问你，为什么做得这么绝，我以前是你的秘书，还有什么的，做生意嘛要讲信用，讲道义。"

黄永胜一边抽香烟，一边不明不白地笑："你们做得太过分，还怪我，我的客户你也抢？"

"我有抢你的客户吗？莫名其妙，做生意，何必这样心狠手辣。"熊英既气愤又委屈。

"我们正要做的客户，你问张军在搞什么？我帮你们多少，你们还恩将仇报，还用我说吗？我把你当朋友，你把我当什么？"黄永胜脸色阴云突变。

"既然帮我，为什么不帮到底？为什么不给我时间？你明显就是要置我于死地，现在你高兴了，你快乐了？"熊英异常激动。

"不用说啦。"

黄永胜又从烟盒里抽出一支，点燃，猛吸一口，再吸，再吐圈，不语，然后打电话叫那个女郎秘书进来。

"送客！"

"没有你旺海，碧波照样要做下去！"熊英愤怒。

熊英愤愤地回到自己的办公室，坐在沙发上，几乎是气得差点晕了过去。她重复刚才愤怒地对黄永胜说的："没有你旺海，碧波照样要做下去！"她知道这是气话，可谈何容易？事实摆在面前：碧波是撑不下去了，继续亏损下去，公司非倒闭不可。她忽然闪起一个念头，留得青山在，不怕没柴烧，等找到与旺海可比的饲料厂，到时东山再起，再与旺海比比吧。于是，她打算做完正在做的订单，所有的业务停止下来，明天就提前通知所有客户，10月1日起不再供货。她算了一下，把款全部收回来，手头可以剩余20万元，能留住这20万元，将来就是希望，否则将死无回头之路！

这时，张军回来，熊英本想大骂张军，忽然她冷静地问："你抢旺海的客户？"张军愣住了："我抢旺海的客户？我没有呀，谁说的？""今天我在旺海，黄永胜亲口告诉我的。"原来这件事情是张军不清楚，他与旺海的业务人员同时报价到一个廉江的鱼类养殖场，结果他的报价比旺海还低，这家养殖场的采购与旺海的业务人员熟，采购经理与张军熟，一家子母公司，为什么报出两种价格呢，对旺海影响非常大。

这事也不能怪张军，也不能怪黄永胜，自己做代理打旺海的招牌，居然撞头了，气得熊英一劲儿地乱扔东西。张军与小陈，呆立着看。张军说："我也不清楚，唉，都怪我，过去就过去了，我们去报纸刊登求购广告吧。"

"别吵了，都出去。"熊英啪地关了门，怒气闷在胸口，自言自语，"黄永胜这色鬼豺狼，玩腻了，翻脸不认人，不就是误伤了一下你旺海吗？又损失不了多少，就值得你黄永胜这么对我绝情吗？如今看来，问题不是这么简简单单的抢个客户。俗话讲，商场如战场。黄永胜这小人是在忌妒自己近月来客户多了，生意好了，业大了，将来是他的抗衡对手。"都说同行生意对面敌，现在自己已是他的眼中钉，骨中刺，他恨不得把"碧波"挤垮！当她彻悟过来，气也就消了一大半，心里也就平静了许多。

这时办公室的电话响起，张军抓起听筒，是找熊英的。熊英不接，张军对话筒说了几句，回头说："他说非你接不可，有很重要的事。""不接，不接。"熊英在被窝里吼。"你起来，你起来呀，是关于进货的事。"张军进房拉她。"进货？"熊英翻身坐起，披头散发跑进办公室，抓起听筒，电话那头的声音是熟悉的："喂，是熊小姐吗？猜猜我是谁？"熊英说："听出来了，有什么事吗？"那头说："没事我也不会打电话骚扰你。"熊英把电话机拿起，背对张军："有话就直说吧，何必拐弯抹角，你这德行，再不说，我就挂了。"那头说："挂吧，前阵子，你不是说要找一家鱼虾饲料厂吗？我帮你找到了。只有它生产的饲料才可以与旺海比。"熊英说："是吗？厂家在哪里？可以直接告诉我吗？"那头说："急什么，找个地方慢慢谈谈嘛。""说个时间和地点吧。"熊英压低了声音，然后一直听对方把话说完，挂了机。

"谁呀？"张军问。

"老同事。"熊英淡淡地说，"我出去一下。"

熊英夹了提包，吩咐张军把搁置的那单业务继续联系。

"回来吃晚饭吗？"张军跟到门口问。

"不回了，你们自己随便弄点吃的，要不就吃快餐。"

熊英一边说，一边下了楼。

她搭上茂名的客车，刚好是薄暮时分，还能看见晚霞。她很久没有坐过客车了，车上人有些拥挤，使她想起刚到港城那阵，经常这样被方进搂着腰坐公车，感觉也挺幸福的。

方进，是她的第二位恋人，大学本科毕业后到港城打工，两人在港城打工偶然机会恋上的。同居了近一年，两人因某事吵架了，方进便赌气到茂名发展了。自方进到茂名，熊英去过茂名两次，方进请她吃饭，又吵了一次架，关系勉强继续着。后来，毕竟两地分居了，慢慢地疏远了，说分手也算分手了，但彼此时间久了会来电话询问对方情况，一般是方进主动打电话过来的。因此，他熟知熊英公司的处境状况，可私下的事双方都很少提及或不提及。

到站了，服务员职业性地叫站点。她望着车窗外 晃而过的建筑物，两人半年不见，变啥样了，她带着这个问题，在约定地点下了车。

站台下等的人是方进，灰格子短袖衬衫，纽扣封得严严实实，青色西裤，裤头不是系在腰上，而是挂在肋骨上，头发梳得很整齐，大奔头，一张长方脸，显得成熟稳重，他一向是这样的，熊英熟悉得有一些忧伤。方进迎着，还是低沉的声音："你来了。"然后习惯性伸出右手，握住熊英的手，一会儿便松开了。他的脸很平静，看不出什么异常的激动与兴奋。时间可以冲淡一切，心情没有剧烈的变化，他与她并排着走，每个话题仿佛是从深谷传来，幽如叹息。当初爱得轰轰烈烈，到如今却这么平淡，爱的火焰已经熄灭，心底似乎还有丝丝亮光游动，也许这就是为何彼此还要如此再见的理由。熊英沉思着，手机响了，她拉拉链的时候，发现拉链已经拉开，钱包不翼而飞。回想起来，肯定是前一站下车的那个男人，那个头发揩了油，还偷钱的人，幸好手机还在。本想请方进的客，现在计划打消了，她不露声色："去哪呀？"方进说："去咖啡厅坐坐吧。""我不想去那儿，还是去广场那边的小吃店吧。"

广场后面是小吃一条街，店铺都是临时帐篷搭建的，几个平方米，十几个平方米，三五个小桌，配三寸高的塑料小凳，两三个老乡或朋友，炒几个小菜，喝几杯啤酒，既是打工人实惠的经济餐，又别有一番情趣。

他们挑了一个整洁一点的地方，面对面坐了下来。方进说："这个店好像我们之前来过。"熊英一边用茶水洗餐具，一边说："嗯，好像来过。"方进把手揽到脑后，往后叹息地靠了一下，小椅子哗的一声烂了，方进瘫坐在地上，沾了一屁股泥。他立即站起来，把泥擦去，又摸摸屁股，有点尴尬的样子，把熊英逗乐了。老板拿来两把新椅子，似笑非笑地给他换了。"老板，两瓶啤酒，两个荤菜，一个青菜。"方进是不胜酒力的，他只是借酒力发酒疯，或者说是借酒力壮胆的，第一次向她表白，就是多喝了一杯酒，还咬着熊英的耳朵吞吞吐吐说了三次，才把"我爱你"三个字说出来。方进的胆子比较小，书呆子气重，熊英一直没有改变这个看法。"来吧，我陪你喝，"熊英说，"恭喜你又升职了。"方进端起酒杯，还没喝就感觉有些飘飘然了，说："再过一年，我就要做到总经理助理，35岁前要做到副总经理的位置。"熊英把酒干了，又斟了一杯说："我知道你有上进心。"方进自己干了一杯，又满了一杯。方进再叫酒的时候，熊英把住了他的手腕说："你喝醉了，把我的事忘了。"

"我哪会忘了，好，我说，我说。"他从口袋里摸出一张纸条，展开说："粤西昌港养殖饲料厂，联系人，朱永昌。"读后便把纸条交给熊英，说："我急你公司所急，打听了许多人，走遍了整个茂名地区，这个饲料厂我亲自考察过，饲料质量上乘，牌子也很响，声誉很好，绝对可以与港城旺海比高低，分上下，应该胜于旺海的，这回你得救了，我办事，你绝对放心吧！熊英，说心里话，我一直在'爱'你，爱你爱得好苦啊！"

熊英听完方进这么说，激动得几乎流下了眼泪，心里说："书呆子呀，书呆子，有情有义的男人，我会记住你的好！"然而，她心里涌起一阵阵的酸楚，悔恨当初……

现在，她与张军已是事实婚姻，搭档夫妻了，时间不可倒流，人生不可回头。对于方进的如此浓情，她不知如何对方进说，只能用感激的口吻："方进，你对我太好了，太感激你了！若有来世，咱们……"她激动得说不出话来。

方进见她如此激动，便过来搂紧她，说："怎么啦，熊英？"

熊英眼泪滚出，断断续续说："方进，你对我这么好，而我却对不起你了，我——我——我已跟张军做搭档夫妻了！"

方进没有因熊英的话而激动，却安慰她说："咱们不说这个，好不？咱们再来一瓶，一醉方休！"

于是，第三瓶啤酒又见底，两人都醉得不亦乐乎。

方进用克醉手法清醒了一下醉意，买了单。

　　方进扶起熊英，在附近小食店旁边开了间钟点房，两人便倒在房间床上，醉沉沉地睡了一个多小时。

　　先是方进醒过来，推醒熊英，她迷迷糊糊地睁开了双眼。这时，方进借着酒劲，想要热吻熊英，但是熊英毕竟还是克制住了自己……

　　过了一会儿，熊英装作若无其事的样子，说："方进，咱有缘无分，咱都认命吧，若有来世，我再好好伺候你！"

　　熊英醉意差不多消了，忽然想起时间不早了，便说："方进，我得赶回去，应该还能赶上回港城的尾班车吧。"

　　方进说："不用赶尾班车，我叫单位车送你回去。"

　　熊英执意不用他单位车送，于是，起身告辞，赶往国道才想起自己口袋里的钱在来时已被偷走了。这时，正好开往港城的尾班车经过，她上了车，与司机说明了情况，司机通情达理，同意她明天把车票款送到车站售票窗口。

　　回到碧波公司，已是午夜12点。

　　次日一早，张军拿着方进的纸条，与小陈一起开货车到了电白工业区，按着地址找到了粤西昌港养殖饲料厂，经协商，双方签订了购销合同，价格比港城黄永胜旺海稍低了一点儿。于是，张军购回第一批鱼虾饲料。这下子，碧波得救了，前阵子大家的愁眉苦脸顿时烟消云散，焕发出笑颜。

　　自从有了粤西昌港养殖饲料厂供给客户，碧波的生意便如日中天。因为昌港的饲料质量比旺海的还要好，价格又适宜，客户非常喜欢，销售量比原来多出了几倍。这时，熊英亲自出马，信心十足地赶往电白粤西昌港饲料厂，与厂方签订了雷州三县市的总经销合同，雄霸一方。这样，港城旺海饲料厂傻眼了，旺海黄永胜对熊英的碧波刮目相看。可冤家路窄，偶然遇上熊英，只能认输佩服，说："熊总，你真行，了不起！"说后，乖乖离去。

　　这段时间，碧波几乎是在欢乐中度过的。终于，命运又露出了笑脸。熊英恢复了往日的庄重大方与优雅稳重，一场困境差点把她变成泼妇，差点要她命。如今，雨过天晴，怎么不叫她精神振奋呢。熊英按照自己的构思，把办公室粉刷了一番，摆上了装饰盆景，又购回了茶几、沙发和电视，又把表姐从老家请来做饭。

　　那些做饭的事不用再操心，熊英每天闲多了，还多了个聊天的伴。日子过得真美。李丹丹听说熊英的公司开得不错，串门来了。她环顾这办公室，眼睛瞪直了："哇，熊英，你真做女大老板了，像模像样，一年的变化真大呀！"

熊英乐了。

李丹丹点了点办公桌，一把把椅子试坐："哇，老板就这么做来的，熊英发了。"熊英很得意似的，一抬屁股坐在了办公桌上，说："俺自己开公司就是舒服，若是打工，你敢把屁股挪在办公桌上吗？小心炒你鱿鱼。"李丹丹见熊英如此来劲，说："做了老板就是土财主了，请客！"

"好，我请客，咱们到海富大酒店吃海鲜，奢侈一回。"

"老板就是老板，豪气，俗话说，财大气粗，一点都不假。"

这时，张军、小陈刚好送货回来，便一起坐自己的车子到海富大酒店去。

海富四星级大酒店，若非请重要客户，一般人不会到那地方消费。四星级酒店进门口有人问好，有人提行李，脱了鞋子有人擦鞋，服务就是不同，因为你是老板，是贵宾，进这道门都是身份不一般的。

柔软的地毯，金碧辉煌的装饰，让人置身宫殿一般，难得来一次，感觉特新奇。熊英说，以前从来没有想过会有今天，总是盼望着老板请客来一次，没想到我们也有这么光彩的一天，自己买单，不是别人请客哦。

一进酒店大堂，人就自觉地抬起头来，挺直了胸，这种地方就是这么怪。

服务员送上来刀叉筷子，面对这些，他们在猜想如何使用这些工具，李丹丹伸手摸摸筷子，摸摸碗，又摸摸热毛巾，不知所措。她左顾右盼，学熊英吃饭的姿势和方法，一不小心就弄出洋相来，她用桌布擦嘴巴，笑死熊英了。小陈来过一次，张军陪客户来过多回了。小陈就当李丹丹的师傅，手把手教她。"没吃过猪肉，还没见过猪跑吗？！去，去，我自己来，李丹丹挺犟的。"他们吃着聊着这菜的口味，这里的环境，这里的服务，真是不一般。"那五星级不是更不可思议了！"李丹丹说，"熊英，下次我们去五星级逛逛。""逛逛？你是吃饱了去逛吧，哈哈。"熊英乐翻了。

全一色的港城味。吃鸡，以白切为主，蘸蒜蓉吃，原汁原味，香滑可口。熊英点了一桌五颜六色的，有蒸的、炸的……李丹丹说："真不好意思让你这么破费。"四个人吃得很开心，津津有味。大家更多的是关注自己的感受，吃的是扬眉吐气。吃到差不多了，小陈叼一根牙签，一边撬一边哼。"小陈，牙签拿过来，"熊英说，"咱们也感受一下抠牙缝是什么滋味，丹丹，给你一支。""小陈，你的手势不对呀，掏牙缝是有讲究的，要捂着嘴，文雅一点，不当着大家的面，

不信你们前后瞧瞧别人。"李丹丹说。熊英笑弯了腰。就像一群刘姥姥进大观园，熊英得意着。买单的时候，熊英不是感到花钱了，而是感到更长志气，终于自己做主，自己当回老板，这感觉就是不一样。

他们的心情被吹得飘了起来。"在这里吃饭的，没有一个人比俺们多个鼻子，怎么样，我们跟你们一样，也从这里出入，大摇大摆的。"一餐饭，熊英尽地主之谊，吃的是老板心态，让李丹丹煞是开心，感慨万千。

中秋节前，熊英挺着大肚子与张军在海富大酒店举行了隆重婚礼。元旦，熊英生下了一个肥乎乎的男儿小宝贝。春节到了，一家三口，高高兴兴把家还。张军是开着日本皇冠牌小轿车回老家的，全村人一看这派头，就知道张家发达了。

红土汉子与苦命女人

"你又不是匠人，当个小工，一天挣几个钱，连自己的嘴都糊不住！你何必去受这个罪呢？咱们家里一边种地，一边经营养鱼场，这不很好的吗！"大哥苏学武对弟弟学文说。

"我已经二十几的人了，我自己也可以干点什么事！"学文说。学武一时不能理解弟弟是什么意思："难道你现在没事可干吗？"

但学武猛然感到，弟弟已经成大人了！他已经不能再像过去一样在他面前以老大自居了！是呀，弟弟大了……

现在，学武已经明白，尽管他不情愿弟弟出走，但看来已经很难劝阻他了。

天已经黑了，村子里亮起了模糊的灯光。不知谁家婆姨正拖长声音呼叫孩子回家睡觉。溪口河水朗朗，吟唱着那支永不疲倦的歌……

苏学武已不再和弟弟争辩。他伤感地对学文说："那你看着办吧，你已经成了大人，我——"他感到语塞，竟不知说什么了。

这时候，苏学文的心情也沉重起来。他对哥哥说："我走了，你和爸爸的负担就更重了。"

学武轻轻叹了一口气，说："既然你一心要出去，也就不要牵挂家里。你自己一个人在外面，无依无靠，倒要好好操心呀！家里的事你放心，有我呀。"

黑暗中，两团泪水涌满了学文的双眼……

几天以后，学文就决定上港城去。

这些天，母亲对小儿子出远门打工，总放心不下，舍不得，流着泪为学文缝补衣服、清洗被子等，为他的远行收拾行李。学武从手头挤出 60 块钱，硬往弟弟手里塞——学文只接 20 元；他知道家里现在需要钱，他不愿拿这么多；再说，既然他要出门，就得靠自己的双手去谋生了！

临走的前一天晚上，他与母亲一起打捆好自己的行李。

晚上，他和衣躺在床上，心潮起伏。明天他就要走了，走向一个前途未卜的世界。他现在才感到人生的艰难与渺茫……

思绪中，父亲走过来，立在床边，手里拿着当年他上学时用过的那个旧黄提包，说："我已叫刘师傅把那坏了的拉链修好。刘师傅说，以后用的时候，拿肥皂擦一擦。"

他触景伤情，对父亲说："嗯。"

第二天早晨，全家人在公路边上为学文送行，长途汽车一停住，学文就立刻提起行李挤了上去。他尽量笑着挥手向亲人们告别，而并不知道两颗泪珠早已从他的脸颊上滑落下来……

客车经过沿途的颠簸，午后时分终于到达港城客运站。

苏学文下了车，在车站门口向一位大叔打听在哪里能找到"小工"做。大叔用手指出"南桥"那一带是对外地人"招工"的地方。于是，学文按大叔指的方向奔去。

他到了南桥，可见杂七杂八的市场卖点和针对外地人的服务性行业摊点。而进入这个城市的大部分外地人实际上都是来找工谋生的农村手艺人或纯粹的庄稼汉，因此，那些旅店、饭馆都是档次很低的。南桥桥头是传统的出卖劳动力的市场，平时经常像集市一般拥满了各地漫流下来的匠人和小工，等待包工头们来"招工"。

当苏学文背着自己的那点行李，挤到街上的时候，他便置身于海港城市了。他恍惚地立着，愕然地看着这个令人眼花缭乱的世界。眼前的一切，对他来说，是十分陌生的。

刹那间，他被硕大的城市震慑住了，甚至忘记了自己的存在。

这就是我要开始生活的地方吗？他在心里对自己发出了疑问。你，身上带着十几块钱，赤手空拳来到这里，你怎样才能生活下去呢？

这一切，他自己全然不知道。

他此刻唯一意识到的是，他已经来到了一个"新地方"。至于到这里怎么办，他一时的确还难以想象。

苏学文发了一会儿愣怔，便迈着沉重的脚步，往前走去。

他看到街道两边的人行道上，挤满了许多衣衫不整的人。他们身边都放着一卷像他一样的行李，有的行李上还别着锤、刨、方尺、曲尺、墨斗和竹片做成的工具包。这些人有的心神不定地走来走去，有的麻木不仁地坐着，有的听天由命地干脆枕着行李睡在人行道旁边。学文马上知道，这就是他的世界。他将像这些人一样，要在这里等待人来买他的力气。

他便自然地加入了这个杂乱的阵营，找了一块空地方把行李搁下。周围没有人注意他参加到他们的队伍中来。和这些同行比起来，他除了皮肤还不算粗糙外，穿戴和行李没有什么异样的。不过，他发现，他和他周围的所有人，也并不被街上行走的其他人所注意。由汽车、自行车和行人组成的那条长河，虽然就在他们身边流动，但实际上却是另外一个天地。街上走动的干部和市民们，没什么人认真地看一眼这些流落街头的外乡人。

他不熟练地卷起一根纸烟，靠着自己的铺盖卷抽起来。此时已经是下午，南桥河被西斜的太阳照耀得一片金光灿烂。河西边的楼房已经沉浸在河水的倒影中。城市千奇百怪的噪音听起来像瀑布一般喧嚣。尽管满眼都是人群，但他感觉自己像置身于一片荒无人烟的旷野里。一种孤独和恐慌使他忍不住把眼睛闭起来。现实的景象消失了。他通过心灵的感觉，却看见了炊烟袅袅的海北村，看见夕阳染红的溪口河，饮饱水的水牛抬起头来，静静地凝视着远方的山坡……

"唔——"他呻吟般地发出一声叹息。

严酷的现实立刻横在这个漂泊的青年面前。他既没有闯世的经验，又没有谋生的技能，仅仅凭着一股勇气就来到了这个城市。

他靠在砖墙边自己的铺盖卷上，久久地闭着眼睛。他内心痛苦而烦乱，感觉自己在这里无法掌控自己的命运。

那么，再返回海北村吗？这很容易，明天早晨买一张汽车票，大半天就回去了——回到他那另一种苦恼之中……可是，他怎么能回去呢？

苏学文尽量使自己的精神振作起来，他必须在这个城市里活下去。一切过去的生活都已经成为历史，而新的生活现在就从这大桥头开始了。他思量，过去战争年代，像他这样的青年，多少人每天都面临着死亡呢！而现在是和平年月，他充其量吃些苦罢了，总不会有死的威胁。想想看，比起死亡来说，此刻的你安然立在这桥头，并且还准备劳动和生活，难道这不是一种幸福吗？他要把眼前大街上幸福和幸运的人忘掉。而把饥饿、受辱、受苦当作自己正常的生

活……

这种自我安慰的想法，使苏学文的心平静了一些。他开始谋算自己眼下该怎么办。

他没想到，聚在南桥"找工作"的人这么多。他看见，每当一个穿油光发亮涤卡衫的包工头嘴里叼名牌香烟来到大桥头的时候，很快就被一群找工汉包围了。包工头就像买牲畜一样打量着周围的一圈人，并且还在人身上捏捏，看身体是否强好，然后才挑选几个人带走。带走的人就像参加了工作一样高兴；而没被挑上的人只好灰心地又回到自己的铺盖卷旁边，等待着下一个包工头的到来。

当又一位嘴里叼着香烟的家伙来到大桥头的时候，学文也毫不犹豫地跟随众人，挤到他的眼前，怀着激动的心情等待选拔。

这人迅速扫视了一下周围，说："要三个匠人！"

"要不要小工？"有人问。

"不要！"

那些匠人们便带着高人一等的优越感，把小工甩在一边，纷纷问包工头："一个工多少钱？"

"老行情！四块！"

所有的匠人都争着要去，但包工头只挑其中三个身体最好的带上走了。

苏学文只好沮丧地退回到桥脚边上。

最后一缕太阳的光芒消失了。天色渐渐暗下来。街上和桥上的路灯都亮了——黑夜即将来临。大桥头的人群稀疏起来。

苏学文仍然焦急地立在桥脚边上。看来这工不好找！至少今天是没有任何希望了！

那么，他晚上到什么地方去住呢？

当然，他可以去住便宜的旅馆——他身上带着哥哥给的十几块钱。

但他舍不得花钱。

他想到了车站的候车室。是呀，那里有长木椅子，睡觉蛮好的！

他于是就提起那点行李，重新返回长途汽车站。

他在候车室门口就被一位戴红袖标的执勤老头拦挡住了。"这里不让住宿！"

唉，不让住也有道理。如果这里可以过夜，那么找工汉把这地方挤不破才怪！

他碰了一鼻子灰，只好离开了。

夜幕下的城市看起来比昼间更为壮丽，辉煌的灯光勾勒出五光十色的景象，令人炫目。大街上，年轻的男女拉着手，愉快地说笑着，纷纷向电影院走去。

苏学文扛着自己的行李，回避着刺目的路灯光，顺着黑暗的墙根，又返回到了南桥头。这桥脚下无形中已经成了他的"家"。现在，他与找工汉就在这里过夜。

这一夜，学文在桥底下与蚊子混战了一夜，早上起来，脸上被蚊子咬的地方红点斑斑，似麻子模样。

他不顾这一切，马上到附近买了几个粗粮面包狼吞虎咽下去，消除了饥饿。他返回桥头招工摊位，一个包工头第一个赶来桥头招工，他说海边海堤路建筑工程需要石匠和小工，石匠每天 6 元，小工每天 3 元，并声明这是重体力活，是扛或挑或背石头的，身体要撑架得住才行！

那包工头问学文："你能撑得起吗？"

学文说："我体力很好，绝对没问题。"

那包工头说："好，那先试工三天吧！一天得干 10 个小时，每天 3 元钱！"

学文急切地问："有没有住宿？"

包工头说："住在海边的临时沥青工棚，行吗？"

"行，不要紧，有藏身之处就行了。"学文回应说。

上工的事谈妥后，学文来到大街上，他觉得脚步异常轻松起来。这时他才注意到街道两旁的景致。商店的门都开了，到处都是熙熙攘攘的人群。大橱窗里花花绿绿，五光十色。姑娘们穿上鲜艳的衣服，手里拎着时髦的小皮革包，挺着高高的胸脯在街道上穿行。人行道上的紫荆树缀满了美丽的花朵，芬芳的香味飘满全城。

苏学文浑身像剥去了一层沉重而坚硬的甲壳，胳膊腿充满了柔韧的弹性，他感到春风吹拂在脸上，就像一只温柔的手在亲切地抚摸着他。他内心洋溢着欢乐——他终于有"工作"了。

包工头引着学文，把他安排到匠工们住的沥青工棚里，并且把他交给监工。沥青工棚里有着十七八个铺盖卷，地方几乎都占满了。学文只好把自己的那点

行李放在工棚最里面的地方。

吃过中午饭，学文就上了工。他当然干最重的活——到石头堆里挑石头到海边。

挑着一百多斤的大石头，从那道陡坡上面往下走，人简直连腰都直不起来，劳动强度如同使苦役的牛马一般。

学文尽管没有受过这样的苦，但他咬着牙不使自己比别人落后。他知道，对于一个小工来说，上工的头三天是最重要的。如果开头几天不行，包工头就会把你立刻辞退——南桥头有的是小工！

每当挑着石头下坡的时候，他的意识就处于半麻痹的状态。沉重的石头几乎把他挤到土地里去。汗水像小溪一样在脸上纵横漫流。而他却腾不出手去揩一把；眼睛被汗水腌得火辣辣地疼，一路上只能半睁半闭。两条打战的腿如同筛糠，随时都有倒下的危险。这时候，世界上什么东西都不存在了，思维只集中在一个点上：向前走，把石头挑到海边的地方——那里对他来说，每一次都几乎是一个不可企及的伟大目标！

三天下来，他的肩膀就被压肿，皮破了。他无法目睹自己肩膀上的惨状，只感到像带刺的葛针条刷过一般。两只手随即也肿胀起来，肉皮被石头磨得像一层透明的纸，连毛细血管都能看得见。这样的手放在新石块儿上，就像放在刀刃上！

第三天晚上他睡下的时候，整个身体像被火烧着一般灼疼。他在睡梦中渴望一种冰凉的东西扑灭他身上的火焰。他梦见下雨了，雨点滴答在烫热的脸颊上……一阵惊喜使他从睡梦中醒了过来。真奇怪！他感觉自己脸上真有几滴湿淋淋的东西。下雨了？可他睡在工棚里，雨怎么可能滴在脸上呢？

他睁大眼睛，发现他旁边的一个石匠正往被里钻。他感到一阵发呕，赶忙用被子揩了揩脸——他知道，这是那个石匠从他身上跨过时，把剩下的几滴尿淋在了他的脸上。没有必要脾气发作，做小工谁把这种事当一回事！

他蒙住头，很快又睡得什么也不知道了……

三天以后，苏学文尽管身体疼痛难忍，但他庆幸的是，他没有被包工头辞退——他闯过了第一关！

以后紧接着的日子，一切都没有什么变化。他继续咬着牙，经受着牛马般的考验。这样的时候，他甚至没有考虑他为什么要忍受如此的苦痛。是为了那三块钱吗？可以说是，也可以说不是。他认为这就是他的生活……

晚上，他脊背疼得不能再搁到褥子上了，只好趴着睡。在别人睡着的时候，他就用手把后面的衣服撩起来，让凉风抚慰他溃烂的皮肉。

五月端午节那天，工地放假了，石匠及小工们都回家过节了。

这天中午，当他就这样趴着睡觉的时候，突然感到有人在轻轻地摇晃他的头。

他一惊，睁开眼，看见他旁边蹲着一位妇女。

他在睡眼蒙眬中认出这是包工头的老婆。他赶紧把背后的衫子撩下去，遮住自己的脊背。

"你原来是干什么的？"包工头的老婆轻声问他。

"我……一直在家里劳动。"学文吞吞吐吐地说。

包工头的老婆摇摇头，说："不是！你照实说。"

学文知道他瞒哄不住这位女主人了，只好把头扭向一边，说："我原来在村里当民师，后来被村长家属挤掉了……"

包工头的老婆半天没言语。后来听见她叹了一口气，就离开了。

学文再也不能入睡，忍不住眼里涌上两行泪水。一片深沉的寂静中，很远的地方传来拖拉机的"突突"声……

第二天，出乎学文意料的是，他换了一个"好工种"——由原来挑石头调去塑石缝。

新的活当然要比挑石头轻松得多。通常这种"美差"都是包工头的亲戚或者朋友干的。不用说，和他一块挑石头的小工都大为震惊：为什么突然把你小子"提拔"了？

学文心里明白，这是女主人对他动了恻隐之心。唉，为了这位好心的妇女，他真想到什么地方去哭一鼻子。对他来说，换个轻活干当然很好，但更重要的是，他在这样严酷的环境中，竟然也感受到了人心的温暖。毋庸置疑，处在他眼下的地位，这种被别人关怀所引起的美好情感，简直无法用语言来表述……

半月以后，苏学文已经开始渐渐适应他的新生活。肩膀上溃烂的皮肉结成了干痂，变成了一种深度的疼痛；而不像开始时那般尖锐，手上的肉皮磨薄后又开始厚起来，和石头接触也没有了那种刀割般的疼痛感。身架被强度的劳累弄得松松垮垮——这样就可以较为舒服地承受一般的压力……

两个月的时光，他就好像换了一副模样。原来的细皮嫩肉变得又黑又粗糙；浓密的黑发像毡片一样散乱地贴在额头。由于活苦重，饭量骤然增大，身体看起来明显地壮了许多。两只手被石头和塑缝工具磨得生硬；右手臂有点伤，贴着一块又黑又脏的胶布。目光似乎失去了往日的光亮，像不起波浪的水潭一样沉静；上唇上的那一撇胡须似乎也更明显了。从那松散的腿胯可以看出，他已经成为地道的红土地汉子，和别的工匠混在一起，完全看不出差别。

两个月来，包工头两口子知道他原来是个教师后，对他比一般工匠都尊重一些，还让他领工的亲戚不要给他安排最重的活。这使苏学文对让他做活的这家人产生了爱戴之情。一般来说，包工头对自己雇用的工匠不会有什么温情——我掏钱，你干活，这没有什么可说的；而且要想办法让干活的人把力气都出尽！

既然包工头家对自己那么好，学文就不愿意白白领受人家这份情意。他反而主动去干最重的活，甚至还表现出一种主人公的态度来。晚饭后，他还到市区包工头家帮助这家人干另外一些活。比如，给包工头家两个上学的女儿补习功课。这样，换来了这家人对他更多的关照。有时候，在大灶上吃完饭后，包工头的老婆总要设法把他留在家里，另给他吃一点好饭食。苏学文在这期间更强烈地认识到：只有自己诚心待人，别人也才可能对自己以诚相待。如此宝贵的人生经验，对一个刚入世的青年来说，也许要比赚许多钱更为重要。

学文真心实意帮包工头的两个女儿补习功课，两个孩子学习进步很快，姐姐在数学竞赛中获全县第一名，并考上了重点中学，妹妹的期末考试成绩在班中名列前茅。这一来，包工头夫妇非常感激学文。于是，包工头出资让学文学开汽车，学文很快学会领到驾驶证。包工头便安排学文开他的小货车。

时间一晃而过，学文为包工头开了两年小货车，两年来，学文开车技能很好，一路平安，从未有过差错。这两年他一直在包工头家吃住，他为人忠厚老实，勤快肯干，待人接物样样得体，深受包工头一家人的赞赏。他爱这一家人，这一家人也很喜欢他。他热情地称呼包工头为叔叔，包工头老婆为婶婶，且对包工头的两个女儿像对自己的妹妹一样关心爱护。这对姐妹也很喜欢这位热心为自己补习功课的哥哥。

包工头与老婆商量有意将学文相认为义子。因为包工头如今业大财旺，家景美好，社会关系也好。可美中不足，他夫妇俩只有两个女儿，而没有男儿。

这样，他夫妇心里很渴望家中有一位男儿撑场面，更体面些。故这两年以来，这对夫妇对学文倍加关爱，不论物质上还是精神上都是无微不至地关怀。而学文对这家人也甚是感激，但他的感恩就是为这一家更卖力地干活，更细心地做事，更加耐心地给这两个姐妹补习好功课，而其他方面从未考虑过。

有一天，包工头夫妇看准机会，试探学文说："学文啊，你各方面表现很好，我们很喜欢你呢，我们很希望你能长期在我们这里工作、生活，跟一家人一样在一起多好啊！"

学文接着说："我也很喜欢你们，你们对我真像我爸妈一样待我好，我非常感谢你们啊！如果再没有什么好门路的话，我当然喜欢长期在你们这里工作、生活，跟你们一家人生活在一起，也是很乐意的。"

包工头夫妇见学文这么坦诚，很是高兴。包工头说："学文啊，你有什么心里话大胆跟我们说，你还希望走什么好门路大胆告诉我们，我们一定帮助你，圆你心愿，只要你能跟我们工作、生活在一起，你需要什么，我们都满足你，让你愉快生活，幸福一生！"

学文见包工头夫妇这么爱护自己、信任自己，打心底里爱上了这一家人。但他毕竟是寄人篱下，不敢回应他夫妻所说的，便说："叔叔、婶婶，我对往后走什么好门路还未考虑好呢，能跟你们一起工作、生活，我已经很知足了，真的很感谢你们了。"

包工头夫妇见学文这么说，也就暂时不愿把认他为义子一事提出来，心想，待时机成熟时再说吧。于是，包工头只好说："学文啊，我和你婶婶真是把你当成自己亲生孩子一样喜欢你，爱你的。我们的心愿你也清楚了，希望你能把心思放在我们这里吧。还有，我们很想到你们家跟你们爸妈一家人见一下面，咱们两家好好交流，结为友好多好啊，你如果同意的话，明天你回家跟你爸妈家人说说，看他们意见怎样，再回答我，好吗？"

学文马上说："好，我明天回去跟他们说说。"

第二天，学文回家跟爸妈一说，两老通情达理，欣然同意。于是，包工头夫妇兴致勃勃，备足礼品到学文家拜访去。

包工头夫妇向学文爸妈表明他夫妇的心愿，说出了要认学文为干儿子一事。学文爸妈见包工头夫妇如此情真意切，便表示赞同。

于是，学文爸妈跟学文商量一下这回事，学文是孝道的儿子，既然爸妈都

同意了，也顺从了这回事儿。从此，学文便成了包工头的干儿子。包工头一家与学文一家也就成了亲戚，两家友好往来，包工头给予学文一家许多方面的帮助照顾，资助学文哥哥扩建了浅海鱼虾养殖场。养殖场扩建后，风调雨顺，经济效益也很可观。学文一家的生活也越来越美好了。

学文自从成了包工头的干儿子后，工作热情更加高涨，干劲更足。包工头夫妇对学文也更加信赖与呵护，不但让学文开小货车，还让学文开新买的日本皇冠牌小轿车，包公头外出办事，学文便开轿车接送，与干爸形影不离。公司的许多事务，干爸也让学文参与，热心扶持学文进入管理阶层，成为自己的得力助手。现在学文开的小货车运的大多是公司的重要物资，或是两家的必需物品。

某一天，学文运载哥哥鱼虾养殖场的一车饲料卸完后，返回途中经过太平镇时，一个大村庄外的场地上正有集会，黑压压挤了一大片人，看来十分热闹。

学文不由得把车停在路边，想到集上去散散心。

他把手套脱下来丢在驾驶室里，锁好车门，就走到拥挤的人群中，不远处正在唱戏，他听了听，是雷剧。戏台下面，挤了一大片人。看戏的大部分是庄稼汉。戏场外面，散乱地围了一圈卖吃喝的小贩。这些小贩也都是乡里来的，他们在土场上临时支起锅灶，吆喝声不断。锣鼓丝弦和人群的喧嚣组成一个闹哄哄的世界，整个土场子上空笼罩着庄稼人蹿起的红尘和土炉灶里升起的烟雾。

学文原来准备到前面去看一会儿戏，但人群太稠密，挤不到前面，只好立在远处听了一会儿。戏是《真假状元》，他已经在本村看过，也就没什么兴趣了。

不久他才发现，戏台子后面的一个小山坡上，立着一座新盖起的小庙。他大为吃惊，现在政策一宽，有人竟然敢弄起了庙堂！

这的确是一座新修的庙。看来这里原来就有过庙，可能被拆除了——半岛雷州过去每个村庄几乎都有庙，他们村也有一座。不过，后来都拆除了。现在，这里的村民们，竟然又盖起了新庙，这真叫人不可思议！说不定所有的破庙都会重新修建起来的。他们村的庙会不会也要重建呢！

学文张着好奇的嘴巴进了庙堂内。

庙堂的墙壁上画得五颜六色。供奉神位的木牌搁在水泥台上，神位前有香炉，香烟正在神案上飘绕——整个庙里弥漫着一股驱蚊香的味道。一盏长明灯静立在香炉边。地上的墙壁里扔一堆看庙老头的铺盖，庙会期间人来往不断，得有个人来监视"扒手"等。

学文看罢庙堂，又返回到戏场里。除了戏迷，看来许多乡下人都是来赶热闹的，他们四下里转悠，相互间在拥挤、碰磕中求得一种快活。一些农村姑娘羞羞答答在戏台前造作地摆好姿势照相。

他现在转到那戏场卖茶饭的人堆里，想吃点什么东西。可见，大部分是卖肉的，煮在锅里的肉汤沸腾着。庄稼人一个个蹲在地上吃得津津有味。空气里飘散着叫人垂涎的肉味。

他还是在一个卖油炸糯米饭的小摊前停了下来。卖饭的是位年轻妇女，脊背上用一条带子束着一个小孩，正弯曲身子趴在地上用嘴吹火。炉灶是临时就地筑成的。学文打算就在这里吃点东西。

他正要开口对那个吹火的妇女打招呼，那妇女倒先抬起头来，问："要几个？"

学文一下子愣住了。

那妇女也愣住了。

天啊，这竟然是胡美竹！

她怎么会在这儿？

他们在上高中时，这位出身农民家庭的姑娘在班上曾演出过几幕令人难忘的生活戏剧。起先，蔡石生和她产生过感情纠葛。后来，她和班干何应龙相好了——这已经是人人皆知的事实。可是，而今何应龙正在省里的政法学院上大学，她怎么在这样一个地方卖茶饭呢？她自己不是也当上村里接生员了吗？她背上的孩子是谁的？

学文和胡美竹相视而立，因为太突然，刹那间，都不知道该说什么。他们是同班几年的老同学，尽管那时他们交往不多，但如今相遇在异乡，倒有些百感交集。学文看见胡美竹脸色憔悴，头发散乱地披在额前，不合身的衣衫上沾着柴草和灰土，完全是农村妇女的样子。学文毕业时就知道美竹和应龙已经确定了关系——他无法想象何应龙的未婚妻现在是这么一副破败相！

不过，他在这刹那间也似乎明白了在她身上发生了些什么……

"你——"学文不知该说什么。

"我——就住在对面海湾村，离这里几里路……"胡美竹脸上涌起一种难言

的羞愧。

"你怎么到这儿来了？"她问学文。

"我是路过这里，你——"他仍然不知该问她什么。

"唉——我的情况一言难尽。我前年结婚到这里，去年刚生下孩子，男人就出海打鱼被淹死了……"

啊，原来是这样！那就是说，她和何应龙的关系早吹了。

从这简短的几句交谈中，学文就证实了胡美竹的不幸。不幸！他困难地咽了一口唾沫，不知自己该怎么办。

他也不好意思再问她什么。

"我给你炸糯米饭！"美竹这才反应过来，手忙脚乱地拿起了炊具。

"不不！我刚吃过饭，饱饱的！"学文赶忙阻拦她。

"我不信！老同学还见外！"

"真的！"学文硬不让美竹给他炸糯米饭。

唉，他还有什么心思吃这油炸糯米饭？！

"到你们村的路宽窄？"他问。

"可以通车。"美竹不知他问这干啥，瞪住了眼。

"货车能不能进去？"

"能。我们村光景好的人家，都是用汽车拉货回家。"

"你开着车？"美竹惊讶地问，神色立刻变得像面对一个大人物似的。

"嗯。"学文给她指了指停在公路边上的小货车。

"哎呀，咱们的老同学都有出息了！"

"其实我还是个农民，是跟我老板跑车。"

"不管怎样，咱们乡村开车的最吃香了！"

真的，对一个农村妇女来说，一个汽车司机就是了不起的人物。

这时候，美竹背脊上的孩子"哇哇"地哭叫起来。

她把孩子解下来，抱在怀中，也不避学文，撩起衣服襟子，掏出一只丰满的乳房塞在孩子的嘴巴上。

苏学文脸通红，不好意思地说："你先忙着！我到前面去看一会儿戏；等你做完生意，我就把你送回家。"

"怕把你的事误了呢！"

"误不了！我今天赶到咱们县城就行了。"

"你吃上炸糯米饭再走！"

"我饱着呢。"

学文说完，就离开美竹，两眼恍惚地朝戏场的人群那里走去。

他尽量往人堆里挤，好让别人挡住美竹的视线。

他立在拥挤的人群中，并不往戏台子上看，也不听上面唱了些什么。一种无比难受的滋味堵塞在他的喉咙里。

他在戏场里透过人头的缝隙，偷偷地向美竹那个地方张望。此刻，他看见美竹又把孩子束在脊背上，开始忙乱地招呼庄稼人吃油炸糯米饭——不幸的人！她为了几个买盐买油的钱，而背着孩子艰难叫卖，忍受着冷眼与劳苦。他看见她背转人，用袖口揩了一把脸。那是揩汗，还是抹眼泪？

苏学文的眼睛潮湿起来。他内心中立刻升腾起一种强烈的愿望：他要帮助不幸的美竹和她可怜的孩子！这时候，他觉得，过去做过同学的人不管当时关系怎样，往后遇到一块是这么叫人感到亲切……

学文一直在人群中偷偷看着美竹把油炸糯米饭全部卖完后，才从戏场里挤出来，向她那里走过去。

这时候，太阳就要落山了。

美竹一边嘴里说着感谢话，一边和他一起把灶具收拾起来。她告诉学文，灶具都是她邻居早上帮她搬运到这地方的。

学文把这些灶具扛到车厢放好，就让美竹抱着孩子坐在驾驶室里。

马达很有气魄地轰鸣起来。

他熟练地驾驶着小货车离开公路，转到对面海湾村。

太阳从山背后落下去了。学文打开车灯，小心翼翼地驾驶着。美竹抱着孩子，一句话也不说，静静地坐在他旁边，不时扭过脸又惊讶又佩服地在看他……

汽车在村子下边的小溪岸上停下来。天已经擦黑，村里有些人家的窗户上亮起了灯光。

学文帮助美竹把灶具搬到她家里。美竹说什么也要留他吃一顿饭。

学文推托不过，只好留下来。他看见，美竹的屋里不搁什么东西——显然是一个穷家。直到现在，他仍然不了解美竹为什么落到了这个地步！

他大方地和她一块做饭。两个人说了许多当年学校和班里的事情。美竹还向他询问了其他一些同学近几年的情况——学文知道的也不多。不过,她避而不提蔡石生和何应龙。

吃完饭后,美竹抱起孩子,又一直把他送到小溪岸边的汽车上……

苏学文在夜里才回到了县城。

他把汽车搁在停车场,就带着一种说不出的情绪走到街上一个私人开的小饭铺里。他要了二两米酒和一碟炒花生,一个人慢慢喝起来。几杯酒下肚,他的五脏六腑都好像着了火。这是他破例第一次喝酒。

苏学文走后,胡美竹把孩子哄睡着,她自己也跟着躺在了一片孤寂的黑暗中。

往常这个时候,她还要门里门外忙着干活。但今天她无心再做这一切了。她感到四肢无力,浑身软绵绵的;更主要的是,她心里烦乱不堪!

她躺在自己的床上,任凭眼泪在脸上不断线地流淌。今天她突然碰见过去班上的同学,使她本来麻木的神经受到了刺激,便忍不住又一次回想起了往事——那一切似乎都已经很遥远了……

临近毕业的前两个月的一个星期六,将近傍晚时分,她与家住县城的初恋男同学(班干)何应龙看完电影后返校,可在离校不远处的那段偏僻的路上,遭到一流氓……这等事,作为一个弱女子的她,怕丢脸,不敢报警,也不敢告诉任何人,独自吞下这劫难苦果罢了。可次月她月经不来了,她意识到自己可能怀孕了。她独自默默到县城人民医院妇科做人流。可医生正巧是她同班要好女同学的姐姐,这医生一眼便认出她来。因为她曾多次到这要好的女同学家玩过,这医生早就认识了她。

这位医生做完人流手术后,问美竹这是怎么回事,她便撒谎说是跟一位男同学有的,并跪地求这位医生,说此事如果传出去,她一辈子就完了,不但学校处罚开除她,而她今后再无脸见人了,只有寻死了。她哀求医生行行好,替她保密,不能告诉任何人,包括医生的妹妹——她要好的同学。医生出于医德,也被她的跪求所感动,答应她不会告诉任何人,包括她的妹妹。这事就这么蒙混过去了。她终于保住了名誉,毕业后,她像逃犯一样离开了县城,离开了学校。

回到村子以后,她慢慢才把心平静下来。她竭力使自己忘掉那件丑陋的事。

不久以后，在公社卫生院亲戚的帮助下，她在村里当了接生卫生员。生活似乎再一次被太阳照亮了。

这期间，她一直和城里的何应龙保持着通信关系。他们的信件来往十分频繁，每个星期都各写一封。在信中，相互间的恋爱已经公开了。她每个星期都在等待那封甜蜜的信，沉浸在无比幸福之中。她看来真的已经完全忘记了那场刺伤她心灵的劫难。

过了不久，她按捺不住自己的激动，就把她和何应龙的关系向父母亲说了。

当然，两个老人比她还激动。和县卫生局何建明局长的儿子结亲，对一个农民家庭来说，那简直是一种荣耀。如果在旧社会，美竹她爷爷的爷爷发达的时候，这亲事也可以说门当户对。可如今他们是什么光景？！和何家比较，人家在天上，自家在地下，差别太大了！让两个老人欣慰的是，他们含辛茹苦供养女儿上学，一番苦心终于没有白操。

由于这件事的出现，这个两代多年破败的家庭一下子有了生气。在亲人们的眼里，美竹成了全家的大救星。

但是，命运常常捉弄人。1980 年春天，灾难重新降临在了胡美竹的头上。

她自己并不知道，"人流事件"败露在了她亲爱的人面前。传播这件丑闻的是那位人流女医生的丈夫。因为何建明是全县的知名医学领导。他儿子的婚事也就会有许多人关心。当应龙和美竹的关系在县城有了传闻后，女医生告知丈夫美竹人流事件，她丈夫便知道，何局长的儿媳妇竟然就是在他医院做过人流的女学生。女医生的丈夫为了讨好他的上司，升任科室主任，便向何局长揭穿了这个"秘密"。

何局长一生修身养性，崇尚《孔子家语》，岂能容一个作风丑恶的女子成为自己的儿媳妇？他将应龙叫到跟前，把他严厉地训斥了一通，让儿子尽快和那个作风败坏的女同学断绝往来！

何应龙一听这事，如同晴天霹雳。他决不相信他所爱的人会做出这种事！他没有当面顶撞父亲，但也没有答应和美竹断绝交往。他已经不是小孩子，尽管他尊敬父亲，可这种事怎么能盲目地听从他呢？本来他正埋头复习功课，准备次年的高考，但他决定甩开手头的一切，到乡下去找美竹……

而所有这些胡美竹当时还蒙在鼓里。她仍然沉浸在她的幸福之中。

她第一个不幸的兆头出现了——腊月底的一星期内没有接到应龙的信。

这太反常了！

正在她纳闷的时候，应龙突然到她家里来了。她这才又马上心花怒放——原来他是要上她的门，才没给她回信，给她来个惊喜！

何应龙一到，受宠若惊的美竹一家就紧急行动起来，手忙脚乱地开始给他张罗吃喝。他们翻箱倒柜，把所有准备过年节的东西都拿了来，真是恨不能把自己的心肝掏出来款待这位未来的女婿。

但美竹很快发现，何应龙神色有点不对。为什么？是不是嫌她家穷？

"唉，你原来就应该想到我家庭的状况！"她心里想。

吃完美竹父母精心制作的饭菜后，应龙就和美竹一块到村外的山野里去转悠。一路上，美竹兴奋地对他说这说那，他只是低着头听她说，自己很少开口。那时正值新春到来，南国春来早，芳草青青，柳绿花红，阳光美好地照耀着这对在山野里散步的青年。

在一株艳艳的山花下，他们停下了脚步。美竹手攀花枝，含情脉脉地望着她亲爱的人。

但何应龙仍然神色严峻，用一只脚蹭着刚冒出地皮的草芽子。他抬头望了一眼美竹，突然开口说："我有件事想问问你！"

"什么事？"美竹一下子警觉起来。

"你是不是毕业前在县人民医院妇产科做过人流手术？"应龙直截了当地问。他迫切地想知道真情啊！

他紧张地望着她，显然希望她的回答是否定的。

美竹两眼一阵发黑，她失神地望着远方的山峦，泪水如泉似的涌出了眼眶。她脑子里冒出的字眼是：完了！

她是那么爱他，因此她不准备再隐瞒他了。她明白，这事他迟早会知道的。现在她承认了，也就在精神上获得了彻底的解脱。以前她尽管假装自己忘记了这件事，采取了一种掩耳盗铃的自欺方法，但实际上这事一直像蛇一般在她心灵深处盘缠着；而且随着她和应龙关系的加深，这件事对她的折磨就更厉害了。好，承认了吧！她现在已经不管应龙是否再和她好了。

"没这事吧？你快说呀！"应龙叫道。

"有。"她平静地说。

"不！不！这是为什么，为什么？为什么……"何应龙瞪着惊恐的眼睛，绝望地喊叫着。他一下子倒在她旁边的地上，两只手疯狂地抓着黄土，哭起来了。

美竹像死人一样呆坐着。她不再对何应龙解释这件事的前前后后。反正一切都完了，她感到天空和大地一起在她眼前旋转。

过了片刻，满脸糊着红土和泪痕的何应龙爬起来，悲愤地转过身，默默无语地沿着弯弯的山路走了——永远地走了。空旷的山野里，在那死一般的寂寥之中，只有美竹哀唱着几首深情而忧伤的雷州歌谣在红土上空飘荡：

想起同窗二年间，同论同谈书同篇；
同喜同欢同快乐，同心同情咱两人。

咱俩牵手西湖边，蜜语甜言暖心间；
亲如同胞共母肚，天生都没这自然。

毕业分手那瞬间，满脸泪淋洒路边；
恰似天崩倒来压，势逼分离咱两人。

分离那时恨地天，一步回头人倒癫；
咬紧牙关掉头回，浑身都没点魂神。

流泪分离两地间，度日也同三秋天；
废寝忘餐空怀恨，翻来覆去难入眠。

日月星辰轮流转，冬去春来艳阳天；
南河滔滔东流逝，书信往来心景妍。

你我恋爱情无尽，织女牛郎笑满脸；
鸳鸯戏水龙凤舞，花好月圆好爽神。

（真可恨）横来是非祸无尽，拆散姻缘苦无边；
自吞黄连向谁诉，悲伤断肠成泪人。

············

从此以后，她就堕入了一片黑暗之中。过去的一切都成了一场梦。她恨死那强奸她的流氓，也抱怨那医生。是他们把自己的青春年华毁灭了。

同年高考后，她听说何应龙考进了省政法学院。这消息既不使她高兴，也不使她痛苦。那个人的好好坏坏已经与她无关，至于他那光辉的前程，她早就估计到了。

第二年夏天，本村干部的子女都从高中毕业回了村，她的村接生卫生员职位也自然被挤掉了。她并不为此而过分地难受，她的暗淡命运也早就注定了。

这时候，外县一个亲戚给她介绍了当地一位农村赤脚医生。她二话没说就答应了这门亲事。她挎着一个土布包袱，单身一人来到这陌生的地方，很快就结婚了……

她对自己的婚姻很满足。丈夫是个赤脚医生，人很老实，爱她，体贴她。公公和婆婆跟她丈夫的弟弟一块过，他们小两口单家独户，倒也很安乐。再说，这地方已经到了外县，她对这一点也很满意——她要远离她的痛苦与耻辱之地。

不久，她怀孕了。她摸着自己不断鼓胀起来的肚子，重新体验到了人生的幸福，往日的不幸渐渐变得遥远而模糊了。

但是，灾难再一次从天而降。她的孩子刚满月，男人就死了。可怜的丈夫积攒了一点钱，想重新整修一院房屋，利用空闲时间便租船并雇了几个人出海捕鱼赚钱，不料遭遇海难，命葬大海！

丈夫死后，她完全变成了另外一个人。她不再奢望人世间的温暖和幸福。世界上的其他事对她来说不仅是遥远的，而且是不存在的。她相信她生来就要吃一辈子苦，受一辈子罪。她活着的唯一寄托就是她的这个小生命——她亲爱的儿子。她感谢老天爷动了恻隐之心，看见了她的不幸，给了她这样一个关照。

为了这孩子，她忍着悲痛重新开始了生活。她天天出山耕田种地，天冷天热，孩子都背在她的脊背上。她公公和丈夫的弟弟也穷家薄业，给她帮不上什么忙，她就一个人咬着牙苦熬日子……

这几天，溪河对面村有庙会，她想着到庙会上去卖点茶饭，好给孩子置办点必需的东西。于是，在邻居的帮助下，她就把一点简单的灶具等搬运到那个戏场子里，卖起了油炸糯米饭。她做梦也想不到，在这个地方碰见了过去班上的同学苏学文……

胡美竹躺在黑暗中的板床上，一边流泪，一边心酸地回首往事。她真后悔去庙会上卖糯米饭；要不，她就不会碰见苏学文了。她不愿意再见过去那些同学的面。她希望悄无声息地在异乡了却自己的一生；看见过去的熟人，她就会想起自己的往事——而往事是不堪回首的啊！

美竹又想，苏学文是偶尔相遇，走了也就走了。学文现在是堂堂的汽车司机，她穷家薄业的，人家怎会把她这样的人放在眼里呢？再说，过去在学校里，她和学文也没什么交往。

可是出乎意料的是，三天以后，苏学文竟然又开着汽车，来到她家里。胡美竹大吃一惊——简直不相信这是真的！

好心肠的学文给她拉了几百斤木柴，带了几麻袋大米和一塑料桶花生油，还给她的儿子买了许多零食和一辆玩具小汽车。

美竹感动得不断用围裙揩眼泪。她把学文敬让到她的木板床上坐，精心给他做了一锅香喷喷的白米饭，还把给孩子留下的几个鸡蛋，全部用来炒茄子，又用咸鱼干煮豆腐，弄了几个像样菜招待了苏学文。

学文临走时，她把自己卖糯米饭积攒的十几块钱，硬往他口袋里塞。她知道这十几块钱也不够抵学文给她带来的这些东西的开销。但她总不能白白接受人家的礼物啊！

学文死活不收，最后还是把钱硬给她留下了。他说："如果我要收你的钱，我也不会给你送这些东西来。你日子过得这么清苦，我想帮助你。我要是顺路，还会来的……"

美竹含着感激的泪水送走了好心的同学。

打这以后，过了些日子，学文就把小货车开到了她房屋前面。他每次来，总要给她和孩子带点什么，甚至把城里的酱油和醋都给她买来了。

俗话说，寡妇门上是非多。不久，村里就风言风语传播说，她准备改嫁了。每当学文的小货车开进村里的时候，孩子们就喊叫说："看，美竹婶的后老公来了！"

胡美竹再一次陷入苦恼之中。活一回人真难啊！我现在这副样子，怎敢妄想嫁给一位司机呢？你们这样瞎说，对我倒没什么，可是叫我的同学怎么再上我的门呢？我而今好不容易碰见一个好心人，你们难道连这么一点帮助都不容

我获得吗？

她不能让她的同学处在这样尴尬的境地中。

学文再一次来她这里的时候，她对他说："你以后不要再来了。"

"为什么？"学文问。

"村里人瞎说了……"

"你怕吗？"

"我不怕！我已经是这副样子了，还怕什么！我怕你受不——"

"只要你不怕，我怕什么呢！我和你们村的人一个也不认识，他们愿说啥就说吧！只要你不在意，我照样来！"

美竹扭过头，一边抹眼泪，一边说："我苦惯了，我不愿再连累你。"

"不怕！"强壮的学文胸脯一挺，呈现出一个红土地男子汉一样的气势。

美竹还有什么话可说呢？对于孤儿寡母来说，没有什么能比一个男人的关怀更重要了……

但是，话说回来，她能给好心的同学报答什么呢？她一贫如洗，除了每次侍他吃两碗她精心做的饭菜外，就只能两手空空送人家走了。

后来，她想给学文做件毛衣。尽管她知道人家不缺衣穿，但这是她的一点心意。农村妇女感谢别人的礼物，往往就是自己亲手做的一件羊毛上衣……

不用说，村里传她和学文长长短短的风声越来越大了。这是不可避免的。生活在乡村的人们，传播这种事儿已经成了一种"文化娱乐"。

某一天，她的公公上门了。

老人家为难地开口说："自我儿殁了后，我就盘算这件事。你年纪轻轻的，如果有合适的人，你就按你的心意跟人家过日子去吧。你出走也可以，招个人上门也可以，我们这方面没什么意见。至于娃娃，我们也不强迫你留给我们。你也离不开这娃娃。再说，娃娃跟上你，不会受苦，我们也放心……"

老人的一番话是开通的。但她能说什么呢？她到哪里去找个男人？

她对公公说："没个合适人……"

"不是说你要和那个开车的……"她公公吞吞吐吐地说。

"那是我中学时的同学，人家来是出于好心帮助我。这是村里人瞎说！"美竹有点生气地对公公说。

"噢，是这……"老汉走了。但看来他并不相信儿媳妇所说的话。

舆论使美竹苦恼和烦乱，可倒也给她那麻木的精神世界带来一些刺激。有时候，她心里也忍不住冒出某些念头。但往往很快又摇头把这种念头否定得一干二净。说实话，在高中时，她根本没有看起过苏学文。可现在，她这副样子，结过婚不说，还带着一个孩子，开汽车的学文怎么能看上她呢？这简直是异想天开！

唉，她实际上连这种念头都不应该有，否则，她就有点对不起仗义而好心的苏学文了！

从那时到现在，苏学文到胡美竹那里的奔波一直没有中断。

毫无疑问，开始的时候，学文这样慷慨地帮助美竹，纯粹出于一种同情心。

苏学文这样跑了一段时间以后，他自己惊讶地发现：他的心情似乎发生了某种微妙的变化。

是啊，他强烈地意识到，他而今到美竹这里来，不再仅仅是要给送一些维持生活的用品，而是渴望能见到她，坐在她的木板床上，看着她亲切地侍候自己吃两碗香喷喷的饭菜。他长这么大，还未享受过一个女人热切伺候的滋味，也从来没吃过好吃的饭菜。这时，他在反问自己，难道这仅是有滋味的饭菜才使他如此留恋这个地方吗？

不，他在这贫寒的屋子里，那么多地体验了从来没有体验过的温暖。是的，温暖。心灵的温暖。他每次坐到这个木床上，一路奔波所带来的紧张和劳累立刻就会消失得一干二净。耳朵里再也听不见呼呼的风声和马达的轰鸣，疲倦的眼睛视线可以放心地重叠在一起，甚至可以闭目养神。僵直的胳膊腿松弛了下来，浑身的骨头也可以一块块散乱地堆垒着——那种舒坦和轻松，就像躺在澡盆的热水里一般……唉，一旦他坐在这个木板床上，他就不想再离开这里了！

他清楚这一切意味着什么。

是的，不必隐讳，他在心里开始爱上了他的同学——这个苦命的寡妇！

从苏学文现在的家境来看，虽然不可能找个端公家饭碗的城里姑娘，但要在农村找个对象，那的确不必发愁，甚至可以有挑有拣。谁家不愿把女儿嫁给富甲一方的包工头老板的干儿子呢？况且他老家的生活一天比一天好起来了。

可是，人的感情，尤其男女之间的感情，是世界上最难解释的一种现象。

现在，在苏学文的眼里，这个寡妇才是他最可爱的女人。

在高中上学的两年里，学文尽管和她同班，但相互间的交往倒很一般。他是一个晚熟的青年，那时还对男女之间的事并不敏感。至于胡美竹，他只知道她家也是农民，光景很穷，她本人常面黄肌瘦，穿身旧衣服，连学校很差的饭菜也吃不起。后来他隐约地听别人说，他们邻村的石生和这个女同学有点"关系"……

以后他又听说，他们班的班干何应龙爱上了美竹。这倒使他大吃一惊。他想不到，家在县城且父亲是县城的卫生局局长，其本人都很出众的班干竟然看上了农民身份的女生。那时他才稍微留意了一下这个胡美竹。他似乎发现，她是班里女生中最漂亮的……毕业以后，同学们都各奔东西，他也就不再记得这些事了……

自从见到美竹以后，美竹那种难以掩饰的自卑感，大大地刺激了他的男子汉气概。他喜悦地感到，他在美竹面前才是个真正的男人。男人通常都有一种保护女人的天性，并以此感到满足——他现在尝到的正是这种滋味！

苏学文左思右想，觉得只有和美竹生活在一起，他这辈子才能真正感受到男女之间的温暖和幸福。

他想过，正因为她结过婚，她也许就更知道怎样关怀男人，而正因为他未结过婚，她因此会对他的感情要求有更热烈的响应。他是一个有文化的人，他不会因为她结过婚并且带着前夫的孩子而用世俗的眼光低看她一等。不，他多么爱她！她现在看起来要比高中时更漂亮。虽然穿一身农村妇女的衣服，但掩盖不住她那丰满苗条的身材和没有丧失掉的文化教养。最使他心旌摇动的是，她是个各方面都成熟了的女性——和这样的女人在一起，一切都能让人满足。

决心已经坚定不移了，他要尽快向美竹表露他的心迹。当然，他知道在这件事上，最大的阻力是他的父母亲。但他先不管他们。等他和美竹把事情说妥了，再去攻克家庭这座堡垒吧！

这一天下午，他怀着无比激动的心情又来到了美竹家。这次，他给她扛来一袋 100 斤重的大米，也给她带来了一颗热腾腾的心。

像往常一样，美竹立刻把那块叫人心疼的碎花布围裙束在腰里，手忙脚乱地开始为他做饭菜。

他脱了鞋，像主人似的坐上了她的木板床，安然地抱起美竹的孩子，用手指头轻轻点着娃娃的下巴，那孩子就咧开小嘴不住地对他笑。他也在笑。一颗心在胸膛里不安地跳动着。

不一会儿，孩子睡着了。他小心翼翼地把这小家伙的头搁在枕头上，然后拉了条小被盖住，就又从床上下来，转到厨房帮美竹烧火。火烤得他额头上汗水淋漓——但多半是因为他内心过分紧张。美竹就在锅台旁边切菜。她离他这么近！

他一边烧火，一边拼命地咽口水。他一路上已经反复想好了他要给她说的话——可现在却感到如此难开口啊！

他把一块干柴塞到灶膛后，嘴唇哆嗦了半天，才讷讷地说："美——竹，我想对你——说句话——"

美竹停止了切菜，默默地看着他，显然是等他说那句"话"。

学文没敢抬头看她，用很大的力气鼓着劲说："咱两个——能不能一块过日子？"

美竹呆呆地立在锅台旁，低倾下了头。

半天，她才小声说："我这个样子，怎能配得上你——"

学文索性不烧火了，从灶火旁站起来，激动地说："我已经下了决心，一定要和你一块过！"

美竹仍然低着头，两条腿微微地抖着，说："你不要凭一时冲动，以后你会后悔的。"

"不！我想了好多时了！我——现在只要你的一句话，跟不跟我？你相信我！我绝不会亏待你和娃娃。"

"你们家的老人不会同意的。"

"我要说服他们！只要你同意，我就有信心说服我父母亲！你同不同意呀？"他现在还不公开他有包工头这豪门干爸妈。

"我——"美竹哭了。

学文勇敢地走过去，伸出两条胳膊，紧紧地抱住了她。美竹垂下两只手，脸依恋地伏在他胸前，哭得更伤心了。学文的眼里也含了泪水。他紧紧地抱着她，自己却怵软得像一团棉花。

"你不要为难，学文。你要回去把老人说通，咱们两个再说这。不管时间长短，我都等你！"美竹在他怀里哭着说。

"这事你别担心！我一定对你好，对你的娃娃也好，你的娃娃就是我的娃娃！咱们结婚了，我就是这娃的父亲！"

这天夜晚，学文就在美竹家里留宿了……

第二天，他像获得了新生一般容光焕发。他感激地告别了他亲爱的人，立即返回老家找父亲商谈他的终身大事……

苏耕田听到儿子苏学文要和一个带孩子的寡妇结婚时，就像头上被敲了一闷棍，刹那间几乎要晕过去了。

"你是不是跟上鬼了！什么人家咱挑不下，你为什么要找个寡妇呢？苏家祖宗几代，什么时候出过你这号败家子？你羞先人呀！趁早些把这心死了！只要我活着，你就甭想把这丧门星娶回来！"

苏耕田先劈头盖脸把儿子臭骂了一通。

学文从小就惧怕他父亲，一下子被他虎啸般的吼叫震慑住了。不过，他声音很低但态度坚定地辩解说："我们这是爱情……"

"狗屁！"苏耕田吼叫了一声，便剧烈地咳嗽起来。

学文眼里泪花子直打转。他没想到父亲用如此粗俗的态度对待自己神圣的爱情。刹那间，他在心里对父亲产生了某种仇恨。

苏耕田指望他老婆能劝解儿子放弃这宗荒唐的亲事——学文向来听他妈的话。而学文盼望母亲能理解他，站在他一边劝解父亲，帮助他成全自己的婚姻。

可他妈一听这事，先一鼻子哭得连话也说不成了。她实际上比父亲还要坚决地反对这亲事。她痛不欲生地絮叨说："学文呀，学文，按我们现在的家境和你的能耐，你任娶个良家闺女绰绰有余！还有你那个大老板的义父的豪门势力，甚至完全有可能娶个城里的姑娘！你这是中了什么邪，与一个带着前家的娃娃的寡妇结婚！你为什么做如此糊涂、丢面子的事？哎呀，我前世造了什么孽，遭这败家逆子如此报应呀！！"

绝望的苏学文丢下哭啼的母亲和咆哮的父亲，一个人踉踉跄跄从家里走出来，他感到天地都在疯狂地旋转起来，他眼前一片黑暗。

苏耕田一家几口人同时陷入深深的痛苦之中。

苏学文在老家一下子变成了另外一个人，他目光呆滞，神情恍惚，整天神神道道地爬上村周围的山坡旷野中，默默地淌眼泪。他思念远方的美竹，他痛恨自己的软弱，他和自己在激烈地斗争着……

第二天，苏学文的哥哥得知弟弟这回婚事后，急匆匆赶回家，试着说服父母亲，但没丝毫效果。他只好安慰了弟弟一番，说："再等一段时间，看爸妈是否能转过弯来。"因为他鱼虾养殖场那边太忙，他便告辞弟弟去了。

第三天早上，苏学文百般无奈，只好告辞爸妈，返回港城义父家了。临别时，他爸还在生气，他妈语重心长，千叮万嘱，一定要慎重考虑这等婚姻大事，不能一时冲动而影响自己一辈子的幸福。学文只是默默地听着罢了。

学文回到义父家照常工作、生活，只是心里很纳闷。他是孝道之子，不敢跟爸妈对抗着来。平时，工作之余，晚上除了给义父母的两个女儿补习功课外，就回卧室，唉声叹气睡大觉。白天若没事干，烦恼不时袭来，为减轻精神压力，他开始独自逛街，经常到酒吧借酒消愁。他就这么熬下去。离别心爱的胡美竹已经近九个月了，除了最初去过一封信，他也再不敢向她去信，说出父母对他俩婚事强烈反对的意见，他怕再伤她的心，怕再次折磨这个苦命的他心爱的女人！

某一天中午，他开着小货车回港城，他没有马上回义父家，而是到了一家饭店，要来两碟菜，独自喝闷酒。他喝完酒，带着醉意，迷离地离开饭店。

学文勉强地爬进了驾驶室。他一半凭意识，一半凭技术，又开着小货车往义父家赶回。

十分钟以后，酒劲更猛烈地发作了。他感到自己像坐在一团棉花上，两只手忍不住有点抖动。眼前是一个急转弯，一瞬间，他感到灾难已经不可避免了，飞奔的汽车迅速向路旁倾倒下去！他凭求生的本能扭开车门，一纵身从驾驶室里跳出来……

但是一切都太晚了！他的两条腿被压在倒掉的车栏板下面，刹那间他被压得疼痛难忍，呼喊："救命！"

很快，一辆过路的空面包车停在学文翻倒的小货车旁。一位约50岁的老司机跳下车来，面如土色地看到了眼前的车祸。可是，他无法把他从车栏板下面弄出来。

看来这是一位心肠好又有经验的老司机。他立刻转身在自己车上的工具箱里翻出一把千斤顶，跑过来在学文压住的腿下面用千斤顶发力，同时，路过的司机也停下车，大家协力终于把他从车栏板下面拉出来。幸好小货车是空车，被压住的位置又有一块石头垫着承受着力量，他的那两条腿只是压伤骨折，皮外伤有多处，微微有血渗出。可右腿的膝盖伤势严重。这位老师傅拿出一块毛巾撕成两绺，把受伤的腿分别包扎住。他显然没有进一步的医学常识，伤位高的右腿扎在上部——这是正确的；但伤位低的左腿扎在膝盖下面，根本起不了什么作用。

不过，他实在是尽心尽力在抢救，他把学文抱进了他的面包车，自己的身上糊着血迹，开起车就往港城医院奔去。

过了十几分钟，这辆面包车驶进了港城医院的大门。车被值班的老头挡在了门口——按医院规定汽车不准进入院内。

老师傅按值班老头的指点跑到了急诊室。这正好是个星期天，又是晚饭前后，急诊室只有一名值班护士。

护士叫司机把伤号背进来。这位师傅只好又跑出去，把苏学文从面包车上背进了急诊室。

值班护士一看伤势的确严重，立刻给外科值班大夫打了电话。紧接着，她便开始忙乱地量血压，量脉搏。

20分钟后，外科值班大夫来了。

他瞥了一眼那两条血迹斑斑的腿。

"血压？"他问护士。

"80到50。"

"脉搏？"

"70。"

大夫转身问那位师傅受伤的经过，老师傅只能说上来他到现场以后的情况，其他一无所知。不过，他看伤者衣袋里的名片，已经知道了他是某工程公司的司机，名字叫苏学文。

大夫和护士这才明白这位老师傅与伤者无亲无故。医护人员那种惯常严肃的脸色缓和了一些。

这时候，又来了一位护士。

大夫一边察看伤口，一边让值班护士给伤者吊糖盐水，同时吩咐刚进来的那位护士，立刻通知手术室，准备急诊手术！

十分钟以后，苏学文就被手推车推进了一楼手术室……

那位好心救人的老师傅这才从急诊室走出来。

现在，天色已经昏暗了，满城亮起了辉煌的灯火。

这位师傅救人救到底，又到值班室拨通名片上的电话，告诉了他们苏学文遭车祸的情况，然后他才开着自己的面包车离开了医院。这位师傅做好事不留名字，他的精神值得赞扬。苏学文出院后，一直到处查询这位救命恩人，可就是找不到他。

这位师傅拨通苏学文名片上的电话，正是他义父的家庭电话，接电话的正是他的义父。当他义父问明情况后，夫妇俩火急地与司机开车赶到港城医院。

这时，护士已把那路过的好心司机师傅的包扎带解开，清洗了血迹，一名主任医师再次为苏学文认真诊断伤情……

他义父慌忙地走进急诊室，向这名医生表明自己是伤者的家属后急切了解伤情，医生严肃认真地说："伤者情绪还算稳定，创伤主要在两腿，两腿有不同程度的骨折，右膝盖骨已脱位，应尽快做手术，估计手术要三个小时，术后如果恢复得好，应无大碍，但有小碍，估计一年内右腿有点跛，往后慢慢恢复正常。现在最重要的是手术要成功，需要住院一个月后才能慢慢起步试行……"

他义父听完医生的陈述后，慌乱的心总算稳定下来，灰白的脸色也慢慢地趋向正常。他夫妇红着眼圈哀求医生："你们医生父母心，一定要把我儿子的手术做好，花多少钱我们都愿意，辛苦你们了！"医生回应："尽力而为。"

一名护士拿来一张表，让学文的义父签字同意手术事项。学文的义父马上签了字，并交了手术押金一万元。

手术室里，医生与护士紧张地为苏学文做手术。

时间不知不觉过去了三个小时……

现在已经是夜里 11 点钟。

不久，穿白大褂的主任医师从手术室走出来，对学文的义父母说："手术已经完了，手术很成功！"

这时，两名护士推着处于昏迷状态的苏学文进入了一个单间病房，特级护理。

他义父母紧紧跟着两名护士进入病房，义母一下子跪倒在床边，手摸着昏迷中干儿子的头，眼泪一下子如泉水般涌了出来。

这一夜，悲痛的义父母一直守在干儿子的床边……

天明的时候，义父母的两个女儿也赶来了，她俩见学文还在麻醉状态没有醒过来，眼泪一下子夺眶而出。义父母叫她们姐妹先回学校上课去。两姐妹都舍不得离开。尤其是姐姐，她每走出一步都回头望着她受创伤的义哥哥！在他床边的义父母已经憔悴得脸色很难看。义母眼圈红着，泪痕斑斑……

上午 10 点钟，苏学文慢慢地睁开眼睛。

明媚的阳光从玻璃窗户投射进来，照在病床上。

苏学文努力挣扎着，老半天才弄清楚这好像是在医院。

医院？思维闪电般复活了，他迅速地记起昨天发生的悲剧……

当他目光触及自己被包扎得严严实实的双腿时，他闭着眼睛忍住痛大叫了一声："这回完蛋了！"他把目光移向守扶着他的义父母，眼泪夺眶而出。

义父母看着由于手术失血过多而脸上有些苍白的学文，心疼地说："学文，好孩子，你千万不要悲观失望，我们已问过主任医师了，手术很成功，术后如果恢复得好，应无大碍，但需要住院留医一个月，一个月后，就可以慢慢起步试行了……"

苏学文听义父母这么说，悲痛而焦急的心才渐渐平静下来。

义父母再次安慰他说："学文，月有阴晴圆缺，人有朝夕祸福。你要明白，世上没有过不去的坎，你一定要顽强地战胜祸害。要咬紧牙关忍住伤痛，千万不要胡思乱想，我们会尽全力照顾好你，挺过这回劫难。你必须有一个好心态，让身体尽快恢复起来，吃苦挨过这留医的一个月，一切都会好起来的，放心吧！"

学文听完义父母亲切温馨的安慰后，心里非常激动，他感到自己不幸中的万幸，这对义父母对他的爱让他刻骨铭心，他流着泪说："爸，妈，我没有给你们带来幸福，却让你们受惊，受累，痛苦，我真窝囊！我痛恨自己！但你们放心，我一定像你们说的，顽强地战胜祸害。病痛对我不算什么，我有生以来不知吃过了多少苦头，挨过多少劳累，这点苦难我会挺过去的。爸，妈，我会尽快恢复身体，像你们说的，一切都会好起来的！经过这回劫难，我更加懂得什么叫真情、亲情，你们待我这么好，我真是三生有幸啊。待我好起来了，我一定好好感恩你们，孝敬你们，决不会辜负你们的期望！"

可他心里对心爱的胡美竹母子的思念只能埋在深渊地带，那不可自拔的苦楚无法言表，也无法向谁诉说……

这时，学文的义父突然问学文说："学文，我打算把你现在的状况告诉你的爸妈，让他们知道，你看，行吗？"

学文马上回答："这恐怕不行呀！"

他义父随即说:"你遭遇这么大苦难,怎么不可告诉他两老人家?"

学文说:"一言难尽啊,有些事我也不好意思向你们说呀!"

他义父马上接过话说:"学文啊,咱们有缘生活在一起了,都是一家亲情了,还有什么话不可说的呢?你是真有什么不敢对我们说,这就是你的不对了,太见外了。你的难言之处,我们会为你包涵,就算你做错了什么事,我们也会谅解。你们的事就是我们的事,咱们是不分你我的,即使天大的事,我们也会尽力帮你们解决的,你就大胆说吧!"

学文见义父母都把话说到这个份上了,也就再没什么可说了。于是,他将他一年前如何偶遇着老同学胡美竹,又如何与胡美竹产生了爱情,而他的爸妈又如何强烈反对这回婚事等向他的义父母全盘托出。而且,他把他心底下的苦水也倾吐个干干净净,这一来,他心里舒服了许多,好像把肩上一千斤重担子卸下来那么轻松!

他的义父母听了干儿子学文这么倾情诉说后,为他的善良、为他的甘苦交织的爱情所感动,动了恻隐之心,非常赞同他的思想行为。首先是他的义父深有感触地说:"学文啊,你也真厉害,城府这么深,这等喜事隐藏了一年多了,我们连一点感觉都没有。好吧,既然事情都如此了,我们尊重你的意见,暂时不向你的爸妈告知你的现状。但我建议,一定要将你的现状告知你的未婚妻胡美竹,人家等待你也等待够苦了。我想,明天派人把她们母子接到我这里,让她们母子与咱们住在一起吧。这样,让她好好照顾你,只要你身体尽快恢复起来,一切都好办了。到时,你与胡美竹生米煮成了熟饭,再不愁你爸妈不同意了。哎呀,这也许是天意吧。我都真的有点相信命运了,冥冥之中似乎真的有什么神灵安排凡人命运的。世间有些事真的可笑,一切都是命里注定!古人言,患难夫妻结果甜呀,但愿你与胡美竹有情人终成眷属,喜结良缘,夫妻恩爱,幸福一生!学文啊,你的意见呢?"

学文听义父这么开明坦诚的关怀甚是高兴,激动地说:"爸,妈,你们这么善解人意,通达情理,救我于危难,对我关怀备至,我真的感激不尽啊!那就按你们的意思办吧!"

于是,次日,他的义父派义母与司机同往苏学文所说的未婚妻胡美竹的住址,接胡美竹母子到港城来。

胡美竹答应了学文的求爱以后,就一直在等待这个男人的到来。

在最初那些日子里，这个本来对生活已经绝望的人，热情慢慢又在心中燃起。她万万没有想到，命运又使她和苏学文相遇。而且他不嫌她孤儿寡母，竟然很快就提出要和她一块生活。她能感觉到，老同学对她是一片真心。这就像冰天雪地里遇上一盆炭火，她在无限的感激中立刻对他产生了不亚于当年对何应龙和死去的丈夫所具有的那种恋情。而这种恋情也许更为深厚——因为她在艰辛的生活旅途上已经精疲力竭，急需要静静地投身于一个男人的怀抱，永远和凄风苦雨告别。

当学文向她表明了心迹，继而返回雷康和他父母通报这件事之后，胡美竹就沉浸在新的热望与期待中。她顿时感到，胸腔里那颗冰冷的心重新被热血融化，开始强有力地跳动起来。她从墙上摘下那面被灰尘蒙盖的镜子，用手帕揩净，忍不住端详自己的容颜。她看见，那瘦削的脸颊上，似乎泛出了两片红晕。她再一次体验到女人那种羞涩的幸福。

紧接着，她不由自主地开始收拾自己的家。

自从丈夫死后，她就无心再打扫这房屋院子。东西乱七八糟扔在四处，墙壁上吊着肮脏的灰线。现在，她就像过大年一样，头上罩起花毛巾，用了整整一天工夫，把这房屋院子收拾得干干净净。她寻思，要是学文做通了他父母亲的工作，说不定很快就会来这里和她成亲。当然，他们不会请客待宾"摆婚宴"，但应该让学文有一种"新房"的感觉。此外，她又打开箱子，细心地查点了两个人的铺盖。那床从没沾身的新被子让学文盖。出于一种忌讳，前夫用过的所有东西她都不能让新夫碰摸着。

几天之内，美竹就把所有要准备的东西都准备好了。有些事要等学文来后两个人商量一下再说。

所有这一切她都在静悄悄地进行。村里人谁也不知道她将再嫁，连前夫家的人也不知道。她先不准备给公婆和前夫的弟弟说这件事。她知道他们挡不住她，他们也不会挡。事情明摆着，他们总不能让她守一辈子寡，她有权利重新为自己建立一个完整的家庭！

当然，在她正式和学文结婚前，一定得给前夫家里的人打招呼——因为她的孩子，使她和这家人的关系永远不可能割断。孩子不仅是她的骨肉，也是他们的骨肉。

不过，这一切都要等亲爱的学文到来之后，才能进行……

可是，学文却迟迟地没有到来。

起先，美竹还没有十分焦急。是呀，学文要说服父母也不是一件容易的事。在农村，除非实在没办法，一般人很少娶寡妇为妻；更何况，她还带着个孩子！

不过，胡美竹相信苏学文对她的感情是深切的——他们甚至同宿过一夜……

三个月以后，学文还没有来。

胡美竹这才有点焦急起来。

正在她惶惶不安的时候，突然收到了学文的一封信。美竹高兴的是，学文在信中除了像往日那样表示对她热烈的爱恋和思念外，并且还告诉她，说他很快就会回到她的身边。他没在信中提及他父母的态度。美竹猜测，老人大概同意了，要不，学文不会说他马上就来……

但是，整整一个秋天过去了，苏学文还没有来。冬天又过了，仍然不见他的踪影……

日月如水般地流逝，转眼间将近一年。现在，胡美竹依旧孤单地带着自己的孩子，像田鼠一般悄无声息地生活着。

她苦心等待的那个人终于失去了音信……

可怜的美竹再一次陷入绝望之中。心头复燃的火焰重新熄灭，脸颊上泛出的那两片红晕也消失了。生活又回到了往日那一片凄风苦雨之中。

"这就是你的命运，"她想，"既然你生来就要无尽地受苦受难，你为什么要相信那偶然一瞬间出现在你面前的光辉呢？你呀，永远不要再抱什么幻想！命运决定你就该如此生活……"

那种由希望所带来的幸福，以及这幸福被粉碎后的痛苦，都很快退潮似的一齐消失了。胡美竹又日复一日开始了她那麻木不仁的生活。她带着自己的孩子，做饭，喂猪，种地。没有笑容，也不哭泣。没有过去，也无未来。天明时，她去干活；天黑时，她就睡觉。所谓明天，也无非是和今天同样的一天……

她的小明明跟着她，就在这寂寞的日子中一天天长大。他是个好动的孩子，一刻也不停地跑动和玩耍。母子俩相依为命，他从不离开她身边。她在地里劳动的时候，他就在周围玩。他最爱玩的是用香蕉叶片造渔船，每天都要摘香蕉叶在地里造一艘渔船。唉，他父亲就是驾上渔船出海捕鱼才丧命的……

不知哪一天，孩子突然问她："妈妈，人家都是爸爸在地里干活，你为什么不让爸爸干？我的爸爸在哪儿哩？"

孩子的问话像尖刀一般戳在了她的心口。她几乎想放开声哭一场。

她强忍着泪水对儿子说："你爸爸——到外面去了——"

"他什么时候回来？我可想他呀！"明明追问她。

她把儿子紧紧搂在怀里，无声地痛哭起来⋯⋯

在这期间，她父亲从雷康老家来此地看过她两次。老人面对她的悲惨遭遇，也只是流泪和叹息。他一边流泪，一边劝她再寻个人——出嫁算了或招个人上门也可以。总之，她不能一辈子就这样一个人里外操劳。父亲第二次来的时候，说他已经在雷康老家那里给她找了个对象，让她回去见见人。如果能行，就赶快解决这件事。

不，她不回雷康去。她现在心灵上的新创伤还在流血，为什么要回雷康重温往日的伤痛？再说，她熬苦惯了，如今孩子也已经长大，她不愿再去寻找一个陌生的男人。

胡美竹绝不再相信她还能在这人世间找到温暖和幸福。如果和不合心意的男人生活在一起，那还不如就这样静静地度过一生。她觉得，她有能力独自把明明带大。只要这孩子有出息，她还要好好供养他念大学呢！要说她对未来还抱点什么希望的话，那就是她的明明。她不愿孩子到别人门上受委屈。虽然是这样艰难，但她要像老母鸡一样，用她的翅膀保护这孩子，以免使他受到伤害。她深知生活本身有多么严酷！

但是，她无法向父亲说明的还有另外一个理由。她的内心深处还在思念着学文。

自从这个人出现在她的生活中，她就深深地依恋上他了。这是她悲惨岁月里的爱情，因此这爱深沉而又深刻。尽管一年来他杳无音信，但她仍旧深藏着一缕揪心的期待！

有时候，她躺在夜晚的黑暗中，不由得回想起他怎样把那一袋袋大米背到她院子来，又怎样用两条强健的胳膊真诚而亲切地搂抱她，并且喜爱地亲吻她的明明⋯⋯是的，他爱她，爱她的孩子；她和孩子也爱他。她毕竟是上过学的知识妇女，因此她仍然希望未来家庭的组成应该以爱情为基础。说实话，当初她和应龙的爱情是不成熟的。她和前夫是在这种不成熟的爱情破灭后结婚的，开始时也并没有多少感情。后来生了孩子，她刚开始萌发了一些爱，结果他却离开了人世。她感到，她和学文的感情才是一种成熟了的感情——因为在此之前她已经饱尝过生活的各种滋味……

花朵是美丽的，果实的价值更高。

可是，说来说去，在她的爱情之树上，无花也无果。

但不论如何，她绝没有再找另一个男人的打算！她准备就这样一个人带着她的明明，静悄悄地在这个世界上活下去……

胡美竹万万没有想到，她竟然不能这样静悄悄地生活！

在以后的日子里，村里一些男人不时出现在她破旧的院子里。这些人大都是光棍。

她的另一种灾难开始了。

这些酸眉醋眼的男人你来我往，坐在她的板床上，厚颜无耻地说些不堪入耳的骚情话。尤其是一个叫牛四的老光棍，还殷勤地给她担水扫地，蛮横地坐在她的厨房灶旁，帮她烧柴火。天黑时，如果不是她摔盆子摔碗表示出厌恶，牛四是不会离开她家的。

胡美竹知道牛四他们企图在她这里得到什么。

不！他们的企图不会得逞。她需要男人，但不需要这种男人。

她发愁的是，她又对这些人的纠缠无可奈何。她总不能把这些斜眉吊眼的家伙用棍子打出她的家门。她鼓不起这种勇气。在农村，处理这种局面自有许多为难之处。这些人都是同村邻舍，有的还是她死去丈夫的长辈。如果他们还没动手动脚，只说些八竿子打不着的骚情话，她只能在容颜上表示自己的愤怒而别无他法。但这些死皮赖脸的家伙又根本不在乎她的脸色，只管到她这里来耍赖。

美竹的生活陷入了新的困境。夜晚，她有时还能听见院子里传来令人心惊的脚步声。她不得不在门叉子里插上切菜刀……

炎热的夏天来临之后，胡美竹便格外地繁忙起来。

一大早，她就做好了两顿饭。家里吃一顿，饭罐里提一顿，然后领着孩子一整天都泡在地里。

中午她不回家。母子俩在地里吃完饭，找个阴凉处睡一会儿，又继续开始干活。儿子也有他自己的玩法——造香蕉叶渔船。

　　沉重的劳动使她双手起满了血泡。血泡又被锄把磨成了硬茧。那张原本俏丽的脸庞，被烈火似的阳光烤晒得又红又黑。少女时期的娇艳荡然无存了，看起来就像秋天南方山野里一株朴素的蔗茅，她早就成了红土地上真正的劳动妇女。

　　但是，心灵的凄苦和劳动的折磨，仍然没能改变她身上那种漂亮女人的诱人魅力。现在，她那苗条丰满的身体更给人一种健康的美感。直到如今，她仍然保持着上学时的卫生习惯，牙齿刷得雪白，内衣经常换洗得干干净净。身处灰土之中，仍散发出芬芳的香皂味。

　　不用说，在农村庄稼人的眼里，胡美竹是个西施娘子。那些光棍想采摘这朵艳花，可这朵艳花就像天上的月亮一样永远采摘不到。

　　这一天，美竹在河对面花生地锄她的花生。

　　临近中午，她照例和明明在地里吃完早晨带来的饭，就躺在花生地旁龙眼树下睡了。好动的儿子从不睡午觉，他继续到身后边那个小土坡造他的香蕉叶渔船。

　　美竹躺在地上，用一块花手帕遮住脸，不一会儿就睡着了。

　　其实，在野地里睡觉从来都是不踏实的。风声，流水声，小鸟的叽喳声，时刻伴随着恍惚的梦境。她常常半睡半醒，心中总是牵挂着近处玩耍的孩子。

　　她耳边似乎隐约传来锄头在花生地上刨土的声音，而且听起来很近，就像在她身边。

　　锄地？谁锄地？锄她的地？谁给她锄地？

　　睡梦中的一连串发问，使美竹醒了。

　　她睁开眼睛，揭去蒙住脸上的手帕。

　　她的心脏一下子狂跳起来！她看见，老光棍牛四只穿件短裤，几乎裸着身子在给她锄地。

　　现在已经"锄"到了她身边的花生地，眼睛盯着她，咧开嘴只是笑，手里的锄头接连锄掉了好几棵花生苗。

　　她一下子从地上站起来，一时倒不知道自己该怎么办。

　　这时，牛四一把将锄头扔下，张开双臂扑过来按住了她。

　　她惊恐而绝望地喊叫了一声，抓起一把红土挣扎着扬在牛四的脸上。

　　这危急之时，明明听见母亲的哭叫跑过来了。孩子拼命地哭着，举起手中的造船小尖刀就在牛四的身后刺了一家伙！

牛四一声惨叫，爬起来大撒腿跑过了小河。

亲爱的儿子把母亲解救了出来。

美竹勉强束住了自己的裤带，浑身抖得像筛糠一般。她头发散乱，目光呆滞，满脸灰土，竟连哭泣都忘记了。

她也不管儿子的哭叫，慢慢爬起来，解下自己的裤带，在龙眼树的枝杈上挽结起一个环。她把裤纽别好，就毫不迟疑地把自己的头向那个高悬的环伸去。透过那环，透过树的枝叶，她看见了破碎的蓝天、乱针般飞散的阳光以及一朵被撕烂的白云……

当她把头伸进那个将结束她一生悲惨命运的圈套时，她突然看了儿子糊着鼻涕泪水的小脸。

孩子扬起肮脏的脸，问："妈妈，你在干什么？"

泪水淹没了她的双眼。她把头从那环中缩回，弯下腰紧紧搂抱住孩子，放开声号啕起来……

午间的山野死一般寂静。轻风吹拂过绿色的花生苗，像千万双手在挥扬。村中传来一声牛的沉重的哞叫……

两天之中，胡美竹没有出她的家。

可是两天之后，这不幸的人又出现在了她那块未锄完的花生地里。小明明活蹦乱跳，继续在造他的香蕉叶渔船。胡美竹头上戴上蒲草帽，脸上带着惯常的麻木，一声不吭地锄她的地……

这天中午，由于大前天牛四的流氓行为，她母子再不敢在地里吃午饭了，美竹也不敢饭后躺在那棵龙眼树下睡了。她母子只好回家吃午饭。

她母子吃完午饭时，一辆小轿车停在她的屋前，从车上走出一位年轻司机和一位 40 多岁的妇女。

胡美竹走出家门看个究竟，正迎面遇到这两位来客，那妇女和蔼地问："你是胡美竹吗？"

胡美竹马上回答："我正是，你们找我吗？"

那妇女接着说："我们是港城来的，我叫郑玉英，是你的老同学苏学文的义母，咱们先进屋再说吧。"于是，胡美竹引着两位客人进了屋。明明见母亲带回

　　两个陌生人，便依偎在美竹身上，问："妈妈，他们是谁？"

　　胡美竹亲和地说："这是妈妈同学的妈妈，快叫姨妈好。"

　　明明学着妈妈说："姨妈好！"姨妈随即拿出糖果及玩具给明明，明明拿着糖果和玩具便走开了。

　　美竹招呼客人坐定，端来两杯温开水，请客人用水。

　　两客人接下放好。那义母首先说："我这里有苏学文给你的亲笔字条，你先看看就明白一切了。"

　　胡美竹打开纸条，上面写着："美竹，我因车祸现留医港城医院，我的义母前往你家接你母子。希望你能照顾我，请你收拾行李，即日随义母到港城。"落款："苏学文，即日。"

　　胡美竹读完字条后，心情非常激动，既欢喜又悲痛，欢喜的是终于心爱的人有音信了，悲痛的是心爱的人怎么出车祸了。她急切地问："学文义母，你先说说学文的车祸现怎么样？"

　　义母郑玉英说："美竹，你也不用太焦急，学文只是一般性的车祸，损伤了双腿而已。没什么大碍，留医一段时间就好了。"

　　胡美竹听学文义母这么说，也就不那么焦急了，她那颗悬着的心总算放了下来，接着说："学文义母，学文没有大碍就好。你们远道而来辛苦了，一定很饿了，你们先坐，我给你们做饭去。"

　　郑玉英马上说："我们已在镇上吃过午饭了，你不用客气。你能收拾行李，跟我们一起走吗？"

　　胡美竹马上回答："既然义母都这么说了，我也不客气，好吧，我这就收拾行李，跟你们一起走！"

　　于是，胡美竹很快就收拾好母子的行李。她在出这趟远门前必须向她的家公告辞。这时，她对义母说："你们再等一下，我这回上港城不知什么时候才回来，我给家公说一声再走。"

　　郑玉英说："这是应该的，你给家公通报一声吧！"

　　胡美竹向她的家公简单说了出远门的情况及交代一下家里的事务，便返回来了。于是，胡美竹哄明明说是上港城玩，明明很高兴，这样，胡美竹母子和郑玉英及司机一起上了港城。

　　到了港城义母家，刚放下行李，胡美竹便请求义母与她一起到港城医院看望苏学文。她哄明明睡了，并交代义母家的保姆注意一下。

轿车到了港城医院，她俩下车，美竹跟在学文义母身后。她怀着难以言状的心情，走进了学文的病房。

第一眼瞥见的是那两条包扎得严严实实的腿，她的眼泪夺眶而出。

紧接着，她把目光移到了他的脸上。他紧闭着眼睛。她想，大概是睡着了。

他脸上弥漫着痛苦。痛苦中的那张脸是她熟悉的男性的坚毅。头发仍然背梳着，额头显得宽敞而光亮。

吊针的输液管内，糖盐水静无声息地滴答着。此刻这里没有护士，只有她与学文的义母，她本想大哭一场，但怕惊醒学文。

这时，义母对美竹说："下午你照看，晚上我替你。"

美竹走过去，悄悄地坐在病床边的小凳上。

突然，她发现他眼角里滑出两颗泪珠！

他醒着！

美竹眼眶红着，掏出自己的手帕，把那两颗泪珠轻轻揩掉。于是，他睁开了眼睛，眼泪像泉水般流出，胡美竹也泪流满面，说："我照顾你来了。我要守在你的床边，伺候你，让你安心养伤。"

此时此刻，苏学文的神态猛然间变得像受了委屈的孩子重新得到妈妈的抚爱。他不能动，闭上眼睛只管让泪水像溪流似的涌淌。这一刻里，他似乎忘记了一切，包括他完全包扎的双腿。他只感到自己像躺在一片轻柔的云彩里，悠悠地飘着。

噢，亲爱的人！我终于得到了你的爱……

美竹一边用手帕为他揩泪水，一边轻声安慰他说："不要难过。灾难既然已经发生了，我们只能面对。等你伤好了，一切都好了。"

这些平常安慰的话在苏学文听来，就像天使的声音。

他静默无语，但他的内心却像狂潮一般翻滚……

他感到幸福，感到心满意足！

他幸福地闭上眼睛。一股温热的暖流漫上他的心头，向周身散布开来。一种他苦苦寻觅的东西真的回到了他的面前……

澎湃的潮流猛烈地叩击胡美竹的心扉。她不由自主地俯下身子，把自己的额头在他泪水纵横的脸颊上贴了贴。她用手轻轻摩挲了一下他又黑又密的头发，

对他说："我们终于在一起了。从今天起，我和你天长地久，不离不弃……"

背后传来一声轻轻的咳嗽声。

美竹赶忙站起来，回头看见护士端着小白瓷碗已经走到了房中间。

在护士为学文换吊针的时候，美竹问她："什么时候可以出院呢？"

"两个星期伤口就基本愈合了。但出院得到一个月以后……"

美竹默默地点了点头。

第二天早晨，美竹开始给学文喂流食。她把自己带来的橘子汁倒在小勺里，跪在床边，小心翼翼地送到学文的嘴里。

学文张开嘴巴，把那一勺勺橘子水——不，甜蜜的爱的甘露，连同自己又苦又涩的泪水———齐吞咽了下去……

生活啊，生活！你有多少苦难，又有多少甘甜！天空不会永远阴暗，当乌云退尽的时候，蓝天上灿烂的阳光就会照亮大地。青草照样会鲜绿无比，花朵仍然会蓬勃开放。祝福普天下所有在感情上历尽千辛万苦的人，最后终于能获得幸福！

傍晚的时候，学文的义母来到病房，说什么也要代替让美竹回去休息一下。美竹只好依了她的愿望，说她午夜再来代替让义母回去休息。

胡美竹走出医院来到大街上，感到自己的脚步从来没有这样轻松过。夕阳暖洋洋的，照耀着街上的行人，行人的脸上都挂着笑容。街道两边的相思树绿叶婆娑。在两条大街交会的丁字路口，大花坛里的鲜花开得耀眼夺目。城市和她的心情一样，充满了宁静与爽朗……

苏学文留医期间，得到胡美竹及其义父母一家的精心照顾和贴心关怀，心情非常好，一个月后身体便完全恢复了，也慢慢地试着步行了。港城医院便同意他义父母的要求，办理了出院手续。

出院后，苏学文与胡美竹母子一起住在义父母家的套间里，胡美竹每天带着苏学文继续锻炼双脚行走，日常生活方面胡美竹把学文料理得无微不至。一个月后，学文基本上可以跛着脚自己独立行走了。胡美竹及其义父母一家人脸上才露出了久违的笑容。

四个月后，胡美竹怀孕的肚子微微地隆了起来。

某一天，学文义父母与学文及胡美竹商量说："你们的婚事是该办的时候了，我准备明天到你老家向你爸妈通报你们的情况。时至如今，你们已生米煮成了熟饭，相信你爸妈再不会反对了。我们与他两老好言相劝，咱们高高兴兴一起为你们举行婚礼。你们看这么办，行吗？"

苏学文与胡美竹听完义父母这么美好的安排，心里非常高兴，说："爸、妈，你们对我俩太好了，想得这么周到，太操劳了，我们做晚辈的真不知道怎么感谢你们啊！我爸妈的思想工作也只有你们出面才好做呢！我俩的婚事就拜托你们了！"说完，苏学文和胡美竹两人双双跪地拜谢义父母。

义父母赶忙扶起学文、美竹，激动地说："学文、美竹，有你们这么孝顺，我们很幸福啊！"

次日，义父母准备了很多礼品，夫妇俩高高兴兴与司机一起驾车往学文老家与学文爸妈商量他俩的婚事……

学文爸妈及家人听完义父母的全盘陈述后，心情非常激动，先是千谢万谢义父母对儿子一路来无微不至的关怀，说学文的义父母比他俩对学文还亲，还爱，不愧是学文的福星。"学文有你们这么好的干爸妈，太幸运了，至于学文的婚事，你们说怎么办就怎么办吧！"

义父母听他俩老这么激动地赞扬自己，心里真乐开了花。于是，学文义父说："你俩是学文的亲生爸妈，还是按您二老的意思办吧！"

学文爸说："咱们都是一家人，也不用客气了，就按你们的意思操办他俩的婚礼吧！"

义父母见学文爸妈话这么好说，当即说出学文婚礼事项，义父说："希望学文他俩的婚礼在港城海富大酒店办，要办得风风光光、隆隆重重，婚房拟好在港城置一套已装修好的五房两厅，到时，你俩老就同他们住在这套间，享天伦之乐。你俩意见如何？"

学文爸妈听义父母这么风光的婚礼安排，心里非常高兴，当即表示非常满意，说："好好好，就这么办！"

于是，义父母与学文爸妈择下黄道吉日，在港城海富大酒店风风光光地举行了苏学文和胡美竹这对新人苦甘交织的爱情婚礼！

婚后，两家亲密无间，晚辈孝敬长辈，新人恩恩爱爱，生活美满幸福！

俊男靓女游湖光

红星大队雷州青年运河突击队，夜以继日地在工地上艰苦奋战已一个月，迎来中秋节和国庆节重叠日。这天，工地指挥部通知放假一天，让大家喜庆中秋，欢度国庆。

青年突击队员大半回家过节，其余的相约到各自喜欢的地方玩玩，放松一下。吴倩影、马老实、梁云江、郭露水四个俊男靓女约好到湛海地区湖光岩公园游览观光。

难得有空闲到外面玩，他们几个人的心情非常兴奋，早早起床，吃过早点，便搭着工地顺路货车到了湖光岩公园门口下车。大家买了门票，便高高兴兴地进入了湖光岩公园。

湖光岩是雷州半岛上山清水秀、风景奇特的游览胜地，也是全国著名的火山口旅游区，湖光岩是中国乃至世界保存最完好的火山口湖之一，是中国玛珥湖的典型代表，与德国埃佛尔地区玛珥湖结为中德姐妹湖。湖光岩胜景可概括为"四山环一湖，湖水明如镜"。蓝湛湛的湖水是由地下矿泉水汇聚而成的，水质清净，富含微量元素，且具有神奇的自我净化功能，故湖水中无任何枯叶杂物，水纯微甘，可直接饮用。

湖光岩很神秘、神奇：湖里有鱼却无蛇无蛙，湖边落叶无影无踪，还有龙鱼神龟出没。

湖光岩还有解不开的谜：湖水位终年平稳，淫雨数月不溢，大旱百日不涸。但十年前，却发生了一次罕见的暴涨，这太奇怪了。据说，1948年8月14日早，晨钟不久，突然湖水咆哮，开始溢升，漫向四面八方，陡涨的水位迅速高出原湖面一丈，湖畔供游客休憩的凉亭遭淹；次日，湖水淹没周围的树木，几乎盖顶，并涌入楞严寺，寺中由低至高分级排列的菩萨塑像被逐级淹没，住持和其他僧人极力抢救经书、经文和游客题录，搬到山顶暂避；16日，寺庙全被淹，湖光岩呈现一片汪洋；17日，湖水仍在积涨，但涨势大大减弱；18日才逐渐回落。

湖光岩自隋朝建寺一来已有一千多年的历史，从未有过片字记载湖水暴溢。当时，天气晴朗，风和日丽，近月未曾下过雨，附近也不曾山洪暴发，却发生如此怪象，四周民众甚感惊奇，纷纷到湖光岩狮子岭顶围观。

至今，对1948年出现的暴涨成灾的自然之谜也无法解释，湖水其后几十余年如一日地保持平稳状态之奥秘，至今仍无能解答。

湖光岩早就流传有"湖底通广湖"的神话，传说一秀才上京，在湖南洞庭湖掉了一只鞋，数月后游览湖光岩却意外在湖边发现。此情此景，有人认为湖光岩的湖是无底洞，百川之水汇聚才出奇遇。湖涨时是农历传统的七月十四日鬼仔节，传说是水鬼出动闹节，一时众说纷纭，令湖光岩更神秘、更神奇。

湖光岩风光秀丽，文化内涵丰富，不仅吸引了众多的中外游客，备受文人墨客的青睐，也为不少国家领导人或著名学者所喜爱，都曾到过湖光岩。

公元1126年的北宋，僧人释琼在此结草为庵，借白云岩洞为佛堂，供奉如来三宝佛，号称"白云禅庵"。三年后，接待了流放途中的北宋丞相李纲，把李纲题写的"湖光岩"三字刻于白云岩上方。庐山的"仙人洞"与白云岩确有几分相似。

古朴庄严的望海楼，隐藏在崇山峻岭之中，鸟语树风，古楼梵音，景致秀丽，气氛优雅恬静，使人超凡脱俗，忘却烦恼琐事，正是一处观景休憩、静心养性的绝佳处。

这天是国庆节，也是中秋节，公园内外热闹非凡，处处是欢声笑语。尤其是天气格外晴朗、阳光明媚、秋风送爽，更让人心旷神怡。吴倩影、马老实、梁云江、郭露水几人一路览胜，有说有笑，不知不觉来到了玛珥湖边，湖面广阔壮观，可见湖水清晰如镜，在微风的吹拂下，波光荡漾，卷起一圈又一圈涟漪。湖光倒映岸边的杨柳、松柏的影子，景象万千。这时，郭露水兴奋不已，高兴得跳起来叫道："湖光真美啊！"梁云江诗兴大发，随即吟起苏东坡的西湖诗一首：

水光潋滟晴方好，山色空蒙雨亦奇。

欲把西湖比西子，淡妆浓抹总相宜。

梁云江再吟范仲淹词：

碧云江，黄叶地，秋色连波，波上寒烟翠。

山映斜阳天接水，芳草无情，更在斜阳外。

云江吟罢诗词，郭露水不解其诗意，便问云江："西子是什么？为何西湖比西子？"

云江笑道："西子即西施，中国四大美女之一，春秋时期越国美女。西湖比西子，即西湖之美也如西施一样美丽，且不需要涂脂抹粉打扮。"

郭露水接道："云江，我与西施比怎么样？"

吴倩影抢答道："郭露水，你比西施还美！"

郭露水见吴倩影抢答，很不高兴道："倩影支书，我又不是问你的，你说我比西施还美有屁用？人家云江说我美，我才偷着乐呢！"

云江立即笑呵呵道："咱们的郭露水确实比西施还美呀，人见人爱呢！"

云江这么一说，逗得大家哈哈大笑！

这哈哈笑声引起吴倩影的春心荡漾。

吴倩影自从看到蔡英姿与黄强支书好上后，心里甚不是滋味。然而，她心里这么想："既然人家已经恋爱了，自己就不必单相思了。"于是，她近日对马老实进行认真考察，觉得与蔡英姿先前同她说的马老实的情形基本一致。蔡英姿曾希望倩影好好爱马老实，说马老实值得爱。据她多日观察，觉得马老实确实不错，于是，她慢慢地恋上了马老实。

晌午时分，大家觉得肚子饿了，便在公园内随便吃了午饭。饭后，梁云江领头，大家攀登火山岩羊肠小道上到望海楼。站在望海楼顶上，可远眺东面的湛海东海岛，那大海茫茫，星帆点点，无限风光尽收眼底。望海楼隐藏在湖光岩崇山峻岭之中，鸟语花香，竹苞松茂，景致美丽，气氛幽雅恬静，使人超凡脱俗。一会儿，吴倩影与梁云江耳语几句后，便与马老实往一僻静深邃处走去。

梁云江与郭露水原地坐定。

吴倩影与马老实来到山谷边，野白梅盛开，空气中飘来幽幽清香，马老实随手采了几株给倩影道："献给你！这儿没有玫瑰花，只有秋白梅了。"

吴倩影心情顿时愉悦起来，接过白梅轻轻地闻着："只要能代表爱情，白梅也行。"接着，他俩深情地接吻着。

这时，谷边传来清脆的"咯咯"山蛙声，这些小精灵似乎为他们祝福歌唱。马老实一下子来了激情："倩影，你真的爱我吗？"

倩影点头，含情笑道："你会娶我吗？"

马老实接笑道："只要你愿意，我一定娶你，一生一世地爱你！"

倩影便激动地柔声道："咱俩勾手指为证吧！"

于是，马老实微笑着与倩影勾手指后，伸出双臂将倩影紧紧抱住，使她倾伏在他的身上了。他将脸贴在她的胸脯上，如同一个孩子似的哭了，一边哭，一边喃喃地说道："就应该这样，就应该这样，就应该这样……"

"你让我透不过气来了，你的话是什么意思啊？你希望怎么样呢？别哭别哭。"

"我想，你今后也像今天这样柔情地爱我！你千万不能像蔡英姿那样抛弃我，好吗？"

她也情不自禁地哭着喃喃道："咱俩勾了指头了，我绝不会有英姿姐那样的倔脾气，其实英姿姐还很关心你呢！她让我好好地爱你，我会一生一世爱你，绝不食言，你相信我吧！"

随后他俩彼此充满温情地拥抱着，不断地亲吻着，轻轻地替对方擦拭眼泪。

在她几乎没有觉察下，他的一只手伸进了她的胸衣，抚摸到了一个像她那样的姑娘时刻不忘防守着的"禁区"……

她惊叫了一声，一下子挣脱了他的拥抱。随即迅速离开了他的身体，站了起来，一边恐惧地望着他，一边连连往后退，她想转身逃跑。她浑身瑟瑟战栗，双手紧紧护在胸前，那样子像是一只被什么猛兽吓坏了的可怜的小动物。

他面红耳赤，无地自容。他猛地翻了一个身，将他那张比秋后的枫叶还要红十倍的脸深深埋在青草中，一个拳头一下接一下擂着草地，身体却如死了一般，一动也不动。

她不忍心这样撇下他跑掉。

她又战栗地、怀着几分本能的防范心理，一步步轻轻走回他身边，双膝跪了下去，两只手同时抚摸着他的肩，抚摸着他的头喃喃地说："你别这样啊，我没有生你的气呀。我害怕极了，你再也别这样了好吗？我会被你吓昏的呀……"

许久许久，他才将头从青草中抬了起来，他泪流满面，脸上沾着许多泥土，他发誓般地望着她说："我再也不了，我——再也不让你害怕了……"

然后，倩影便主动地亲吻马老实，彼此又拥抱着。倩影含羞道："老实，等咱们结婚了，你喜欢怎么做都可以，但现在还不能这样，这是规矩，明白吗？请你尊重我，好吗？"

马老实连连点头，很激动道："往后我再不敢任性，一切都听从你的！"

于是，两人手牵手走出山谷，往望海楼的方向赶回。

梁云江与郭露水他俩在原地默默坐着，先是郭露水开口："云江，倩影姐他俩拍拖去了，咱们也恋爱吧！"

梁云江笑道："露水，咱俩从小玩到大，青梅竹马，彼此都有感情，互相都有恋爱的愿望，但不是现在，咱们得先把心思放在工作上，待我工作出色了，有了美好前程，咱们再谈恋爱，好吗？"

郭露水很不高兴道："云江，咱们应该谈恋爱了，谈恋爱也耽误不了你的工作，我就喜欢谈恋爱，我爱你爱得快发疯了，你知道吗？"

郭露水用斜眼偷偷瞟了云江好几回，见云江没有点儿反应，便恳求道："云江，你——亲亲我好吗？"

梁云江没有动，笑道："露水，你不要太任性好不好？爱情这东西是不能勉强的，是急不来的，得慢慢来，好好谈才行呀！"

郭露水装出一副可怜相，撒娇道："云江，你学问大，道理多，我是说不过你的。什么任性也好，爱情也罢，反正我管不了那么多，我只知道我非爱你不可了，不然我就快憋死了，你不亲我，我可亲你好了！"

于是，郭露水猛地勾住云江的脖子，整个人吊在云江那宽阔的胸上，一张小口火辣辣地吻云江的嘴唇。云江无可奈何地任由露水吻个不停。

"露水——"云江的心软了，刹那间全身燥热起来，被露水拉住的那只手也就不安分了，热切地抚摸着露水……

这时，有几位游客的说笑声由远而近传来，云江马上把手抽出来，对着露水一只耳朵悄声道："露水，来人了，快起身吧！"露水像在梦中惊醒似的，猛地抬头起身坐好。

　　不一会儿，吴倩影、马老实也赶回了，他们便一起走出湖光岩公园，往雷州青年运河工地奔走……

青梅竹马

一

郭露水和云江同一年出生，在一起玩大，可谓是青梅竹马，谁也离不开谁。当然，这些都是早年的事。近两年，她的个子高了，心理也渐渐成熟了，对云江的情感与以前大不一样，一想到他，心窝里就会生出一种说不清、道不明的感觉，痒痒的很舒坦。云江的书读得好，村里人见人夸。郭露水原本担心云江读书后去当大官，像鸟儿一样再不飞回，没想到他竟然放弃上学，自愿回到村里，陪伴村里的头面人物黄强，专为上级来的客人端茶让座，享尽风光。郭露水的心里别提多高兴了，总想走到他身边，多看他一眼，与他说上几句话。

然而，这些天来，郭露水惊讶地发现，云江变了。云江对她再不像以前那样，有时在路上遇到，他还故意绕个弯儿。

郭露水意识到，云江是在嫌弃她，她敏锐地觉察出，她与云江间的距离正变得越来越远。

这日中午，郭露水坐在荔枝树下纳鞋底，边纳边想云江。

郭露水寻到一处没人的地方，一笔一画地在地上写出"梁云江"三字。写得有些歪，郭露水咋看也不满意，抹掉重写。连写几次，总算写正了。

郭露水看着地上的三个字，闭上眼睛，面前浮出云江的样子。郭露水想一阵子，忽地起身，拿脚将地上的三个字抹掉。

快要走时，郭露水迟疑起来，正在决定是否回去，身后传来说话声，扭身一看，是云江和王小三，正打老井那边走过来。

郭露水心里咚咚直跳，闪到旁边龙眼树下守候。

望到郭露水，云江站住脚："王小三，你先去。我有件急事儿，不陪了！"不及王小三应腔，他扭身绕过赵国师家的院墙，眨眼就不见了。

王小三嗔怪一句："这小子，说风就是风！"晃到郭露水跟前，笑着招呼："大妹子，站这儿干啥？"

郭露水黑沉着脸："不干啥。"

王小三盯她一眼，站住脚："大妹子，瞧你小嘴噘的，谁惹你了？"

云江故意躲开郭露水，郭露水看在眼里，气在心中。

云江后悔自己这么逃避郭露水，觉得太过分了，便偷偷返回，躲在井边正在懊丧，身后传来一个声音："梁云江！"

云江不由得打个寒战，回身一看，是郭露水，脸上顿时红了。

"露水，啥——啥事？"

井边总有打水的人，云江吓得脸上泛白，急道："露水，你有啥话，咱往那边说去！"

郭露水点点头，跟他走到僻静处。

"露水，啥事儿？"云江极力压住心跳，小声问道。

"梁云江，你——你——你是不是嫌弃我了？"郭露水泪汪汪地呆站着，直望着他。

"嫌弃？"云江急了，"嫌弃你啥？"

"嫌弃我不识字，嫌弃我从小泼辣，嫌弃我不好看，嫌弃我……你嫌弃我的地方多了，是不是？"郭露水已经隆起的胸脯一鼓一鼓的，将憋了许久的话一口气全说出来。

"露水，我——我——我哪敢嫌弃你呀？"

"你不嫌弃，为啥躲我？"郭露水质问。

"我——"云江蹲下来，脸色红了，"我——不敢说！"

"你不说，就是嫌弃我！"

"我——我闻到你身上有味儿了！"

郭露水上前一步，泪水又流出来，抽泣道："那味儿臭，是不？"

"不不不，"云江急急辩解，"你身上的是——是股香味儿！"

郭露水惊异地抬头："既是香味儿，那你怕啥？"

"我——我——"

"你再闻闻！"郭露水跨前一步，胸脯子朝前一挺，"到底是香味儿，还是臭味儿？"

云江见她逼到跟前，本能地站起来，鼻子刚好撞在她圆鼓鼓的胸部，惊叫一声："露水——"后退数步，圆脸唰地红到耳根。

"是啥味儿？"郭露水目光如炬。

"香味儿！"

"还躲不？"

"不——不躲了！"

"好！"郭露水破涕为笑，"不躲就是不嫌弃我。以后碰到，要是再看见你躲，就和你没完！"

正在此时，井边有人喊："云江，在哪儿？大炮来啦！"

"露水，我得夫了！"云汀寻到脱身机会，不及郭露水反应，打个转身，飞也似的逃了。

二

云江蹲在村西的一道干沟里，对面坐着露水。沟沿上是二队的水稻田，稻秆儿密密麻麻，腰里无不别着大穗子，灌饱浆了。

虽已入秋，但天气并不冷。苍茫的月光下，露水只穿一件花格子布衫，圆鼓鼓的胸部直顶一层薄布，身上散出少女的体香，两只大眼眨也不眨地射在云江身上。云江的心怦怦跳着，勾着头，咬着牙，不敢看她。

两人面对面，一个蹲，一个坐，谁也不说话，僵耗着。

"露水，你让我来这里，说是有话要说，咋不说呀？"云江憋不住先开口了。

"这阵儿没了！"露水应道。

云江起身："要是没话，我得赶回去，刚才好像听到有人喊我！"

"不好！"露水断然说道。

云江心里扑通一声，只好再次蹲下，吞吞吐吐道："露——露水——"

"你——你想干啥？"

"不干啥！"露水声音缓缓地，"只是想看看你，这还没看够呢！"她提高语气，几乎是在下命令，"别蹲着，屁股着地，就跟我一样！"

云江脸上一热："好。"于是坐在地上。

"坐到我这边！"露水又下命令，"太远了，我咋看得清呀？"

云江迟疑一下，身子没动。露水候着有一会儿，嫣然一笑，移到云江身边，紧挨他坐下。

月亮钻入云层，天色暗下去。

"摸摸我的手！"露水伸出手去，搭在云江的右腿上。云江的右腿抖一下，正要移开，露水牢牢按住："别动！你忘了，小时候在水稻田里，你——你还压过我呀！"

听她说出这话，云江的心再次狂跳，脸上羞得通红，恨不得将头埋进两腿之间。露水看着他的憨样，咯咯笑起来："云江，前阵子你领人收木头炼钢铁那阵儿，凶巴巴的一身是胆，这阵儿咋全没了？"

"郭——露水——"

"嗯！"露水一把捉过他的手，声音温柔下来，"云江，你不抬头，叫我咋看你呀？"

云江无奈地抬起头。露水盯住他细看一会儿，甜甜地笑了，将一张俏脸轻轻贴在他的大腿上。在一阵猛烈的颤动之后，云江不动了。云江的呼吸加粗了。云江的右手不由自主地搭在露水的肩膀上……

月亮钻入更厚的云块，天色更暗了。

近日，露水听说云江要被调到社里，一下子傻了。

对于借调社里，云江惊喜交加，一则自己前途光明，二则正好躲开露水。他不是不喜欢露水，而是觉得露水就像红辣椒，看着美，吃着受不了。露水这个痴心痴情的姑娘，像胶水一样粘在他身上。他正思量着如何解脱，社里竟要借调他。云江喜出望外，准备收拾行李，打算随后上路。

云江正在大队部收拾行李，急促的脚步声传来。不及他做出反应，露水已如疾风般旋进小院，倚在门框上，一边喘气，一边直勾勾地望着他。

"郭——露水！"云江吃一惊，吞吞吐吐道。

"梁云江，听说你要到公社里当大干部啦！"露水匀过气，劈头就是一句。

"哪来的事？！"云江辩解，"孙书记临时借调我帮点忙，过几天就回来了！"

"你骗谁！"露水把音量调高，"你当我是张家二傻子，一哄就上当呀！告诉你，我连鼻子眼儿也不信！"

"嘘！"云江吓得面如土色，压低声音，"我的露水，小声点儿，要让人听见，我就完了！"

"没偷没抢，你完个啥呀？"露水不依不饶。

"快进来说！"云江恳求，"院里人多，你站在门口，不好看！"

露水走进屋门，放低声音，语气软和下来："梁云江，不管咋说，你不能把我忘记！那夜拍拖的事，我记着呀！你捏住我的手，弄得我心里一直痒，后来——后来你又是这又是那，我全依你了。今儿你拍拍屁股走人，敢不回来，看我到公社寻你去！"

"露水，看你说些啥呀！"云江羞得满脸通红，后悔昨晚没能把持住。也幸好自己的胆子不大，没再继续。不然的话，娄子可就捅大了。

"还在叫我露水？"露水再次虎起脸，"梁云江，我告诉你，你亲也亲过了，摸也摸过了，打那夜的拍拖后，我就是你的人，这辈子谁也不嫁，只候着你！"

云江打了个寒噤，生怕她再说出什么，赶忙赔笑，接上话头："我能不知道你的心？其实，你不知道我在心眼里有多喜欢你！"

"喜欢顶屁用，我要你娶我！"

"娶——娶——"云江心里一颤，"你我年纪都还小呀，这——这事儿早着呢！"

"早归早，你得应下。要不然，我心里不踏实！"

"好，我应下。"

"咋个应法？"

"娶——娶你就是！"

"不行！"露水小嘴一撇，"这话太勉强，似乎随便应付的样子，我要你说郑重点儿！"

"起个咒！"

"骗你是孙子！"

"不行！"露水小嘴又是一撇，"咒个毒的！"

"要是——要是我不娶你，就让我出门遭雷轰，不得好死！"

"我信你！"露水盯住他狠看几眼，"啥时候走？"

"明儿吧！听说是孙书记接我！"云江怕她再缠下去，眼睛眨巴几下，打个谎儿。

"那——"露水想了想，"真要这样，我就不送了！不过，一有空，你就得回来看我，免得我总是挂念！"

"好好好！"云江忙不迭地答应，同时下出逐客令，"要是没别的事，我得马上出去一趟，跟黄支书约好了的！"

三

郭露水知道，云江这阵儿就在县城工作，要是寻他，得去县城！郭露水寻到县里，左右打听，得知云江在县政府。赶去问询，说他下乡去了。郭露水问他住在何处，那人指给她。云江住县委招待所。她向招待所服务员说明来意，服务员热情接待了她。首先打开了云江的房门让她在房间住下，后又给她饭票，指点她到食堂用餐等事宜。

郭露水一直守到天黑，云江没回来。等到一更天，郭露水太累，睡着了。她在房间睡得正香，云江回来，见床上躺着一个女人。

"谁？"云江惊慌中，颤声问道。

郭露水被叫声惊醒，见到云江，便气愤道："你个没良心的，可逮住你了！"接着，郭露水把一肚子委屈全都喷发出来，照准他的胸脯死命捶打。

"我的好露水呀，"云江大惊失色，"这是招待所，到处是人，你甭闹了！"

郭露水不再打他，伏在他的肩上嘤嘤地哭。云江问道："露水，半夜三更的，你咋睡到这里？"

郭露水没睬他，一股劲地哭。是的，太多的委屈，太多的心事，也憋得太久。这儿是她唯一可以倾诉的地方，为啥不哭个痛快呢？

云江安慰她，扶她在床沿上坐下，她收住了哭和泪。

久未见面，郭露水出落得更漂亮了。此时虽已入秋，天气依旧闷热。郭露水只穿一件短袖布衫，为了透气，胸上的一粒扣子早松开了，透过微微敞开的上衣，云江瞄到她的大半个酥胸……

云江嘴巴大张，却说不出话，两眼射出光柱，青春的热血直冲顶门，呼吸也急促起来。正在把持不住，郭露水问道："你咋啦？"

"没——没啥！"云江打个惊怔，急急移开目光，拿话岔开，"喝口水吧，你一定渴了！"

"渴死了，刚才一急，啥都忘了，水在哪儿？"

云江从挂包里摸出一个军用绿水壶，晃了晃，拧开盖子递给郭露水："有呀！"郭露水接过来，咕咕灌下一气，抹抹嘴，出口长气。

郭露水憋一会儿，将火儿迸发出来，"为啥一年多不见我？"

云江辩解："露水，到县上后，我更是忙得不可开交，莫说是回家，即使是睡觉，也是半睁着眼的！"

"你骗人，"郭露水忽地站起，"我打听过，你回过家了，回过不止一次！你在家里过夜，只不寻我！我一直候着你，候在村边上，可就是逮不住你！你这没良心的，你忙，我不怪你。可你不看我一眼，处处躲我，却让我伤心！今儿我来，就是想问你一句话，你还有良心没？"

"小露水，你——你想咋呀？"

"咋又叫我小露水呀？"郭露水哭起来。

"不——不叫了！"云江急道，"郭露水，你——你想咋呀？"

"我要你娶我！"

"娶——娶你？"云江的声音打战了，"啥时候？"

"啥时候都行，越早越好，今夜儿也行！"郭露水斩钉截铁。

"今——今夜儿？"云江目瞪口呆，"郭露水，咱——咱还小呀，你才17岁，不行呀！"

"这阵儿不娶也行！"郭露水让一步，"反正我是你的人，啥时候娶都行！"

"这——你这次来，没别的事吧？"

"没！云江，"郭露水走过来，将头轻轻靠在他的胸脯上，"搂搂我！"

云江的心跳起来，两只胳膊不由自主地搂住郭露水。她的丰满胸脯有力地弹压在他的心口上，柔软而炽热。他们的皮肤只隔两层薄薄的衣布，彼此的热量无可遏止地渗透给对方，转换成无法自控的战栗与悸动。

搂抱一会儿，两人的呼吸越发急促，云江的一只手悄悄松开郭露水的腰，慢慢向上游动……

云江受不住了，将她抱到床上。此时此刻，他的脑海里一片空白，一心只想完成此生中的第一次壮举。

郭露水静静地躺在他的床上，两只大眼完全闭着。云江扫一眼，甩去上衣，压到郭露水身上。就在此时，云江看到郭露水的眼里滚起泪花，心里一颤，小声问道:"你哭了?"

"云江,你真的娶我?"郭露水颤着声音呢喃。

"娶你?"云江情不自禁地打了个寒战。

"不娶我,你这是干啥?"

"天哪,我这是干啥,我这是干啥?"云江的热血一下子冷却了,不住地重复这句话。几乎是同时,他从郭露水身上翻下来,匆匆穿上衣服,拿被单盖住郭露水,两手捂脸,蹲在地上呜呜哭起来。

郭露水猛地掀开单子,坐在床沿上,怔怔地望着云江,不无惊恐地问:"你不想娶我?"

"想娶,梦里都想!"

"那——刚才是为啥?"

"睡吧,我有口难言,更有苦衷!"

"不管咋的,你必须给我说清楚!"

"现在我只想睡觉!"云江忽地起身,嘭地关上房门,朝大门飞跑而去。

郭露水冲出门,望着云江远去的身影,泪水夺眶而出。

女人,最恨的就是被人欺骗,可女人又最容易受骗。

郭露水恨得牙齿咯咯响,跺脚骂道:"我算瞎眼了,白白等他这些年!现我看明白了,他再不喜欢我了,又是一个陈世美,攀上别家小姐了。他是躲我了!再不敢见我了!"

说完,郭露水回到屋里,将门咚一声关上,伏在床上哭一阵儿,猛地拉开房门,走出来,转回身,"呸"地朝门上吐口唾沫,迈开大步,不一会儿就消失在夜色里。

倔强姑娘的温存

黄强头昏脑涨地到了办公室上班，他坐在办公桌前傻呆呆地似乎想什么。办公室就只他一个人。

团支书蔡英姿慢悠悠地走进来，见黄强这么无精打采的，便靠近他身旁，关切地问："支书，怎么啦，哪里不舒服呀？"

黄强猛地抬起头，道："没什么呀！"

蔡英姿知道他近段的心情甚是不好，想对他说几句安慰的话，却不知该说什么话好。

英姿瞄瞄一下四下无人，便鼓起勇气在黄强一只耳朵边悄悄说："强哥，我这些天观察到你的神情那么忧郁，心里甚是难过，我一直想请你出去聊聊天，解解闷，可又怕你拒绝，昨夜我想了一整夜，决定不管如何，一定要与你分担忧愁，我主意已定，今晚八时半，我在溪口河堤柳树旁等你，等不到你，我就不回来，在河堤过夜。"说完，不等黄强反应过来，人就不见影子了。

对于蔡英姿，黄强是最清楚不过了，她从小失去了父母，是农业社这大家庭把她养大、培养成人。她对农业社有着深厚的感情，这种感情在同龄青年中是任何一个也比不上的。包括林娟在内，她爱农业社胜过爱自己的性命。她很虚心地请教许敬梓先生，认识了许多字；她很认真地向乡农业技术员刘建华学习，掌握了许多农业生产技术。

林娟介绍她与马老实交朋友谈恋爱。开始，她觉得马老实有文化，为人礼貌，心地善良，本想用她的积极思想改变他的行为，让他身上的消极因素转变为积极因素，跟她一起积极走社会主义道路。可马老实在马汉受人指使辱骂农业社、辱骂支书黄强的问题上显得非常犹豫、呆滞，这让她恼火，让她失望。

于是，她认为马老实是一个顽固不化、不思进取、不可救药的青年，从此，她与马老实绝交了，宣告与马老实的恋爱关系吹了。

她就是这么一个爱憎分明，敢于与坏人坏事做斗争，积极带领广大青年投身社会主义集体生产劳动，表现出模范行为的进步青年，曾获得南山乡颁发的"五四青年突出贡献奖"荣誉。她身为团支部书记，可谓当之无愧，在群众中享有很高的威望。

因此，黄强很喜欢她，甚至胜过喜欢林娟，如果不是已经爱上了林娟，他会毫不犹豫地爱她。现在，林娟远走高飞，已经变得让黄强认不出来了，他恨林娟，自然地爱上蔡英姿。如今，蔡英姿在他耳朵边讲悄悄话，这坦诚的关心，这热情的爱护，无不让他感动。

他深深知道蔡英姿是一个急性子的姑娘，一个非常倔强的女性。如果他黄强今晚不按她约会的时间到达，会急死她的，对她的打击也是很大的，她会恨他一辈子。

夜色渐浓，那星星点点的流萤在无边际的田野、在蛙声阵阵的池塘、在淡淡馨香的河堤边闪烁，飘忽……

这晚，黄强站在溪口河堤坝上，望着月下的清清河水。微风吹过，水面皱起圈圈涟漪，将星光月亮分解得支离破碎，点点闪闪。

黄强抱着一种对英姿的感激与爱的心情赴约。

黄强按约会时间急急朝溪口堤边走去，远远已望见英姿在堤上踱来踱去，这时，他的心情是轻松的，愉快的。

英姿在朦胧的月色里就像是仙女下凡，凹凸有致的身体曲线，有一种虚拟化的淡雅之美，让人麻醉，让人心碎。

她有美丽的身姿，有五官端正的面容。的确，英姿很美丽，美得健康，美得飒爽，美得持久，笑起来脸上露出那两个小酒窝儿，让人心旷神怡，无不惹人喜欢。

英姿在堤坝上左瞧右看，也很快看到了黄强的影子，她喜出望外，高兴得几乎跳起来。

英姿急忙走下堤向黄强的方向奔来，拉着黄强的手笑道："强哥，你来了，我是多么高兴啊！"

黄强乐呵呵道："我怎么让你这么高兴呀？"

英姿又笑道："你不知道吧，你是我的偶像，你在我心中是最伟大的哥哥。"

黄强也笑道："我在你心中伟大到什么程度啦？"

英姿接笑道："伟大到把我的心填满了。"

栖落在堤岸柳树枝上的流萤一粒一粒地闪着微光，从叶子背面透过来，能让他俩看见叶子晶亮的汁液。他俩高兴极了，摘下身旁的一片蕉叶，双双捕捉那些飞高飞低的流萤，然后把它们装在蕉叶里，吊在柳枝上。这些小精灵在清香的蕉叶里忽明忽暗地闪着绿光，编织着一对仲夏夜的鸳鸯梦。

他俩坐在堤边一块微凉的溪石上，沉默一会儿，黄强便逗笑道："你今晚约我到这里做什么呀！"

英姿接道："不是说好了，分担你的忧愁吗？人家看着你闷闷不乐的样子，想听听你诉诉苦呀！林娟姐怎么啦？有没有给你来信啊？"

黄强道："林娟把我给气昏了，一提她的信，我就呕心。"

英姿道："不妨说出来，总比搁在心里好受呀，那信是怎么回事？"

黄强接道："林娟太不像话了，信中说她已经跟杨秘书好上了。我真没想到这么快就投入了杨秘书的怀抱，你说气人不气人？我自吃苦果！"

英姿道："这种人见异思迁，轻浮自私，爱慕虚荣，你何必为她伤心，为她气呢、苦呢！她不值得你爱，你得振作起来，你绝不能气坏身子，海北村还有许许多多的问题等着你处理，许许多多事情等着你做，你千万不要为一个无情无义的小人所愁苦、受累呀！累坏了，海北村怎么办？我痛心难过呀！你要鼓起勇气，一切从头来，不是还有我吗？我非常爱你，爱你一辈子！请你接受我无私的爱！好吗？"英姿越说越激动，几乎流下了热泪。

黄强看在眼里，感动在心里，听着这么动情的言语，几乎热泪夺眶而出。

英姿含泪说道："今晚约你出来，就是要表达我对你的爱，我要用我爱的温暖，抚平你被她伤透了的心，我要让你快乐，让你开心，让你把海北村的事情办好！"说完便紧抱住黄强，喃喃道："强哥，你忘掉那小人，爱我吧，亲亲我好吗？"

黄强被英姿的温情所打动，也紧紧地把英姿搂在怀里。他没有立即亲她，只是用一只手轻轻拍她的后背，像是哄孩子。

"强哥，亲亲我吧，快点儿，我爱你爱得快疯了。"英姿恳求着！

"姿妹——"黄强低下头，在她脸上轻轻亲了一口，她刹那间全身燥热起来。

英姿猛地勾住他的脖子，整个吊在他宽阔的胸脯上。一张小口热切地寻找他的嘴唇，他们相互热烈地吻着，吻着！

"强哥——"英姿心醉了，身子软了，全身热乎乎地趴在黄强身上。

黄强紧紧抱住她，可心里跳得厉害，呼吸急促起来。英姿紧紧贴在他的胸脯上，清晰地听到她那跳得紧凑的心窝，黄强感到心慌意乱，神魂颠倒……

英姿的身姿如花如玉，她年轻、美丽、清秀，皮肤是白的，是那粉粉的白、润润的白、鲜活亮丽的白，那白里绷着一丝一丝的嫩红。眉毛是黑的，是丝线一样的黑，黑得活泼，黑得细密，黑得灵敏，黑得诱人。眼睛是一潭晶莹莹的水，那水是活的、透明的，也仿佛是一层一层、一波一波的，波中闪着亮点，忽而隐了，忽而又泛上来，恰似那潭中的鱼儿，游动着，让人馋呢。鼻子呢，纤纤的，有红润慢慢浸出。鼻弧儿一挑，耸中含媚，媚里带羞。小嘴是红的，是那种天然的红，红得生动，红得健康，红得鲜艳，不带一丁点脂粉气。她趴在他的身上，浑身上下透着一股姑娘特有的青春气息，那气息既淘气又芳香。她的胸部、她的腰部、她的臀部，全都……

他觉得英姿靓丽，活似天仙，身姿曲线美如西施。他将她搂得更紧，这时刻无边无际的爱充满他的心间。自看到林娟那封绝情的信后，他已对爱情两字没再抱有多大希望，他未曾想到英姿这么倔强的姑娘竟有如此温存的痴心，他总觉得自己获得的这个爱是非分之想，就像做梦一样。总觉得有一天她像林娟一样抛弃他，如同烟云一般悠然飘散，想到这里，他流下了几滴泪！

那眼泪掉在英姿的脸上，英姿关切地问："强哥，怎么啦？"黄强发出颤抖的声音说："我爱你！"

英姿在朦胧中仿佛没有听懂他说的三个字。

他又重复说了一遍："我爱你啊！"

英姿疯狂地亲吻他，两人如胶似漆地紧抱在一起……

英姿激动得几乎流着热泪说："强哥，你知道吗？看到你振作起来，我是多么高兴啊！只要你高兴，只要你欢乐，只要你满足，我英姿做什么都愿意。"

这时，黄强觉得英姿比林娟好千倍万倍，英姿比林娟更温柔，更体贴，更值得爱。他全身心觉得无比放松，林娟给他带来的伤害，随之烟消雾散了。他心里只有一个念头：英姿是好女子，是他的好妻子，她才是他的贴心伴侣，才值得他珍惜，我黄强一生一世一定要好好地爱英姿，让她快乐，让她高兴，让

她一生幸福！

黄强紧贴英姿的一只耳朵道："英姿，我发誓，一生一世好好爱你，一定让你一生一世幸福！有你陪伴，是我黄强三生有幸，前世修来的福！"

英姿也贴近他的耳朵道："强哥，我对你的爱是纯真的，我将陪伴你一辈子，不离不弃，天长地久，海枯石烂心不变！今晚月老做媒，溪水做证，我英姿若有变心，将天诛地灭，电劈雷轰，不得好死！"

黄强捂住英姿的嘴，激动得几乎流下眼泪，两只年轻的鸳鸯又一次紧抱起来⋯⋯

爱情的力量是微妙的、神圣的、强大的。

月亮已经至中天，英姿说："很晚了，咱们回家吧，明天还有许多事情要做。"于是，两人手牵手回到村口才分手，各自回家。

夫妻和好如初

一天，太阳即将落西山的时候，小耀光还在外面玩耍。蔡英姿收工回家，却不见小耀光，便急忙到上巷下巷寻找，终于看见小耀光正在跟村里一个顽皮鬼摔跤打拳架。蔡英姿一个箭步上前拉开小耀光，又气又恨，一边臭骂一边用力拧小耀光的大腿，拧得他大腿青一块紫一块，又红又肿。小耀光疼痛得撕心裂肺地号哭！蔡英姿拧罢半拖着小耀光回到家里。

这晚饭，英姿不做了。黄强不忍心小耀光饿着，做了一碗芝麻糊端给他吃了，并给小耀光擦了消肿止痛跌打药酒。可英姿仍然骂个不停。儿子低声地说："妈，我知错了，以后再不这样了。"英姿听后并不收敛，更气愤道："错你个头，还有以后吗？"接着将饭桌上的韭菜朝小耀光扔去。小耀光脑袋一偏，韭菜正好落在黄强身上。

这时黄强火了，黑着脸，愤怒道："他只不过是五岁孩子，你这么折磨他，他难道不是你亲生的儿子吗？"

"你给我闭嘴！"

"我只问你一句话，他是不是你亲生的儿子？"

黄强也有点失去了理智，厉声朝她吼了一句，然后他一声不响地拉起儿子的手，带他去卧室睡觉。儿子胆怯地看了看母亲，正要走，就听得英姿歇斯底里地叫了一声：

"李耀光！"

儿子就站住了，怔在那里，一动不敢动。

"没事的，别理那疯子！只管去睡觉。"黄强摸了摸儿子的头，将他推进了卧室。

英姿随即怒气冲冲地站了起来，不顾一切地朝儿子的卧室冲过来。黄强一

脚踹在了她的膝盖上。"哎哟喂，你还敢打人？"英姿从地上站起来，挑衅似的将脸朝他越凑越近。"你打，你打！"黄强被她逼得没办法，只得又给了她一巴掌，感觉是打在了耳朵上。

这还是他第一次打她。由于用力过猛，黄强回到偏房之后，右手的掌心还有些隐隐发胀。

他很快就听见了厨房里传来的噼里啪啦的摔碗声。很快，堂屋里传来了儿子的哭泣声。

"妈妈，别砸了，我今后一定好好听你的话，做个好孩子。"

黄强见状冲出了偏房。

他看见骨瘦如柴的儿子，双手交叉护在胸前，在堂屋里簌簌发抖。黄强朝她的腿上踹了一脚，英姿往后便倒。

她挥动着双手，在他身上乱打乱抓。黄强不假思索地骂了一句难听的话。

英姿终于不再挣扎，两行热泪慢慢地溢出了眼眶。

"你刚才骂我什么？"

让黄强吃惊的是，英姿的声音变得极为轻柔。似乎他打她，踹她，都不算什么，而随口骂出的一句话，却让她灵魂出窍。她的眼睛睁得圆圆的，望着他，目光中有一种温柔的绝望。黄强本想把刚才的那句脏话再重复一遍，话到嘴边，又硬是给噎了回去。他从她身上站起来，喘着粗气，回偏房去了。

屋子里死一般的沉寂。

他在偏房里呆呆地坐着。过了好一会儿，他才开始思考妻子接下来可能会有的反应，以及这件事如何收场。又过了很久，他终于听见到"刷刷"的泻水声，她大概在洗澡。

英姿洗完澡，穿着一件带绿点的睡衣，推开门，走进了他的偏房。她一声不吭地坐在高脚凳上。从睡衣下面的分叉露出白皙的大腿，她毫无必要地拉了拉，挡上了。她的手臂上多了一个创可贴，大概是打架的时候，被不慎弄伤。

"离婚吧，"英姿拢了拢耳边的湿发，低声说道，"你现在就起草离婚协议。明天一早，我们就去法院。"

英姿干呕了几声，似乎要呕吐。黄强有点担心她刚才倒地的时候，碰到了后脑勺，也有可能是刚才洗澡着了凉。他顺手把椅背上的外套给她披上，在她的肩上轻轻地按了几下。

英姿转过身来，把他的手拿开了。

"身体是不是不舒服？你的气色看上去很吓人。"

"少来这一套！先说离婚的事吧。"英姿咬着嘴唇，叹了口气。

"暂时还死不了！"英姿道。随后，她的声音低了一个音阶："去中医院让大夫看过，说是内分泌有问题。"

黄强在她背上拍了拍，顺势就将她抱在怀里。任凭她如何挣扎，他死死地抱着她不松手。

这么做，是他和解最好的办法了。"黄强！你什么时候变得这么嬉皮笑脸了？你正经一点好不好，求求你了……"英姿试图用力地推开他，但没有成功。其实她也未必真的愿意这么做。只是，和解也有自己的节奏，弯不能拐得太快。她必须对离婚一事稍做坚持。

"我们还是商量离婚的事吧。"

"谁说要离婚了？"黄强嘿嘿地笑了起来，开始笨拙地向她道歉。

英姿没理他，只是不再挣扎。半天，嘴里忽然冒出一句：

"这人哪！一半是冷漠、自私……"

"那，另一半呢？"

"邪恶！"

尽管她的话毫无来由，可黄强还是觉得妻子的感慨不乏真知灼见。此刻，他想竭尽全力对妻子好一点，装出悔过的样子，爱她的样子，使酝酿中的离婚协议变成荒谬的样子。可不论是行为，还是语言，处处都透着勉强。

"你心里是不是认为我根本就是坏女人？"

黄强嗫嚅道："吵架嘛，谁还会专门挑好话说？"

"你回答我的问题！"

黄强想了一会儿，字斟句酌让他伤透了脑筋："怎么说呢？其实……"

可是英姿不愿他再说下去了，她打断了他的话："刚才你踹了我一脚，假如你不是对我感到极度的厌恶，怎么会这么做？"

黄强只能机械地紧紧地搂着她。

他向妻子建议说，不如躺到床上去慢慢聊。

"我们还是先去看看小东西吧。"过了半晌，英姿终于道。

小耀光早已睡熟了。被子有一半耷拉在地上。英姿替他盖好被子，又趴在

他耳边说了会儿话。当她抬起头的时候，早已泪眼模糊。

两个人走出了房间，去厨房收拾打碎的碗盆。英姿摔了太多的碗，碎片满满当当装了两大竹筐。

"看来，我们明天一早就得去买餐具。"英姿道。

英姿忙完了这些事，一脸轻松地看了他一眼，讥讽道："从胡乱处理突发事件这方面来说，你完全可以称得上是个天才。"

黄强煮了一锅鸡蛋面，两人都吃得很香。在静静的夜里，他们并排坐在餐桌前，一直在不停地说话。

英姿已经有点困了，她把脸靠在黄强的肩膀上，他马上抱起她放到睡床上，亲热了一番，甜蜜地睡着……

天很快就亮了。

过几天，年关到了，黄强的母亲置办了一大堆年货。熏了香肠，腌了腊肉，准备了几只鸡，做了一坛英姿最爱吃的酒酿。

英姿把泡着的一盆脏衣服洗了。随后，她又一声不吭地拿扫把大搞清洁，把里里外外打扫得干干净净。母亲冲儿子黄强努努嘴，笑道：

"媳妇是好媳妇，这么勤快。"

英姿撩起围裙，从里边的口袋里摸出一大把碎钱来，递给黄强："你倒是闲着手！你去买些炮仗回来，晚上让小东西放着玩。晚上我也跟你们出去放两个炮仗。"

母亲忙说："炮仗已经买好了。"

"你也别闲着！叫上小东西，你们父子俩快把春联贴上！"

小东西正趴在奶奶床上，不知奶奶跟他说了句什么话，两个人都大笑不止。

"你歇歇。忙了这半天，喝口水。"母亲忙道，"这人老了就是不顶用。挖了这一篮子荠菜，腰就痛得直不起来了。"

英姿问她哪里疼，帮她轻轻地捶了捶，又嘱咐她道："这么大年纪，不要出门挖菜。从集市上买也是一样的。"

她看见母亲的一缕银发挂在额头上，就帮她理顺，又道："要不要我帮你把头洗一洗？"

"你是闻出我头发里的馊味了吧？"

"是有点油。"英姿笑了笑。

"那就干脆帮我洗个澡吧。"

英姿听母亲这么说，赶紧起身到厨房烧水去了。水热后她认认真真地给母亲洗了澡。

几日里，家家户户都传来了在砧板上剁肉的声音。村巷上，已经可以听到零星的鞭炮声。

婆媳两人在厨房里忙忙碌碌。英姿还到卧室来过一次，她腰上围着红色的布裙，袖子挽得很高，手里托着一盆炒花生，靠在门框上，问黄强要不要吃。

晚上吃饭的时候，母亲往英姿的碗里夹菜。老人家一口气喝了六七杯"封缸酒"，微微有了些醉意。渐渐地，就开始说起疯话来。

母亲对英姿道："干脆，你也别做儿媳妇了，做我闺女好不好？"

"好啊。"英姿满口答应着。

小耀光早已吃完了饭，一个人趴在窗口看了半天，就嚷嚷着要去外边放鞭炮。黄强正准备起身，就听见英姿对母亲道：

"我恐怕得跟黄强离婚了。"

黄强惊得目瞪口呆。母亲似乎也愣在那里，一时有点不知所措。

"怎么了？"老母亲问道。窗外的焰火忽明忽暗，衬着她的脸一阵红，一阵绿。

"哪有女儿嫁给儿子的道理？"英姿笑道。

母亲回过神来，就把手里的筷子转个头，在她手背上轻轻地敲了一下："你这个癫媳妇。大过年的，吓我一跳！"

恋人泪洒埠头

　　国庆节后，有传谣港尾村、海北村渔业队出事了。这两个村的干部、群众听到这个消息无不震惊。但这只是传言而已，还没有确定，不过，可以看得出人们脸上的表情都是沉重的。尤其这两个村渔业队出海人员的家属被这一突如其来的消息吓得六神无主，惊慌失措。这些家属纷纷求神拜佛，逢凶化吉，他们都希望这不是真的。

　　海北村渔业队出海人员有党支书黄强、渔业队队长吴伟怀、赵田昌的儿子赵锦波、朱克农的儿子朱保明等十人，包括乡派给的船长刘海、技术员莫吉安。在这些家属中，吴伟怀的老婆月嫂、赵锦波的父亲赵田昌及黄强的恋人蔡英姿、锦波的恋人黄彩霞等如惊弓之鸟，终日惶惶不安。月嫂、蔡英姿、黄彩霞几乎每天都到东山埠码头呆愣站着，望穿东山埠溪水，盼望能看到海北村渔业队的早日归来。月嫂是多么想念丈夫早日归家，蔡英姿、黄彩霞多么想念心上人早日归来啊。尤其黄彩霞既想念亲哥哥黄强，又想念心上人锦波。她们一连几天吃不下饭，睡不着觉，熬得眼眶红肿，泪痕累累。

　　一日过去，又一日过去，她们从早到晚一直等待，等待，再等待！

　　她们终于等来了海北村渔业队的归航。月嫂、蔡英姿、黄彩霞喜出望外，那激动的心情无法言表。当渔业队一走上岸来，她们急不可待地跑上前，黄彩霞这时激动得呆住了，不知奔向亲哥哥，还是奔向心上人，见英姿已扑在哥哥怀里了，于是，她急忙扑在心上人锦波的怀里。她们把心上人拥抱得紧紧的，仿佛不让他们再跑掉似的。月嫂一见到吴伟怀，没有像蔡英姿、黄彩霞那样扑上去拥抱，而是呆呆站着，激动地流下热泪！吴伟怀走上来紧握住她的手道："你看，不是好端端的吗？一根头发都不损呀！一场虚惊，回家吧！"

　　这时，港尾村渔业队的家属不见自己村渔业队的船归来，火急跑来问黄强、吴伟怀他们村渔业队的情况。因为这次是港尾村渔业队与海北村渔业队一起起帆出海作业的。

黄强含泪叫来港尾村渔业队仅生还的船员李业勤。李业勤跪倒，垂着头哭泣，断断续续道："咱港尾村的渔业队的船沉海了，只剩下我一人生还了！"

港尾村渔业队的这些家属一听，个个号啕大哭，泪流满脸，悲痛欲绝。一位老太婆一听便昏倒了。一家属妇女揪住那生还的李业勤，撕心裂肺哭道："耕田，这是怎么回事？"

李业勤含泪道："当天夜里三点，咱村渔业队冒着大风开始收网，咱们正碰到一大群马鲛鱼，起了20多张网就装满了两船舱，大家都高兴极了。谁知道一阵狂风恶浪袭来，旧船吃不消了，舱内大漏水，咋淘水也淘不完，似乎越淘漏进来的水越多，船长便立即发出求救信号让海北村的渔业队来抢救，因漏水太厉害，加之又是满船舱的马鲛鱼，旧船不堪重负，一下子沉下去……当时，渔业队的船长在掌舵，其他人都在拼命地淘水，他们还未反应过来，船就沉海了。我当时紧紧抓住一块木头与风浪搏斗，幸好海北村船队赶到，把我救起来，可其他人赤手空拳的，与风浪搏斗一阵子，就往下沉了。海北村渔业队在黑压压的茫茫大海里寻找了几个小时，就是不见一个人的踪影，连尸体都找不着呀！哎呀，他们死得可惨了啊。"又悲痛欲绝地号哭起来。

海北村渔业队这次出海捕捞情况是这样的：

黄强前几天参加县委在雷城召开的三级干部会议，会议提出，更高地举起大旗，向农业生产的广度、深度进军，充分发挥大集体的优越性，迎接中央提出的社会主义快步进入共产主义的号召。会后，黄强召开大队领导班子会议，研究集体生产如何向深度、广度进军，壮大集体经济等问题。会议最后决定多种经营，主要还是深挖渔业队的潜力，把渔业生产搞上去，更上一层楼。于是，黄强提出他亲自出海摸索情况，总结经验，再制定今后渔业生产高标准要求。这样，黄强便与船长刘海、队长吴伟怀一起出海。

海北村渔业队这次出海作业抛锚的地方不是在海中，当然也不是滨海的地界。现在这个地方在北部湾靠近广西与越南之间的出海口附近。水深，马鲛鱼长得都大，每年到这块儿打马鲛鱼的船也最多。

船长及队长却担心起了天气，出来时风还没这么大，下了20张网之后，大风夹着雨猛刮起来。下网的人不停地摔跟头，"死去活来"的朱保明最惨，这

小子一边吐，一边摔跟头，还得一边干活，整得跟个活鬼似的。大伙齐动手，好不容易才下完剩下的 15 张网。这鬼天要是不变好，等会儿连网都起不了，就白下了。

船晃得很厉害，不扶点东西连坐都坐不稳，浪头斫得船帮"咚咚"直响，海水被打上船，又从两边的水槽"哗哗"流下去。怕水进来，舱门不敢打开，连天窗也只开一条缝，舱里又热又闷，憋得人心发慌，热汗流个不停。

尽管如此，船长也不敢离开这破地方。按规矩，一般摊上大风，都是技术员看着舱，志刚来过不止一次要换船长，永生、耿林和陈星也都来过，他没同意。他是真不放心，这是闹海的天，说出事就出事。自己的船自己清楚，不算新也不算旧，平时的风浪都没啥事，但遇到这样的天，可真不好说。船要是出事，就怕舱进水，这船就算完了，所以得有人看着，发现漏水马上叫人抽，年轻人睡觉都多，又累了一天，要是睡着了，哪怕就十分钟，可能就啥都来不及了。

北部湾滨海这一带，往来的船有百多条，每年少说也沉两条船，一条船一般 8 个人，最少也得五六个人，基本没有人能活下来，找到尸首就算不错了。拿最大的渔村乌石流沙来说，乌石流沙有 30 条船，最近 10 年来，已经沉了 4 条船，死了近 20 个人，有 10 个人得救，那 10 人还是因为船是在近边儿出事才被救的。

从龙王爷嘴里捞肉，就得献上活人祭品，这是老辈传下来的话。

为啥海难死亡率这么高？那是因为，遇到海难，如果是风大流大的天，有时眼瞅着对面的船沉下去也不敢靠近，要知道，20 多米长的渔船看起来不小，但在海里就像是个破瓢，晃起来是相当厉害，基本是无重心、多角度地乱晃，最大倾角可达 30 度，要是硬靠近，两船撞上了，救人的船也得给撞漏了。而大风大流的时候，眼看着落水的人也救不上来，海流急快，一眨眼，人就被大流带出老远，船根本追不上人。再说，就算人穿着救生衣，大浪头一拍，呛上几口水，人就完了。所以，遇到海难，想要活命，只能是风平浪静且周围有船相救的情况，否则，绝无生还的可能。

船长坐在木墩上，一口接一口地抽着水烟。他脚上缠着绷带，已经上了云南白药，玻璃扎得不深，没啥事。

船晃得越来越厉害，大风顺着门缝和天窗灌进来，嗖嗖的风中还带着雨点，船长打了一个冷战。他又仔仔细细检查一遍舱，确保没有渗水的地方。

舱没事，船长又想起了前面的三口舱，那地方轻易不出事，就算漏水也没那么快，两口大舱都能装下十多吨水，漏点也不怕，发现了漏水再去淘也来得及。而且，他从船晃动的情况就能感觉船漏水没有，要是前舱漏水多了，船头会变低，船晃动的角度和力度都会有变化，久在船上的人都能感觉出来，而船长更是比一般人敏感得多。

凌晨2点，雨突然停了，风也小了点，船长松了一口气。按说这个点该起网了，要是风再小点就好了，现在可不敢冒这个险，起网船就得走，走起来就得跟浪头顶，自己的船可经不起大浪头打，要是给打漏了，一个也活不了，这个"流"算是白瞎了，只能盼着下个"流"时风能住下来。

船长也有点困了，他靠在木头上，半眯着眼。他不知不觉想起了前几年埋在海里的那些人，那些人船长都认识，都是穷人小孩，是和他一块光屁股长大的。

船长心里想：你们沉到海里喂了鱼虾，我再把鱼虾打上来去卖，当然我自己也吃，你们的老婆和孩子也吃……这就是个循环，自然法则，谁说就得人吃鱼，人掉到海里不是一样喂了鱼？

船长正想着，舱门被拉开，吴伟怀爬了下来。

船长："咋不睡觉？"

吴伟怀："舱里睡不着觉，保明吐得哪都是，里面不是味儿。"

船长："这犊子，咋不出去吐？"

伟怀："他刚要爬出去就吐了，现在还在舵楼里吐呢，舵楼里一地黄水。"

船长深吸一口水烟，估计这小子得打完马鲛鱼后才能恢复正常，只能等到放虾的时候让他出力了。

黄强："现在能不能起网？"

船长："风止了再说。"

两人谁也没有再说话，因为俩人的嗓子早就哑了。船上干活，那风的声响是相当大，所以不喊根本听不清，喊来喊去，一船人都跟喝了两瓶酱油似的成了哑脖子，现在是能省点力气就省点力气。

伟怀从仓里掏出几袋饼干，递给黄强及船长一袋，黄强及船长接过来没吃，伟怀与锦波吃了起来。

摊上大风，有的人会晕成一摊烂泥，根本动不了，啥活也不能干，你就是把他扔到海里，他也没力气反抗。有的人虽然也晕船也吐，但还能干活，这就算不错的。而不管遇到多大的风都不晕不吐，还能吃饭干活的，那就是渔民中的极品，黄强、船长、锦波、伟怀就是其中之人。

看着伟怀、锦波吃东西，黄强、船长很高兴，夸奖两人都是做渔民的料，他知道他俩也是极品。黄强与船长接连拿水烟筒，擦了擦手就吸了起来，显然他俩兴致很高，船长哑着嗓子说："1956 年 7 月 23 日，那天我们也摊风了，那风比今天的还大得多，那时船还小，浪头一打，船就像个破瓢似的乱晃荡，下了锚，锚缆把大鼻子磨得直掉沫子。船上七个人都晕船，就我一个人没吐。我躺在舵楼里，感觉船突然一下子动得厉害起来，我爬起来打大灯一照，可不得了，原来是锚缆折了。船上就一口大锚，别的锚根本不顶事，我心想，这下子可完了。船没有锚坠着，被大风吹得顺着流跑了起来。浪头劈头盖脸地往船上灌，得亏舱盖都锁上了，要是盖没锁，一个浪头就得把舱盖给掀下去。船上虽然进不了水，但就怕机舱里头漏水，可当时机舱里没有人，就算进水也没招，根本不敢出去看，风大浪大，一出舵楼就得给卷到海里去……"

船长点上火吸水烟，接着说："我就打着大灯，左看看右看看，叨咕着千万别漏。锚缆是半夜 12 点折的，我就盼着天快点亮，'南风怕鸡叫'，天亮风肯定小。老天保佑，我一夜没合眼，总算盼到了天亮，风小了，船没事，我出去一看，机舱进了一尺深的水，别的地方都没漏。往外一看，海上一个船也没有。不管咋说，船没事就好，大家伙儿也都放松了，先吃饭再说。可到后屁股一看都傻眼了，两个水箱全都磕漏了，一点儿水也没剩下。没水咋整饭？大伙都没了主意。后来说用海水做饭得了，估计就是咸点，连咸菜也省了，咋地都比饿着强。大家伙也是瞎起哄，还真打水整了起来，嘿嘿……"

锦波也笑了："那饭啥味？"其实这个故事他听了很多遍，只是一直没弄清楚海水煮出的饭是啥滋味，不能怪老船长形容得不好，估计这饭的味道只有亲口吃过的人才能知道。

船长："啥味？全都是大葱味，吃一口饭，咬三口大葱，还得吃两瓣大蒜。最后，出主意那小子第一个吐了，吐得比谁都砢碜，嘿嘿……"

船长接着往下说，他们等了一天一夜，终于盼来一条船，每个人先灌了一肚子水，再要两桶水煮饭，这才回到家……

两个人说话比一个人瞎想强多了，不知不觉就过去了一个点。外面的风又小了不少，已降到四级左右，船长看着怀表，一拍大腿："老天爷开眼，快点叫他们起来，起网！"

黄强、伟怀答应一声，出去叫人，船长踮着伤脚慢慢爬出舱，小心翼翼地走进舵楼。

人全都从舱里爬出来了，万刚站在机舱门口，准备开稳车子，伟怀从后大桩上解开大锚，把大锚往车子边绕一圈，然后再往后拉。车子靠杠杆带动，相当于会转的定滑轮，人越使劲拉大锚，车子绞大锚的力量就越大，人的拉力与车子的绞力合在一起，大锚就被拉动。船长挂上前进档，船往前走。万刚开动车子，黄强、伟怀、锦波往后拉大锚，"死去活来"的朱保明在锦波身后把拉过来的大锚盘好。

其他人拿着大灯往海里照，船顺着大锚往前走，一会儿就到了下锚的地方，锦波和朱保明一起使劲，借着车子的绞力，150 公斤的大锚挂着黑色的海泥慢慢地从水里被拉了上来。

其他人在船头看大锚出了水面，马上向后面挥手喊停，万刚立即关稳车子。

紧接着，大家一起拉大锚，几个人费九牛二虎之力才把这笨家伙整上船。今天下的是活锚，船拖着锚已经向西北方跑了一段距离，至于跑了多远，只有船长心里有数，这是他多年海上生涯积累的经验，一般人没这个本事。

茫茫大海，漫无边际，没有路牌，没有灯塔，最多也就是白天看太阳，晚上看星星和月亮。风多大，浪多高，什么日子，什么流，大锚下多长，漂了多长时间……这些船长心里都有数，他只有罗镜这一样设备，但他照样能完成微导的卫星定位才能办成的事，当船长的，必须得有这个本事。

船长一边开船，一边教黄强、伟怀、锦波这些技术。锦波对这些已是半生不熟，只是精度和熟练度还差一些。

过了半个小时，黄强、伟怀在船头摆手，船长知道找到网了，跟自己估计的差不多，两个半点把船吹出四海里。

锦波手往右指，船长船往右开，不一会儿看到了网旗子。万刚他们把四米长的钩杆子往海里一捞，网头被勾了上来，大伙齐动手，开始起网。

朱保明看着起网杠杆，升平码礁，华仔码浮，伟怀和锦波捞海鱼。万刚和永生也到船头，大家都盼着网里有货，一切希望全在这儿了。

明亮的灯光下，第一张网的大白浮子被万刚慢慢拉上来，起网机还是第一代的老产品，只有两个轮子，所以只能绞礁子，升平把礁子绕在胶皮轮子上，拉着礁子这一头。

船换成空挡，靠着惯性往前走，到了腰筋那儿，锦波突然眉开眼笑："哎呀，有货！"

果然，网里的马鲛鱼出现在眼前，很多都还活着，个头还不小。锦波大网抄子往下一伸，一下扪了个满，网抄子的铁圈有食指粗细，铁拳直径60厘米，一网抄子能扪上上百斤的马鲛鱼，正对网抄子把的铁圈上还拴着根绳子，永生拉着绳子头，两个人一左一右一齐使劲，一大网抄子马鲛鱼被提了上来。

马鲛鱼往干堂上一倒，两个人接着再扪，万刚把干堂上的马鲛鱼往舱里扔。现在风浪还不算小，勉勉强强能干活，除了华仔是个生手，升平没完全还阳，其他人都是熟手，所以几个人密切配合，干得有条不紊。

北部湾的马鲛鱼确实比昨天那地方的大，而且货还多，第一块网就起了20分钟，几乎盖满舱底。

船长看在眼中，心里高兴，但他不敢掉以轻心，他一边看着起网，一边观察四周。

突然，看到刘长寿发出求救信号烟花三枚，又看见他的舵楼点着了火，刘海、黄强、吴伟怀完全意识到刘长寿出事了，船里有八条人命等他们来救啊……

船长头皮一阵发麻，刘长寿出事了！

"快把网剁开，快剁……"连声大喊。

所有人的心都揪起来，风都小了，咋还出事了呢？

船长刘海，掉了船头，向烟花燃放处的出事地点奔去。

现在风有四级，浪头不小，万刚和锦波几个人这才知道老爷子的驾驶技术确实比自己高，浪头沟里开船的技术还是船长厉害。

舵楼里谁也没说话，万刚和永生几个都到外面去看哪儿有火光。

船长看到一条条正在起网的船，他们都没有要去救人的意思，可能是他们没看到烟花，或是不知道怎么去，也可能是他们不认识刘长寿，当然，也可能是他们认为起自己的网比救别人的命重要。

半小时后，船长放慢了船速，根据他的计算，刘长寿的船应该就在这附近，但这儿黑漆漆的一片，没有一个船影，不会是自己估计错了吧？还是——还是他真的沉了？

船在原地打起了转，船长额头冒汗，不祥之兆袭上心头。

突然，舵楼外的黄强、伟怀大喊："这有人！"

船长停船，万刚拿起钩杆子伸了下去，几个人七手八脚把一个穿着救生衣的人拖了上来。

这人是刘长寿船上的李业勤，港尾村的渔民。

船长脑袋"嗡"地一下子："船真沉了？"他让锦波和永生抢救李业勤，其他人都到外面找人。

李业勤脸煞白，昏迷不醒，但还有呼吸，锦波和永生给他控水、掐人中，一会儿工夫，李业勤醒了过来。

李业勤冻得上牙直打下牙，一句话也说不出来。而且，连害怕带呛水，一时缓不过劲来。

永生给他灌了一口热水，他一口就吐了出来："不喝水——不喝水——"

船长大声问："船在哪沉的？"

李业勤哆哆嗦嗦："不知道——"

问他也没用，船长又往前看去，海里一片漆黑，浪头沟里要是藏几个人根本看不见，船就绕着一片转开了，转一圈就扩大半径再转，但转了半天，除了看见几块舱盖、木头和竹竿，就再没看见一个人。

过了半个多小时，天见亮，所有人的心都凉了。

李业勤号啕大哭，眼泪鼻涕齐下，永生几个也是眼泪汪汪。

升平抹了一把眼泪，走到船长跟前，小声说："人是找不着了，咱们回去起网吧。"

看着波涛汹涌的海面，船长没说话，仍是转圈继续找。

又过了一会儿，升平再次说："咱起网吧。"

"起个屁！"船长给了升平一撇子，升平低头挨了一下子，他啥也没说，转身出了舵楼。

这时候，李业勤说话了："刘海船长、黄强支书、伟怀队长，你们去起网吧！我们发出求救信号你们就来了，你们对刘长寿够意思了，他们七个做了鬼也不会怨你们，我给你们证明！"

船长没说话，李业勤接着说："他们几个没救了，这你们比谁都清楚。你们摆弄个大船不容易啊！"

船长还是不理，开着船就这么找个不停。

太阳爬出海面，越升越高，9点之后，船长抹了一把眼泪，掰直了舵把子，直奔家乡返回。

八个小时后，船到了东山埠，远远地就看见东山埠南北面都是一大群人。

当海北村渔业队船长将船靠岸，就出现前面所述的情形了。

吴伟怀安慰月嫂一番。黄强、赵锦波拍着各自恋人的肩头都小声道："我不是完好无损吗？不要这样，让人看着多不好，坚强些，别再哭了，咱们回家吧！"

蔡英姿、黄彩霞这时才清醒过来，黄强左手牵着妹妹的手，右手牵着恋人的手。于是，海北村渔业队的全体船员，包括船长刘海一行与他们的家属们一起往海北村走回家。

蔡茂林等高级社干部一听说渔业队回来了，都火速朝东山埠方向奔来。

海北村高级社的社员们也奔走相告，都聚集在村口迎接他们的安全归来。

这时，几天压在人们心头的那块大石头终于卸下来了，大家脸上再露出久违的笑容。

海北村渔业队平安归来那晚，黄彩霞邀赵锦波出来拍拖。两人依约来到东山岭树下草坪上坐下。

黄彩霞首先动情道："波哥，我想了许久的一个问题，今晚提出来与你商量，听听你的意见如何？"

赵锦波微笑接道："霞妹，要提的是什么问题？"

黄彩霞激动道："我已经是你的人了，就快要结婚了，为了我们的未来家庭幸福，我想你今后不要再出海捕捞了。当渔民与海打交道太危险了，太让我操心了，就这次事件就让我害怕得要命了，我不能失去你，你若有什么三长两短，我也不想活了。"

赵锦波听黄彩霞这么一说，心情也很激动，为有这位这么体贴、爱护自己的心上人而感到幸福与满足。黄彩霞所提出的问题不是没道理，虽说带自私的思想，但毕竟很现实。老祖宗都这么说过，在海龙王嘴里要吃的，随时会献上活人祭品。且港尾村渔业队这次沉船的血的教训就在面前，所以，与海打交道的危险性，这点是毫无疑问的事实。但为了海北村的利益，为了海北村人的幸福，必须得有人出海闯闯呀！再说，自己退出不干了，必定带来负面影响，其他人也跟着不干了，那海北村渔业队不就要散伙了，这是万万不能的呀！

可怎么才能说服黄彩霞提出的既尖锐又棘手的问题呢？这让他苦恼，经左思右想，最后决定给黄彩霞讲自己经历过的两个故事，希望她能从这两个故事中得到启发，也许能让她改变初衷，支持自己继续出海作业，以稳定海北村这来之不易的渔业队事业。

于是，赵锦波笑笑道："霞妹，我想先给你讲讲我经历的一些故事，让你听听，怎么样？"

黄彩霞当即高兴道："好啊，我就很喜欢听故事，你讲吧！"

赵锦波乐呵呵道："那我先讲一个女子耕海打鱼的故事吧！"

"首先我得从我是怎么认识女子说起。我的姨丈、姨妈住在与咱们县接壤的渔村。我读初中那些年的暑假到姨丈、姨妈家里度假，便与这个渔村的一群同龄小伙子一起玩，一起厮混。女子与我们同龄，因而，对她可以说太熟悉不过了。

"女子离开渔村的时候，正值豆蔻年华。她的离去，牵动了小伙子们孤寂的心，许多人一怀愁绪，心如刀割……有消息说，她去了一个有名的班子，在那里跳交际舞，而且成了明星。各地青年迷恋着她，簇拥着她，还常常包她的场。

"家乡的小伙子有点吃醋了，常常在背地里骂这个离开了故乡的少女。

"我也是既钟情于她又用最狠毒的字眼骂过她的人中的一个。'简直像个风尘女子！'一个爱动感情的渔家小伙子骂道，'总在餐厅里庙会上扭来扭去，你说和那路人还有啥不一样！'

"'咳，真是让人伤透了心，白白骗去了我一张照片，现在可能丢到哪里也说不定！'另一个插嘴说道。他被姑娘迷住了心窍，只要姑娘喜欢，上九天揽月，他也不会迟疑的。

"'见她的鬼去吧！'这回轮到我说了，'她不学好，就由她去吧！'

"'你说话文绉绉的，我不想听！'一个急性子的渔家青年伙伴对我的话嗤之以鼻。

"我们——我和一些渔家的小伙子，整天厮混在一起，见了面总免不了在背

地里骂她。我们——指的是我们小伙子和这位姑娘，曾在一个班里读书，可现在却只剩下我一个还在学校里。在去当舞女之前，她是码头上的一个渔工。

"她从小就长得好看，长大以后就变得更美了。鱼的腥气，海的咸味，弄脏的面孔，掩不住她的美貌。渔家的小伙子们像捉海味一样，跟踪着她。清晨，每当渔船靠岸的时候，他们都会跑到码头上，想出各种新奇的花样，以期引起姑娘的注意。

"我曾经说过，我也是他们之中的一个。

"在码头上，她早上的活儿，是把鱼从船上拖下来，开膛破肚，洗净，摆在屉里，送去蒸熟，然后拿到一个高屋檐的房子，人们都叫它'海鲜居'，在那个地方卖。她是那儿的雇工，一天忙到晚。我和其他渔家的小伙子早晚都要顺便到那儿转一转。

"其实，大家心照不宣而已，心里藏着的是同样的目的，就是想去看看她。我们瞧她哪儿都觉得美，举例说吧，她笑着和我们打招呼时所露出的牙齿，真像海上激起的浪花那样洁白……我们的确有点神魂颠倒。

"我呢，竟常常装模作样，扮作一个迷恋大海迷得发疯的人，每当清晨，我都要跑到海边，假装观海，看日出。其实呢，我的眼睛瞄的是'海鲜居'，看她什么时候出来，都到哪儿去。

"我比别的伙伴更加'走火入魔'。

"当我们知道她离开'海鲜居'，离开了村子，我和我的年轻渔家伙伴们都陷入了同样的心境，我们既伤心又愤恨！舞班的班主什么时候把她弄去学舞的，我们之中谁也记不清了，我们不想让他去当舞女，或者说不想让她走，但这话是难于出口的。

"我们看到她跳舞时穿的是筒一样的裙子，短得可以看见臀部。动作是摇来摆去的，看上去很像水面上上下翻飞的小鸟。这并不是我们乡间每逢节日所跳的秧歌舞，她的交际舞，我们从中看到的，只是少女的卖弄风骚和陌生的青年男子的挑逗行为，这多少令人感到烦感啊！那五颜六色的明明灭灭的灯光照在她的身上，我们看到她浓妆艳抹，脸颊、嘴唇和指甲都是涂红了的。然而，我们想起了她的过去，她的身上曾经沾满了纯净的大海的气味，两相对比，这种变化怎么可能呢？她怎么能做出来呢？

"当她在一个出名的舞班里成了明星，人们向她献花环、包她的场的时候，我们都是又气又恨的。为了排解我们痛苦的感情，我们不知骂了她多少次！

"可是，有一天，她却突然回来了，她是在我们把她忘却之后回来的。

"那天，海上聚集了许多海鸟，它们的白翅膀和沙滩的颜色一模一样，与海上浪花、上面夕阳的余晖交织在一起，闪烁着光亮。她似乎是和饱含海水咸味的一年一度的热季季风一起到来的。

"她做着三轮车，气派不小呢！车上的喇叭被按得呜呜哇哇直响，大家都不由自主地转过身去看她。

"'真想不到呀，都有了孩子！'我的一个年轻的渔家朋友看到她抱个孩子下了车，凑到我的身边说道。其实说话人自己也有了孩子。大家都有了家室，只有我一个人还没结婚，因为我还在读书。

"只有我一个人喜笑颜开地和她打了招呼，攀谈了几句。

"这位三年前身在'海鲜居'的姑娘变得判若两人，她比以前白皙、细嫩、文静，因而更加妩媚动人。她看上去时髦多了，但像一个陌生的外乡人。

"如果你这么看她，那是一点也找不出渔家女的影子的。

"她的丈夫是个伴奏的吉他乐手——我对朋友讲述着她的事情——被一个跳舞的男子给捅死了，原因是为了争夺她。她不想再继续跳下去了，于是带着孩子回了家。她告诉我说，她要和父亲一起出海打鱼。

"伙伴们笑得前仰后合，腰都伸不直了。

"'要把指甲上的红油弄掉，恐怕还得有些日子吧！'他们嘲笑地说。

"最客气的人也摇头：'用不了多久，她又会去跳舞的，像她这样子怎么干得了重活！'

"我们大家一致认为，她大概在外面混不下去了，才回来投靠爹娘的，可爹娘也老了。

"她的父亲是个在近岸打鱼的人，每天摇着一只小船出海，打上鱼来便交给老太婆去卖。当她一点不疼父母、不顾二老双亲走出家门的时候，我们是很可怜这两位老人家的。

"我们曾是她的朋友，并且偷偷地爱过她，但是，当她回来的时候，一切都变了，这就像是波浪的影子、沙滩的痕迹、漂过的水流和吹过的风声，一切都过去了。我们已不再爱她，因而没有了苦恼，也不再恨她了。我们心安理得。

我们看到了她身上所隐藏的许许多多难以捉摸的东西，说明我们是熟悉的，但是，了解并不深。我们只知道一切都不会长久，我们是用疑惑和轻视的眼光静观事态发展的。

"其实，自从我离开姨妈家，离开那些伙伴，上了学，我已经不记得我和她究竟是怎么一回事了。每当我回首这些往事的时候，我都想，这其实是我自己和我的伙伴们自作多情，而那时她的心里很可能是什么都没有的，而现在，当她回来的时候，我们还能意气用事，还能对她怀有成见吗？我这样想。

"可是，她此次回到海边渔村的时候，我也是背地里笑她、在心里讥讽她的人之一。

"她和父亲出海的第一天，在她背后的海岸上传出了一阵笑声……

"'你说奇怪不奇怪？孤单单一个女人，到海里去打鱼。'我又到渔村度假的时候听到这消息的。

"'她到海里打鱼，那一带的渔民都叫她"护船海娘娘"，讲起来像故事。她和老母亲一起过日子，有一个孩子，还小。她当姑娘的时候漂亮极了，在和她父亲下海打鱼之前，还是个跳交际舞的明星呢……'

"'她爸爸死了以后，谁都以为她会找一个新活干干，但是渔民们都没有想到，她驾只小船，破天荒地一个人出海，迎风破浪。她没有再嫁；因为怕孩子受罪，老母亲受苦。人家都说她勤劳、勇敢、能吃苦，好像渔家的男人，在整个渔湾里，与大海的风浪、漆黑、孤寂和危险搏斗的只有她一个女人。'

"'我想写写她这些新鲜事，我想跟她详谈一次，问问各方面的问题，比如，在夜深人静的时候，在漆黑的大海里有什么感受，冷不冷，寂寞不寂寞，害怕不害怕，在生活中她有什么寄托，收入怎么样，怎么休息。看电影，看哑剧，还是听民歌。此外，我还想问问她，对于以船谋生的渔民的这种生计有什么看法。作为一个女人，她对妇女的权利问题是怎么想的……'

"'嘿，可别忘了问她，为什么她没有再婚，对爱情她是什么观点。'

"她给自己的小船取了个名字。傍晚，当海风吹起来的时候，她便开船出海了。她站在船尾，掌着舵，在银白的浪花中穿行。海风吹拂着她的渔民白衣，吹乱了她黑黑的头发。

"她身上已经没有往昔'海鲜居'美人的影子。她皮肤黝黑，脸皮粗糙，手掌满是老茧，还有不少裂口，浑身肮脏，散发着海腥味。她健壮而伟岸，动作像男人一样粗犷，已经完全不像一个女人。

"对于我想写写她的新鲜事，我有点羞于出口，我只说会会老朋友，问问平安而已。

"'您呢？现在在干些什么？'她问。

"'在读书呢，快初中毕业了。我们照张相好吗？'

"她羞涩一笑：'咳，相别照了，白费胶卷……你的照片我还保存得好好的呢！'

"这也算是一桩不好向朋友们泄露的难为情的事，我也曾把照片送给她以表殷勤。好吧！我日后给她拍照也可以。

"我的渔家伙伴们都称颂她是渔民的'护船海娘娘'，他们是诚心诚意地赞颂她的，就像在海中真的遇见了神仙一样。在感情上，她是海上和岸上渔民的共同财富。我的朋友告诉我，当她刚刚回到村里来的时候，他们小看了她，为此而感到内疚。

"作为一个外地人，我是太羸弱了！可这里的人却是我的老朋友，他们不怕热，不怕冷，不怕雨，他们经受着风霜，生活在海浪和风暴之中。

"在浪涛、海滩、水流之中，在海风的咆哮声中，这里的一切变了，变得与往昔面目全非，但她仍然是个值得人们为其敬献花环的女子。

"我看到了她身上所展现的另一种美，它比过去的美更有价值，更长久。我想正是这样的女人才是创造世界——至少是渔民的世界的一分子。她很可能是星辰，是海鸥，是天边绚丽的朝霞，或是一朵美丽的白云。

"不管她是什么，总之，她会使本已经十分美丽的渔村更加美好。"

"霞妹，你觉得上面讲的这个女子怎么样？"

黄彩霞仿佛吃醋似的笑道："当时这个女子既然这么美，又那么能干，你也送照片给她了，怎么不紧追她，娶她呀？"

赵锦波也笑道："当时我还是个学生，正豆蔻年华，对恋爱的感觉还是很朦胧呢！"

黄彩霞再逗笑道："现在还可以追她呀，不是还有机会吗？"

锦波接道："我已毕业这么多年了，音信全没，人家早把我忘了，也许人家又再婚了。要你这么说，若我追她，那又怎么追着你呀。我的心上人，不许这么说。"

黄彩霞呵呵笑："人家逗着玩的，还当真吗？"

锦波接道："当然是逗着玩的啦！我只不过是敬佩，她作为姑娘，这么能吃苦，这么勇敢，敢作敢为，她应该是咱们学习的榜样！"

"霞妹，我再给你讲讲我的另一个故事。这个故事是我初中时第一次到姨丈、姨妈的渔村下海打鱼时的经历：

"姨丈、姨妈的村子很破败，到处都是一堆堆生蚝壳，有些房子竟然是用生蚝壳砌成的。姨丈家的场院上，放着一张大网，姨妈正在补网，见我来了，起身迎接我，问这问那，很热情。

"十几分钟后，姨妈端出一大锅白米稀饭，一碟咸鱼干。姨丈看到我不夹鱼，以为我是客气，夹了一块到我碗里。刺鼻的腥味让我忍不住皱起了眉头，但我不好拒绝，没有嚼就吞了下去。说来也怪，这咸鱼闻起来臭，但吃起来却很香，不一会儿，口腔里涌出从未有过的鲜美味道，我一连喝了三碗。

"吃晚饭的时候，姨丈的儿媳妇回来了，她是村小的代课老师，她对我很友好。姨丈对我说：'你如果喜欢，明天跟我们出海打鱼吧！'我说：'好啊，看看海，体验一下渔民的生活，很好。'

"第一天出海，我很兴奋。阳光洒在水面上，闪烁着，像几千万条金色的鱼在跳跃。海岸线越来越远。船开了半小时，速度变慢了，姨丈开始放网，我就在一旁帮忙。下完网后，船也停了。海水轻轻拍打着船身，姨丈抽着水烟，观察着海面上的动静。大概过了半小时，开始收网了。

"收网是一件体力活，我帮着姨丈一起干。姨丈的手上青筋暴突，让我想起《老人与海》里的主人公老渔夫圣地亚哥：

"这个渔夫圣地亚哥是外国人。他独自划一条小船到海上钓鱼。他已经50岁了，消瘦憔悴，脖颈上有很深的皱纹，腮帮上也有些褐斑。褐斑从他脸的两侧一直蔓延下去。他常用绳索拉鱼，手上留下了很深的疤痕。

"他身上的一切都显得古老，除了那双古巴人的眼睛——像海水一般蓝，显得喜洋洋而不服输。

"他在海上已经84天没有钓到一条像样的鱼。他认为自己'倒了血霉'，而别的渔夫都把他看作失败者。他没钱买吃食，得靠孩子给他送来。

"在第85天，他决然'驶向远方'去钓鱼。命运给他开恩了，他真的钓上了一条大马林鱼。这条鱼大到他没法拖上船，就是拖上船，他那小船也装不下。

他明知这条鱼的力气比他强，可他决心与它战斗到底，说要与这条鱼奉陪到死。

"于是，他与这条大马林鱼在海上周旋了三天，折磨了三天，他还乐观地对鱼说：'嘴里的钓钩勒得痛是吗？觉得痛吧，鱼呀，老实说，我也是如此啊。'这条鱼终被他拖累折磨得筋疲力尽，最终被他杀死绑在小船的一边。

"他与小船拖着这条大马林鱼胜利归来的途中，三条大鲨鱼嗅到大马林鱼的鱼腥味，向这条死鱼袭去。他拖着十分疲倦的身体拼命地与大鲨鱼展开一场反击大搏斗，他用鱼叉向第一条鲨鱼猛力刺去，这条鲨鱼被刺中身亡，可鱼叉被这条鲨鱼带去了，后来又来了两条鲨鱼，他只好用小刀向它们乱扎，刀子折断了，又用短棍，短棍断了，又用舵把来打，打得后来的两条鲨鱼晕头转向，可他绑在小船边的大马林鱼的肉也被鲨鱼全咬掉了，只剩下鱼头、鱼尾及一副鱼骨骼。

"这个老渔夫独自在深夜返回港，背起卷着帆的桅杆爬上岸去，一再摔倒在地，疲乏得几乎爬不起来，被折磨得像死人一样了。不知过了多久，他才苏醒过来，咬紧牙，挺住身子回到了他居住的窝棚……

"第二天早上，港上许多渔夫围着他那条小船，看着绑在船边的大马林鱼的残骸，一个渔夫从大马林鱼的鼻子到尾巴量过来，足足有八十英尺长。

"这个老渔夫圣地亚哥终于醒来，那给他送吃食的男孩非常惋惜道：'您太伟大了，太勇敢了，我长大一定以您为榜样，做一个顶天立地的男子汉。'

"老渔夫接着高昂道：'人不是为失败而生的，一个人可以被毁灭，但不能被吓倒，被打败。'他说要想方设法卖掉大马林鱼的残骸，将卖来的钱买旧福特汽车的钢板改制鱼叉，要让这坚如钢的鱼叉永不断裂，用这鱼叉再钓更大的大马林鱼！

"这老渔夫就是如钢一般的坚强，他那英勇果敢的斗争精神鼓舞着我，使我树立起战胜一切困难的决心、勇气，因而，我认为收网虽然辛苦，但充满期待，就像摸彩票一样，不到最后一刻，你永远不知道网里有什么东西。大海似乎格外开恩，我们的第一网，收获颇丰，有鱼，有虾，有花螺，最多的是蓝色的螃蟹，有好几十只，它们聚在一起，闪着蓝宝石一样的光芒。姨丈的手指像是长了眼睛，一边抽着烟，一边飞快地翻拣着，不一会儿，鱼、虾和螃蟹就分别进了不同的筐，只剩下水草和碎玻璃般的小鱼仔。

"午饭是在海上吃的，姨妈蒸了一条白鲳，用姜葱炒了螃蟹，还用杂鱼与水

瓜煮了一锅奶白色的汤。鱼吃了半边,我想用筷子将它翻过来,姨妈连忙摆起了手。我后来才知道,这是渔民最大的忌讳。

"吃过饭,姨妈开始晒虾干,我坐在甲板上,吹着海风,看着海面上翻飞的白色海鸥,很快就睡着了。海风越来越大,我醒了,我看到船摇晃得厉害,海水冲到了甲板上,打湿了我的裤脚。

"傍晚时分,渔船带着一天的收获往回开。在辽阔的海面上,渔船就像一片树叶,人像一只蚂蚁。在海上漂了一天之后,我对于大陆的期待从来没有如此强烈过,我一直在寻找海岸线。终于,一条墨绿的线出现了,我以为很快可以靠岸,但是开了差不多半个小时,海边锯齿形的山峰才慢慢地变得清晰起来,又开了二十分钟,船进了避风港,我悬着的心终于放下来。沙滩上,一派忙碌的景象,城里来的贩子正在收鱼。

"吃过晚餐,我到海边散步。古铜色的月亮悬挂在夜空,海面上闪烁着柔和的光芒,我吹起了口琴,《莫斯科郊外的晚上》忧伤的旋律,像月光一样散开。十点钟是捉墨鱼的时间,一个光着脚的小男孩来叫我。

"小船在茫茫夜色中前进,我总觉得自己像一个偷渡客。开了十来分钟,我们到达了一个渔排,在刺眼的白光下,围满了墨鱼,这些圆头圆脑的小家伙,误把这里当成了休闲广场,正欢快地跳着华尔兹呢。姨丈眼疾手快,一网下去,墨鱼仔们就迷迷糊糊地被捞了上来⋯⋯

"遇到台风,不能出海,渔民们就坐在一起聊天。我从他们的谈话中得知,如今,近海很少能捕到大鱼了,年轻力壮的人,都去外海打鱼。海面上停着一些大船,就是去外海捕鱼的船。从这里去外海,要开四天四夜,加上捕鱼的时间,来回一共要一个月的时间,途中要经历风云莫测的海浪,有的浪有七八米高呢。一艘大船有三十条小船,到了目的地,渔民们就一人一条船,下海捕鱼。他们主要去捉石斑鱼,它价格虽高,但来之不易,渔民们需要潜到五六十米的深水之下,如果起得太快,有可能得减压病,严重的还会致命。半个月前,就有一个渔民出事了,他在水底见到一条大苏眉,很兴奋,追着它跑,鱼一会儿上,一会儿下,他也跟着上下,由于出海面速度太快,导致体内压力与海水压力一下失去平衡,窒息而死了⋯⋯

"在海风的吹拂下,我的皮肤很快变成小麦色,我的适应能力很强,不到一个月,就掌握了捕鱼的技巧。

"我一辈子也不会忘记那次出海的经历。那天早上，海上风平浪静，天出奇地蓝，像刚刚洗过一样。姨丈一直观察着海面，开了一个小时，船停住了。那时，海岸线还能看到。我们开始放网，突然，我听到一个奇怪的声音，船身侧了一下，我尖叫了起来：'不好了，船舱进水了。'那一刻，我吓坏了，我的声音在颤抖，四周都是海水，连一座岛屿都没有。我眼中充满了绝望，觉得自己的小命即将断送于此，水正涌进来，发出汩汩的声响，这声响，在船舱里回荡，像魔鬼的召唤，非常恐怖。冰凉的海水没过了我们的脚趾，像刀子一样刺痛了我。姨丈显得很淡定，看来他已经不止一次遇到这样的情况了，他叫姨妈去掌舵，把船往回开，又叫我找盆子来舀水。我把所有的盛水器皿都找了出来，一次生死的战斗开始了，谁也不说一句话，死亡的阴影压得我喘不过气来。

"我的心一直在狂跳，因为，我发现舀水的速度，远远赶不上海水涌进来的速度，水已经没过了脚踝。我觉得自己没有力气了，肌肉僵硬，手抬不起来了，但是我不愿意停下来，因为停下就意味着彻底放弃，意味着海水很快就会将我们淹没，意味着我们将成为大鱼们的午餐。船正开足马力返回大陆，船好像病了，突突突的声音，听上去非常微弱。我终于一屁股坐下来，哭了起来。姨丈却没有停下来，他像一个英雄一样，与海水搏斗着。他看到我在哭，骂道：'堂堂一个男子汉，你哭什么？只要还有一丝希望，就不应该放弃。'我停止了哭泣，又开始舀水了。我感觉船越来越重，口子好像开得更大了，水没到了我们的膝盖，像魔鬼抱着我们的腿使劲往下拽。船晃得很厉害，我觉得自己站不稳了。

"正当我们绝望的时候，发生了一件奇怪的事，汩汩的水声消失了，船舱里的水，没有再往上涨。我回到甲板上，看着海岸线，心中不停地祈祷：'快点，快点，再快点。'船吃了一肚子水，像一个孕妇，开得比平时慢了很多……海岸线终于变得清晰起来，甚至可以听到岸上人说话的声音，海水变得混浊起来，岸终于越来越近。船还没靠岸，我们跳下了船，拼命往沙滩上跑去。

"死里逃生的我，身子往沙滩上一摊，像一条搁浅的鲨鱼。烈日照着我的脸，海风吹着我的脚丫，我觉得身子还在晃动。我感觉自己被魔鬼吞进嘴里，又吐了出来，忍不住感叹：'在岸上的感觉真好，活着的感觉真好。'姨丈也累坏了，坐在我旁边，摸出一支烟，抽了起来。

"下午，修船的来了，他们用水泵把船舱里的水抽完之后，发现船底粘了一个圆乎乎的白色东西，凑近一看，竟然是一条鱼。鱼瞪大着眼睛，早已死了，它不大也不小，身子的中部正好卡在船洞里，像塞子一样。修船的人修了几十年的船，还是第一次碰到这样的情况，笑着说：'这条鱼救了你们的命，它可是一条神鱼，你们千万不能吃。'

"我见识了大海的威严，也见证了奇迹的发生，想了很久，觉得自己是当渔民的料。我想跟姨丈说出自己的想法。可是姨丈看出了我的心事，笑着说：'你已经是死过一次的人，以后遇到任何困难都不会害怕了。你今后当渔民再也不会死去了，你是当渔民的料，今后就当渔民吧！'"

赵锦波讲完自己的故事，握紧黄彩霞的手笑道："霞妹，听完我的故事，你有何感受？受到了启发吗？"

黄彩霞很认真地说："感受是很深刻的，它启发了我，让我认识到做女人就要那样坚强地与厄运抗争；做男人就要像老渔夫那样有钢一般的骨气，英勇无畏；要像你姨丈那样遇到险境时那样镇定沉着，只要有一线希望，就要付出百分之百的努力去争取胜利！既然你姨丈说你是当渔夫的料，说你已经是死过一次的人了，往后当渔民是永远也不会出事了。托你姨丈的贵言，我也就百分之百地放心了，你就继续出海打捞吧！我若再不同意，就显得太自私、太软弱无能了，也太不通人情世故了。我希望你像老渔夫一样，勇敢地战胜一切艰难险阻，创造奇迹，夺取优异成绩，为海北村人谋幸福，为金星大队争光！为社会主义添砖加瓦，为快步进入共产主义多做贡献！"

赵锦波听黄彩霞如此慷慨陈词，激动地紧紧搂抱住黄彩霞，轻轻笑道："这才是我的好霞妹，我的心上人啊！"

情窦初开

　　落日的余晖映照大地的每个角落，光彩怡人。这时孙琼瑶换上一件粉红色的背心连衣裙，肩上披着一条网眼很大的披肩，裙把臀部绷得紧紧的，前凸后翘，像一匹活色生香的小洋马。两只大眼睛忽闪忽闪的，雪白的肌肤，细腰宽臀，美艳无比，又活像仙女下凡。她抱着在公园里摘下的一束鲜花，莲步轻轻地，一只手牵着明南的手，到了寸金桥公园的林带里约会。

　　那束花叶子碧绿，花朵肥硕，颜色紫红，叶与花都水灵灵的，好像刚从露水中剪下来一样。那是下午公园的护花姑娘给花洒了一次水留下来的水珠。明南端详着那束花，说："这是玫瑰，那是蔷薇，都是花中之王，好看极了！"

　　那束花有十多枝，挑着七八个成人拳头般大小的花朵，和三五个半开的、鸡蛋大小的花苞。孙琼瑶双手搂着花束，因裙衣宽松，风一吹，裙底卷起，露出玉腿，且那披肩也被风儿吹得飘落，足见雪白的胳膊。花朵团簇，拥着她的下巴，花瓣儿鲜嫩，充满生命。这一迷人情趣，令人陶醉不已。

　　那鲜艳的花朵，在夕阳下衬着她那天生丽质的脸蛋，更显得她美丽可人。尤其是她那双水汪汪的眼睛里放射出那善良而温存的光彩，好像花儿渐渐开放——她脸上也渐渐展开了妩媚的微笑，并且露出了两排雪白的牙齿。她的牙齿白里透出浅蓝色，非常清澈。

　　这一切的一切，明南看在眼里，喜在脸上，跳在心头，他一时六神无主。孙琼瑶那鲜花丛中绽开的笑容，像一把火在他的脑海里燃烧着。

　　明南在极其兴奋中，忽然觉得脚上一阵奇痛，他发出"哎哟"一声。他弯腰查看脚踝，发现踝肌有两个紫红的斑点，既没有破皮，更没有出血。查完后，断定那奇痛是被虫叮的。

　　明南愁着脸说："琼瑶，我被昆虫叮上了腿，痛着呢！"

这时，孙琼瑶把怀中的鲜花用右臂搂住，腾出左手，捂住嘴巴，哧哧地笑起来。她笑出的声音不大，但因笑而引起的身体活动的幅度却很大。她身体前倾后仰，那块白色披肩像一块灰白的云片，沿着肩背又一次滑落地上。她的那半个洁白如玉的嫩肩膀的姿色突然刺进了明南的心肺。

这时，明南那被虫叮的痛没有了，可呼吸却再次急促起来，眼光像两只羽翼丰满的燕子跳出巢穴，附在她的肩膀上。说来也巧，偏偏这个时候，一棵藤草缠住了他的一只脚，他一个踉跄跌倒在她那雪白的肩膀上。他的嘴正好吻了她那光滑的肩头。她的肌肤凉森森的，有一股芳香，使他的嘴唇和鼻子都感到格外舒适。他如此吻她的时候，她笑得浑身颤抖，仿佛那儿就是她身上最敏感的部位。

"你还笑？我让你笑个够！"明南把嘴印移到她的脖子上，一瞬间，他感到花枝上的刺刺痛了他胸前的肌肤，花朵的水珠也弄湿了他的下巴。

她笑咯咯的，笑个不停，笑得眼泪快流了出来。

明南见她笑成这个样子，有些担心把她笑疯了，便说："我的琼瑶小姐，快笑成笑死鬼了，不笑了，走吧！"

孙琼瑶乖乖地收住了笑，拾起披肩，用那肩纱布抹了一下眼角，说："你这二流捣蛋鬼，逗得我快笑破肚皮了，我得揍你一下。"于是，握紧小拳头捶打了一下明南的肩头。明南一笑了之。

他俩走到公园的"月影湖"旁边停下，欣赏晚霞下的湖光景色。明南情不自禁地吟起一首诗歌：

> 月湖景色望无尽，春风徐来拂人面。
>
> 绿柳随风摇丽态，水光迷人心景妍。

孙琼瑶听后微笑道："明南，'月影湖'景色迷人不错，可'月影湖'故事更动人。这故事，我妈给我讲了许多回了，我全记下来了，你喜不喜欢听呀？"

明南也微笑着，说："好啊，讲来听听，爽爽精神。"

孙琼瑶说："其实'月影湖'这三个字是一个状元题名的。'月影湖'也叫'状元湖'。"

其故事是这样的：

传说清朝乾隆年间，状元的父亲年轻时是个穷小子，是给地主打长工的。一天，地主要他到这湖边钓鱼。他来到了湖边，却便急，于是蹲在湖边茅草丛里干那事儿，却看见湖边两个男人比画，说："这个湖真是一风水宝地，半夜三更时会有一朵奇大的粉红莲花苞从湖底升起。如果趁着这莲花开放时，把祖先用过的文房四宝化成灰装进瓶里投进去，注定其后代子孙高中状元。"且两人约定好趁早行动。

这小伙子听后，断定这两个男人一定是风水先生。他心里琢磨：我一个长工，大字不识，一辈子不会有什么出息了，但如果我有中了状元的儿子，子贵父荣，也是一件大美事。尽管现在还没有老婆，但老婆总是会有的。他这么想，心里美滋滋的。

这小伙子钓完鱼回家后，将这一美事告知父亲，父亲喜出望外，说："你爷爷原先是个秀才，在村私塾教书，后因绝症不治身亡，正留下一套文房四宝，这回可派上用场了，咱林家发达有望了。"于是，当天父子把那套遗物——文房四宝——化成了灰，装进瓶里。当夜月明星亮，他父子俩蹲在湖边茅草里，等待着。半夜三更时，果然有一个比牛头还要大的粉红色莲花苞儿从湖底冒出来，紧接着徐徐地开放，那巨大的花瓣儿在月光的照耀下美丽极了。等到花儿全部开放时，便有磨盘般大小了，香气浓郁，从里面飘出。这时，小伙子便按父亲的指点，站起来，双手捧住那祖先的装着文房四宝灰的瓶子，瞄准那磨盘般大小的花心投过去，自然是正中了。香气大放了一阵，接着就收敛了，那些花瓣儿也逐渐地收拢，缩成了初出水的模样，缓缓地沉到湖底去了。这时，月光格外闪亮，照得湖面亮堂堂的，湖面如镜，万籁俱寂，只听到远处传来一声金鸡啼鸣，仿佛梦呓。他父子俩见事情办妥了，便趁着这明亮的月光回家去了。

次日月夜三更，父子俩再次到湖边蹲在茅草丛里观察动静，却看见原来的那两个男人（风水先生）怀里抱着瓶子出现在湖边，其中一个长叹："来晚了，让人家抢先了。这是天意啊，人算不如天算！"

他父子听完，心中暗自得意，待那两位风水先生离开后，才悄悄回家。

他父子回家后，家道顺畅，好运气接二连三地到来，先是那小伙子被地主老爷叫去谈话，说："你小子工作勤快，人又精明，我想将家奴方梅香赐你做老婆，你意下如何？"

小伙子听后高兴还来不及，便笑脸顿开，跪地拜谢那地主说："大老爷，我林某三生有幸，托你洪福了！"

那地主老爷说："这是你祖先积的阴德，要谢就谢你已故的爷爷吧！你爷爷是大好人，一生造福乡里，教书育人，我识那些字都是你爷爷教的，他教会我做人做事，说到底，他对我有恩啊！"

于是，林家父子便请算命先生择了黄道吉日，把那方梅香娶了过门，一家人过上了甜甜蜜蜜的日子。

婚后第二年，方梅香便怀孕，生下了一对双胞胎儿子。

这双胞胎长大后，聪明过人，十几年中，由童生到秀才，由秀才到举人，然后双双上京赶考。进场后，双双下笔如神，满卷生辉。考官难分出双胞胎的高低水准，只好用抽签决定等次。于是，大哥中状元，二弟屈居榜眼……

孙琼瑶的故事讲完了，可明南听得入了迷。她拍一下明南的肩头，明南才回过神来，说："讲完了吗？"

孙琼瑶咯咯笑说："明南，你也当真的？是不是你也想你的儿孙高中状元啊！"

明南回道："我可没这等洪福！我的儿孙能考上大学就心满意足了！"

孙琼瑶又咯咯笑道："那好，我祝你儿孙考上清华、北大。不但读本科，还要读硕士、博士，当科学家！比状元还状元！"

黄昏离别，黑夜袭来了。

公园里的场景模糊了，街灯也亮了，他俩在林道旁边的休闲木椅上默默地坐着，二人陷入了无限的遐想。

孙琼瑶由淡淡的吻转化为激烈的吻，时不时发出急促的呼吸声，看来她有些欲罢不能了，明南不敢继续下去，想让她平静下来，小声说："琼瑶，咱们聊其他的事吧，咱俩高中还未毕业，就热衷这些事儿是不好的，还是把心思放在学习上吧！"

孙琼瑶似乎没听见一样，完全沉浸在那种美妙的享受中……